收敛于无穷

不问西东

ZHOU YI FEI WORKS

周逸飞——著

百花洲文艺出版社

BAIHUAZHOU LITERATURE AND ART PRESS

图书在版编目（CIP）数据

收敛于无穷，不问西东/周逸飞著. –– 南昌：
百花洲文艺出版社，2020.7（2021.6重印）
ISBN 978-7-5500-3774-8

Ⅰ.①收… Ⅱ.①周… Ⅲ.①长篇小说 – 中国 – 当代 Ⅳ.①I247.5

中国版本图书馆CIP数据核字（2020）第128791号

收敛于无穷，不问西东

SHOULIANYUWUQIONG BUWENXIDONG

周逸飞　著

出 版 人	章华荣	
责任编辑	杨　旭	
书籍设计	张诗思	
制　　作	何　丹	
出版发行	百花洲文艺出版社	
社　　址	南昌市红谷滩新区世贸路898号博能中心一期A座20楼	
邮　　编	330038	
经　　销	全国新华书店	
印　　刷	南昌市红星印刷有限公司	
开　　本	710mm×1000mm 1/32	印张 8.75
版　　次	2020年8月第1版第1次印刷	
	2021年6月第1版第2次印刷	
字　　数	160千字	
书　　号	ISBN 978-7-5500-3774-8	
定　　价	46.00元	

赣版权登字　05-2020-95

邮购联系　0791-86895108
网　址　http://www.bhzwy.com
图书若有印装错误，影响阅读，可向承印厂联系调换。

目录

第一章

初

　　大概还在初中，我就知道马雨洛很漂亮。

　　据爸妈讲，每天一大早，最先光顾我家包子铺的，永远是一中的男生，他们蹬着自行车，从四面八方汇集，坐进店里，喝杯豆浆，吃俩包子。然而醉翁之意不在酒，当那辆天蓝色的自行车驶过，男生们便会一齐行注目礼，场面之庄严堪比升旗，之后大伙一改疲态，迅速吃完，手忙脚乱地跨上自行车，浩浩荡荡追去。

　　楼上沉睡的我，就在这片嘈杂声中渐渐醒来，喝一碗粥，去二中上学。我喜欢喝粥，不吃包子，并振振有词："我姓周，当然喝粥，只能怪爸爸不姓包。"爸爸表示他应该姓史。

　　我始终没有见过马雨洛，但常有人提起她，比如班主任。她的梦想是教出一个中考状元，我不幸被相中，每次考年级第一，总会被拉到办公室，听她唠叨隔壁学校有个女生，也回回考年级第一，成绩比我还好，名字叫马雨洛。

　　我说："老师，你逻辑有问题，都是第一，无法比较。"

班主任依然逻辑混乱，说："马雨洛成绩比你好，是因为她不踢球，你以后晚自习不准去操场。"

中考，马雨洛是全市状元，我第二。逻辑缜密的我，躺在操场上，认真思考，得出结论——我在二中，自然中考第二。爸爸表示，我这纯属中二。

高一开学第一天，我起晚了，不想迟到，还想睡觉，只好乘坐2路公交车。上车前我很困，又纳闷，"人工闹钟"去哪了？想一想才明白，马雨洛也升入了高中，护花使者们总算金盆洗手。心结解开，系给别人，负罪感就荡然无存，我继续沉睡。

迷糊中，身旁响起了一阵叽里呱啦的土话。是个老太婆吧，人老了，话就会多。我起身挪开，垂着脑袋，闭着眼睛："奶奶你坐，我不困。"

老奶奶站在面前，不动也不作声。我睁开左眼，发现竟是个女孩，我同时开启两只眼睛，看清她胸前的铜质校徽，与我的一样——星屿中学，只是姓名一栏，刻着"马雨洛"三个字。她抱着一本四级词汇——我竟然把英语听成了方言。

马雨洛微微一笑，稍稍躬身，从我面前拂过，靠窗落座。本就有两个位置，我的让座是多此一举。我正打算坐回去，一道身影捷股先登。

"早上好，我叫许莫。"是个男生，皮肤白净，看起来文质彬彬。

"你好，我叫马雨洛。"

许莫笑了："我知道，你是中考第一。"

还是考第一好，第二名就无人问津。我低头看去。我校徽呢？刻着"周楚凡"三个字的校徽呢？噢对，昨晚收进书包里了。可是，我书包呢……我站在原地，想了想，书包还在家里睡觉。

许莫在兴致勃勃地讲英语，我无语，马雨洛却似乎很感兴趣。

许莫忽然喊我："对了，同学，what's your name？"

我说："艾航友。"

许莫点点头，将我抛诸脑后，调转腔口，依然对着马雨洛。我找了个空位，继续瞌睡。

星屿中学到了，老远就能看见门口冗长的横幅——"热烈祝贺今年高考我校数名同学进入全省第一方阵"，我只想问是几乘几的方阵。

我慢悠悠地往前走，沿着围墙边的一排梧桐，大半叶子跨过墙，落进了校园。我也落进了校园，迎面竖着孔子的石像，远处铺开花圃与草坪，再远些矗立着教学楼。道路两侧的告示窗内贴着分班表，窗前熙熙攘攘，我好不容易挤了进去，发现名字按拼音排序，"周楚凡"三个字在1班名单的末尾，班主任叫郝强国。

肩膀被拍了一下，我一看，是猴子！他大声道："队长，我在3班，你呢？"

周围太吵，我竖起食指，戳戳他的肚子，钻出人群准备去1班报到。

猴子是我的初中同学，足球队的后卫。本名侯云，猴子一样好动，每逢比赛，满场乱窜，优点是经常抢断，缺点是一拿到球就大脚高射炮，像在苦练跆拳道。为了留在球队，他从前锋被我一路流放成了后卫。还有一事值得一提，自从初一新生晚会听人弹奏了一曲钢琴，猴子就对那个叫白月的姑娘念念不忘，当时我模仿钱钟书先生，苦口婆心地劝道："吃了一个鸡蛋觉得不错，何必要去见下蛋的母鸡呢；闻鸡起舞，何必要去见那只打鸣的公鸡呢？"猴子沉思半天，若有所悟，说："我想吃鸡。"

"艾航友，你在哪个班？"

"哎，喊你呢。"

我回过神来，马雨洛正擦肩而过，一双明眸看着我。可我不叫艾航友，我说："在1班。"

郝老师站在讲台前，显然教数学，右耳朵是个求和西格玛 Σ，眉毛在对眼睛开根号。我说声老师早，寻了位子坐下。

什么座位好，我曾经思考过，并学以致用，认为最佳的位置是黄金分割点，近似于排的三分之二与列的三分之二。我起名叫黄金座位，并告诉猴子，猴子理直气壮地说什么狗屁黄金分割，白月旁边的座位就是千金不换。

想到这里我笑出声，前座的女生扭头看我。林曦？林曦舞跳得很好，连我都知道。

我说："你是林曦吧。"据不可靠传言，林曦漂亮，可是任性得很，很多女生对她颇有微辞。当然，男生们对她应该是颇有想法。

林曦得意："是我。"我说："久仰。"

她哈哈笑着旋转回去，长发带起一阵香风。我不知道她怎么把凳子坐出了转椅的效果，可能是会跳舞的缘故。

我以为运气挺好，还是高兴得太早。透过一扇扇窗户，我看见马雨洛一格格地穿过走廊，走进教室，略略扫视，径直走向我，落在我身旁，左边的空位上。我表面风平浪静，内心风起云涌，难道我爸今天做了一笼桃花馅的包子？这一猜想很快被我否定，因为许莫坐到了右侧，窄窄的过道阻挡不了他漫长的目光，当然不是看我，他在瞄马雨洛。

马雨洛小声嘀咕道："不对，'艾'应该排第一个，名单上我没有看见你。"

我笑了，说："其实我叫周楚凡。"

"你就是周楚凡？"马雨洛的眼睛睁圆，声音也大了点。

她好像听过，我明白了："你们老师是不是总说，隔壁学校的周楚凡成绩很好？"

"对，你怎么知道？"马雨洛很快会意，"你们老师也这么说我的吗？"

"是啊，而且她总认为我不如你，因为我课后喜欢踢足球。"

"哈哈哈，"马雨洛笑了，"老师说你比我厉害，你天天放学踢球还考第一，回家都不带书包的。"

"坏习惯，我今天也忘记带书包了。"

马雨洛看着我，脸蛋的皮肤吹弹可破，她的眼睛很美，离我很近，像触手可及的星。她与我一般年纪，一样年轻，十六岁的初秋。我想起先前喊她奶奶，解释道："我在车上睡着了，迷迷糊糊没听清楚，才喊奶奶的。"

"没关系，"马雨洛说，"可为什么是艾航友？"

"他非要用英语问，就用英语答呗。"

马雨洛凝眉思考，恍然醒悟，可能不想被许莫发现，转过脸，对着窗外，笑了起来。

I hang you。

人终于到齐，郝老师抬手，示意大家安静，说："同学们，大家好。我是你们的班主任郝强国，是数学老师。"

"我们班是星屿中学这一届的重中之重，全市中考前50名，有36个在我们班。"

同学们窃窃私语，交头接耳，许多人在看马雨洛，她的脸蛋微微泛红。

"说实话，就中考成绩来说，你们是我带过最好的一届。我希望能有始有终，在三年后的高考也取得好成绩。我就先说这么多，下面请同学们依次作自我介绍。"

自我介绍实在无聊，不是十六岁就是十七岁，不是男的就是女的。上台讲了半天，还非得在结尾谈些无关痛痒的缺点，诸如马虎懒惰之类，从来没人开门见山，说同学们好，我是个色鬼。

没几个印象深的，许莫算一个，讲几句就要掺一段英语，从而呼应开头——"同学们好，我中考英语满分。"林曦很直率，上台第一句，说她不是那36个之一，希望同学们多多指教。

林曦讲完，就是我了。我一五一十地说我喜欢踢球，初中逃课去操场，不喜欢语文，不及格的作文罄竹难书，喜欢运动，常和人"切磋拳脚"。

同学在笑，老师也在笑，其实我没有全招，我逃课去操场不一定踢球，也可能是躺在草皮上睡一觉。作文抨击一切愤世嫉俗，老班评语是死有余辜。"切磋拳脚"是带队群殴，把他们队长"搓"进医院，床位就在我的旁边。

回到座位，路过林曦身边，她眉眼弯弯，低声说："逃课大王。"

"叫我足球小将。"我一个侧身，落座。

"周楚凡，"马雨洛喊我，她在低头写讲稿，边写边笑，"以前联考，你的作文总是反面教材，跟范文一起打印。"

"彼此彼此，我们学校的范文也总有你的。"

"老师说你写得不好，我觉得很好，不落俗套。"

"老师总是胡说八道，说你的作文好，我从来不觉得。"

马雨洛又恼又笑，停笔觑了我一眼。可我顾不上她，因为一个胖子走上讲台，吸引了我全部的注意力。

三年前，在第一批"闹钟"里，有一位的"铃声"给我留下了铺天盖地的心理阴影。每天早上，其来势汹汹的歌声活像鬼子进村。为了追赶马雨洛，他早起、骑车、少吃饭、多唱歌，硬生生减了一圈肉，全添到我眼眶上来了。亲爱的母亲还觉得精神可嘉，经常白送包子给他。有段时间我实在难以忍受，自告奋勇每天早起做一笼包子，专门送给这名壮士。至于我做的包子，如果扔给我家的狗黑蛋，它二话不说就会叼回来。然而壮士没有成为烈士，身体依然苗壮，歌声依然疯狂。我忍无可忍，计划做一笼人肉包子。可他突然消失得无影无踪，让当年磨刀霍霍的我惆怅许久。现在他卷土重来，登上讲台，并作了一番高水平的扯淡，大致是说，为了一个人，初中的他坚持早起，不论寒暑，不畏剧毒，乐此不疲，风雨无阻，体重因此锐减，后来转校，斗志全无，肉身恢复。最后一句话是亮点："如今，我在这个充满活力与生机的班级里又一次看到了希望，看到了光芒！我将在学业和生活上继续努力，完成初中半途而废的梦想！"

忘了说，这位令我当年眼圈变黑，拳头握紧，如今松开拳头，拍红巴掌的哥们叫付桐。全班都听得云里雾里，只有我读得弦外之音，付桐燃起的希望之火，正是我身边的同桌。

快要轮到马雨洛了，她颦眉不语，我说："紧张什么，天下谁人不识君。"

"我有点不舒服，今天又没有吃早饭。"

尽管如此，她依然从容自若地上台，娓娓动听地讲完。她爱音乐，爱绘画，爱文学，爱书法，我高兴地发现，我俩没有任何共同爱好。她介绍完毕，掌声雷动，比刚才班主任讲完还要经久不息。马雨洛回到座位，伏在桌上，脸色发白，额头有微小的汗珠。

我说："你是经常不吃早饭吧。"

"嗯，"她瓮声瓮气地应了一句，"爸妈太忙了。"

"买点东西吃。"

"以前会买的，后来有男生在店里故意等我，就不买了。"

我说："就是我家的包子铺吧，我听妈妈说，有人专门等着追你。"

"是你家的啊，我小学天天去买早饭，之后没法去了，一去他们就起哄，还骑车跟在我后面，所以现在早上干脆坐公交了。"

我乐了："以前我妈催我起床，说你骑得飞快，肯定是为了早点学习。"

马雨洛直起腰身，噘嘴道："才不是为了学习，是'逃命'。"

放学了，我自顾自地往校外走。穿过草坪，路过花圃，绕过孔子的屁股，出了校门，再走几步，就到了公交站台。马路对面的奶茶店聚了不少学生在嬉闹，比驶过的车辆还要吵，我转过身，看见围墙上的竞赛光荣榜。阳光透过梧桐的枝叶，给学长的照片笼罩了细碎的光影，添了一点神秘。我看了半天，最大的奖只是省一等奖。

"周楚凡，车来了。"

是马雨洛，她正站在马路牙子边喊我，我应了一声，才发现同学们都涌出了校门，像雨后冒出的春笋。我走近马雨洛，她身高只齐我的唇，却显得亭亭玉立。阳光倾泻，描出她线条柔和的脸与肩，的确很美，也很耀眼，身后站台广告窗里的女星，都显得黯然失色。

车上，我和马雨洛坐在一起。她说："你想参加竞赛吗？"

"嗯，"我说，"我数学还行，四岁就可以帮店里收银。"

马雨洛笑了一下，说："竞赛保送很难，加油哦。"

我沉默，是很难，从今年起，只有在中国数学奥林匹克中摘金，才可以保送。

澜岸小区站到了，马雨洛起身。

"马雨洛，"我喊她，她扭头看我，我说，"要不要我以后带早饭给你？"

"不用啦，谢谢。"她笑了，转身轻快地下了车。

透过车窗，我看向她的背影，直至行道树彻底遮挡了视线。

到家了，我跳下车，跑回包子铺。木头大门关着，中部的框沿挂着一块铜牌，上面是我写的毛笔字，丰满端正，有颜真卿的风范——"Open at 5：00 Close at 10：00"。

推开门，堂间的桌椅已被擦拭干净，光可鉴人。

"我回来了。"

"快来吃饭。"妈妈在后厨喊我。

我跑过去，桌上有两条红烧鱼，我的表情就跟鱼一样凝固了。

"什么表情，"爸爸说，"水乡人不吃鱼怎么行。吃鱼聪明。"

"怪不得你喜欢吃，"我回道，"我就不用吃。"

我嗅了嗅，走到灶台前，掀起锅盖，露出一锅的清炖狮子头，我和地上的黑蛋同时笑逐颜开。

妈妈说："你不喜欢鱼，就喜欢猪。老师怎么样？"

我说："我喜欢老师。"

爸爸大笑。妈妈也笑："同学呢？"

"我见到马雨洛了。"

桌上垫着放鱼刺的纸，是初中的作文讲义，为首的一篇作者正是马雨洛。我读了两句，读不下去，难受得像被迫吃鱼。我说："这作文是马雨洛写的，别往上吐刺了。"

爸爸颇有深意地笑了："打算收藏？"

"别笑得像个烧卖似的，"我说，"写的全是空话，适合当草稿纸。"

妈妈成了警察，追问我早上的事，我一边吃饭一边讲了讲。

妈妈说："马雨洛跟你同桌？"

我说："你听了半天，就记得这个？"

"很漂亮吧。"

"没有细看，不过你的语气是陈述句，还问什么。"

爸爸说："你这机灵劲不用到作文上去。"

我笑了："还是陈述句。"

黑蛋汪汪喊了几声，这是祈使句，我夹给他一个肉丸子。

妈妈说："你考第二，得跟人家第一多学习。"

我说："她小时候是不是老来我们家店里？"

"是啊，从小就水灵，长大了更俊。"

"我怎么没印象，我在干嘛？"

妈妈瞪了我一眼："你不是踢球就是睡大觉，整天跟群男生疯玩。"

好吧，确实如此。从小到大，我只和男生玩，我一度怀疑自己的性取向，直到初中的一天，我意识到我在瞄一个女生隆起的胸部，方才如释重负。可我并不喜欢她，只是喜欢她的胸部而已。也许因为我喜欢足球，所以对球体有好感。可星屿中学的足球向来很烂，在全市八所高中年年倒数，我高中有两大目标，其一就是率领星屿，夺取全市高中足球联赛冠军，这个冠军还算容易，另一个比较难——中国数学奥林匹克金牌。

下午，日光正稠，可浓不过枝繁叶茂的梧桐。柏油马路的两侧被树影剪碎，只留中间一条完整的光带。车辆飞驰，路边的树荫里有两个老头端坐，在下中国象棋。

我两手插进裤袋，吹着口哨蹬着车。转过街角，看见那辆蓝色的自行车，正慢悠悠地向前行驶。马尾辫在她的脖颈后面悬着。

我加速上前，扭头道："没人追就骑这么慢吗？我不用手都比你快。"

"有本事别用脚。"

我大笑，她说，"慢一点好，你怕迟到？"

我伸手握住车把，说："以前我是第一所以不怕，现在不是了。"

"第一名就能迟到吗？"

"能啊，我一个同学叫猴子，跟我一起迟到，我让他先进教室，老师就不会说什么了。"

马雨洛笑了："我当老师就专门罚你这个第一。"

"我同意，这就去通知郝老师，你敢迟到就罚你。"

我一溜烟地骑走了。

教室里，各科老师依次亮相。数学老师是郝强国。语文老师知书达礼，和蔼可亲，对我的作文也许能手下留情。英语老师全程英语，和许莫互动得很哈皮。马雨洛低声对我说："I hang you。"我哈哈笑道："I hate you。"

班主任要男生去搬课本，我随着人群走到库房，大伙正鱼贯而入、鱼贯而出。

　　旗杆也在，他原名齐山，是初中的守门员，瘦瘦高高，一到比赛喜欢在脑门上贴个国旗，名字就成了旗杆。"队长？！"旗杆大叫，冲过来搂住我的肩膀，这姿势很别扭，我不到一米八，他两米多，他本该搂着我的脑袋。我拍拍旗杆的后背，让他站直。他握拳曲臂，展示肱二头肌，又弯腰抱起一大摞书："你看看，强不，壮不，不该叫我旗杆了吧。"

　　"好，电线杆，"我拎起两捆书，走出门外，扭头说，"足球别丢了，我要新建球队，你得来。"

第二章

新

第二天一早，我在家门口的站台等待。本想找两个空位，留马雨洛坐在旁边，然而一上车，就撞见许莫虎视眈眈的眼神，为了防止他再次鸠占鹊巢，我决定身先士卒，直接一屁股坐在许莫边上。他冲我笑了笑，我感到困惑。

澜岸小区到了，我向窗外张望，马雨洛正背着书包登上车厢。

我再一看，许莫人呢？得，这小子挪马雨洛旁边去了……

上课时，马雨洛蔫蔫的，我奇怪她怎么了，却听到轻微的咕咕声。

"你笑什么？"她埋怨道。

我说："小宝宝在里面叫唤呢。"

"胡说，是我没来得及吃早饭。"

我说："不吃早饭真不好……"

"周楚凡，答案是多少？"班主任敲了敲黑板。

坐在前面的同学都扭头看我，当然也可能是趁机看两眼马雨洛。林曦转过身，笑得尤为惹眼。

我站起来，瞅了瞅黑板。

"老师，根据题意及条件，经过认真计算和检验，可以确定，"这么啰嗦只是为了延长思考的时间，我又顿了顿，"答案是24。"

班主任一愣，说："嗯，很好，请坐。"

马雨洛拍拍自己的胸脯，呼了一口气。

我慧眼如炬，瞄了一眼马雨洛的胸部，对她摇了摇手指。雕虫小技，不足挂齿。

课间，马雨洛动笔算了算，也得出了答案，她的字迹娟秀，不像我，潦草得别人都看不懂。

我伸手指着其中一步说："证这个比例相等不需要正弦定理，用角平分线定理就可以。"

马雨洛颦眉片刻，展颜笑了。

我很高兴，能对着数学题笑的女生太少。

她把"用角平分线定理更好"九个字写在旁边，抬起头问我："数学怎么学呢？我数学花的时间最多，还是没有语文和英语好。"

很简单，优秀只需刻苦，顶尖就要天赋了。我安慰道："其实我也花了不少功夫，当然还有自己的方法。比如作业里重复的题不写，可以省好多时间。"

"我记得初中老是遇到重复的题，《补充习题》和《课时训练》几乎一样嘛，"马雨洛说，"你不写老师不管吗？"

"老师默许了，《补充习题》做过的，《课时训练》又遇到了，我就写'此题已做过，请看《补充习题》'。"说完，我开怀大笑。

马雨洛说："你笑什么，我觉得这样做不错。"

"后来我全都不写，我在《补充习题》写'请看《课时训练》'，在《课时训练》写'请看《补充习题》'。"

她捂着嘴，笑得花枝乱颤。

马雨洛跟许莫真是好学生，每门课都做笔记，表情全神贯注，忽而恍然大悟。我怀疑要是老师打个喷嚏，他们也会像醍醐灌顶，记个不停。

我只有一个笔记本，厚且旧，里面没有abcd牛顿高尔基，只是一些所见所闻，做了点妙趣横生的短评，这是我的秘密笔记。

数学课上，林曦坐得笔直，本可以掩护我睡觉，可她的胳膊在晃动，我想或许是她在桌子下面打着节拍练舞。我的桌子也一抖一抖，没关系，反正我又不做笔记。只是不解，听老师"念经"我一心想睡，为什么林曦可以听出节奏感。我很快释然，因为物理课上林曦悄悄地睡着了。

语文课，老师扯了一通"木桶理论"，希望我们重视语文，全面发展。简直一派胡言，我掏出秘密笔记写了写。马雨洛瞥见我这古董似的泛黄本子，眼神里多了一分好奇的意味。

"独门秘笈，你要看吗？"我只是客套一下，没想到马雨洛真的点点头。

"呃，"我说，"等下课吧。"

我希望能相忘于课间，但她记性很好，一下课就伸出手："给我。"

我严词拒绝："能不能不给你看啊？"

"不能。"

我妥协说只能看今天的。

"好。"她接过本子，翻到最新的一页，林曦转过身，和马雨洛头挨着头一起看。

我不认可"木桶理论"。一是有些短板无法弥补，需要扬长避短，可以把木桶斜过来，就能多装一点水；二是如果一根木头够长够好，就不会用来做木桶，而会成为栋梁。

林曦哼了一声，说我自作聪明，不讲道理。马雨洛默默地往前翻，我眼疾手快抢过来，一本正经地说："不好意思，你是普通同学，每天只能看一页。"

马雨洛看着我，眸子很亮，却不说话。林曦嚷道："那我是高级同学。"

我说："别想一步登天。"

她拍我的桌子。

我说："我知道写得好，你不用拍案叫绝。"

马雨洛噗嗤笑出声，林曦恼羞成怒，抱怨马雨洛不帮她。

"笨，"我说，"你站起来啊，就可以变为拍案而起了。"

林曦真听话，站起来，俯下身，炯炯地逼视着我。她果然如传闻所说疯疯……锋芒毕露。

幸亏右边的许莫为我解围，他英文的开场白如同天籁，我敷衍地哈哈几声，把位置让给了他。我溜出教室，1班位于一层，走廊与室外以台阶相连，正值九月，桂花时节，地面落满了亮黄的花瓣。仰头看去，廊外那排金桂已经盛开。都说桂花香飘十里，我离它只有一米。

迎面走来一个红发少年，嘴里叼着烟，裤子上破洞累累。

这是肖寒。他没有看见我，只顾吞云吐雾吹着口哨。他看见了我，烟掉在地上，我踩灭，捡起来，丢进垃圾桶。我说："两千米，走。"

肖寒和我关系复杂。小时候，他的父母在外地打拼，只剩开钟表店的爷爷奶奶。两个老人腿脚不好，可以修理钟表，却修理不了这淘气包。所以肖寒无法无天，在一条街上胡作非为，敢把擦炮甩进我房间的窗户，关键是没能炸毁作业，炸醒了熟睡的我。后来我水到渠成地打了他一顿，并以德服人，给他的伤口涂了眼药水。再之后肖寒白天就在我家跟我玩，我和他很像哥哥和弟弟，之前我的弟弟一直是黑蛋。我们小学同学，初中同桌两年。直到一年前，肖寒的父母回来，据说赚得盆满钵满，他就转校，也搬走了。当年为了让他改邪归正，我不惜自我牺牲。他犯了错误，认错了，就一起去跑步。不认错，我就一个人跑，权当锻炼身体。再后来，只说多少米，他就和我一起出发了。

就像现在这样，只有两人的操场。沧澜河自西向东穿过星屿中学，空旷的操场便孤独地处在北半边。跑步时我一言不发，他也是。上课铃响了，没有停。跑完最后一圈，我回到教室，却发现空无一人。我看了看门旁的课表，原来是体育课……

我再一次跑到操场，草皮上长出了几处整齐的队列。

体育老师问我："怎么迟到？都已经跑了一圈。"

我已经跑了五圈，我说："没有为什么，就是迟到了。罚我什么？"

老师笑了，说接下去要练俯卧撑，就由我来示范，他来指正。

"老师，我的动作很标准，还是请别人吧。"我推辞道。我每天坚持做五十个俯卧撑，动作认真而标准，像是要跟地面接吻。

老师说："那就做到你动作不标准为止。"

我遵命，同学们一五一十地在数，做到五十个，我已经大厦将倾，他们还在加油鼓劲，我好像听到付桐说再来二百个，这是当我二百五呢。

强弩之末的我需要心理上的支撑，好极了，我想起一个哥们儿，自诩为情圣，经常吹嘘说他玩过的女生比我们见过的还多，引得一群少年唯他马首是瞻。俯卧撑在他人眼中难如起床，在他口中易如反掌，他说，但凡做俯卧撑，想象自己的女朋友们在身子下面排着队，他就勇猛无比，几百个都是不费吹灰之力。结果有一次被罚做俯卧撑，这传说中的猛男只做了三个就蛤蟆似的趴着不动了。

我笑出声，卧倒在地，歇了半天，才站起来。体育老师问："你是不是经常锻炼？"我说是啊，还经常打架。他拍拍我的肩膀，扭头和同学们说："锻炼身体，要向这位同学学习。知道木桶理论吗？不要光晓得提高文化成绩，要德智体美全面发展。"木桶理论……我忍俊不禁，向女生那边看去，马雨洛对我会心一笑，纯白的T恤在风中如一面旗帜，她就站在草地上。

结果我当选为体育委员，开始了新的足球大业。

放学了，肖寒在校门口等我，他的红头发有点优势，像开瓢的西瓜般醒目。

他沉默，我说："别抽烟，来踢球。别的再说。"

我举起手，他抬头，和我击掌："答应你。"

"哟，求婚呢这是？"蹿出一道亮光，是光头何仁尚，就是医院躺我旁边的那位。我说："你这秃头越来越亮了，士别三日，刮头相看。"

和尚说："还三日，三个月了都。我俩啥时候再比比？"

我说："打架还是踢球？"

"踢球，"和尚说，"星屿的校队你来不来？"

"不去。我准备自己重建个球队，你来不？"

"肯定来啊，谁当队长？"

我说："我。"

和尚叫道："凭什么给你当，我以前也是队长。"

肖寒说："我在转去的初中也是队长。"

"你看，凭什么……"和尚话音未落，肖寒说："我选周楚凡。"

我笑了："二比一，很公平。"

我们三人走出校门，车水马龙，行人如梭。

肖寒说："中午不回家了，我请你们去牛仔织女吧。"

牛仔织女很近，是一家学贯中西的连锁餐厅，既有菲力牛排，也有扬州炒饭。我很喜欢这个名字。

虽然牛仔和织女永远不可能在一起。

建立球队的计划诞生于中考后的暑假，那个夏日的全市联赛，星屿中学0比7败给大华职中，偏偏那天我还闲来无事去当观众，看得冒火，老子就算在场上插根木桩，效果都比星屿的队员强。拉拉队甚至气得直接倒戈，改成为大华加油了，观众也齐声喝倒彩。

比赛结束，对方火上浇油，对着观众席竖中指，向我校拉拉队抛媚眼，跟自己的女朋友秀恩爱。我很生气，但必须从长计议。君子报仇，十年不晚，要让敌人一朝被蛇咬，十年"帕金森"。

不过，足球不行也不能怪学长，学校不重视，学生没时间，结果当然不堪入目，全市联赛永远倒数。而最强的中学正是大华，这群愣头青整天不是踢足球就是打篮球或者泡妞，自然精通各种技术。

班主任重新排了座位，他说非常合理，按成绩互补。本以为同桌会换成某个数学小白，不料还是马雨洛。我这才想起自己泣鬼神的作文。

许莫和林曦调走了，前座换成了付桐。自从坐到我前面，他可谓快乐无边，只要下课，总会觍着一张笑脸，扭头和马雨洛胡搅蛮缠。

至于2路车上的许莫，没能坚持多久。他的父母官挺大，当年也是学霸，无法理解儿子为何非要绕路乘车。我相信许莫一定找了不少理由，比如模仿付桐，说在车上找到了人生的意义、活着的希望、世界的曙光之类，但父母显然只相信书中自有颜如玉而非车里，许莫最终还是放弃了，车里再也不见他的身影。

马雨洛顺理成章地坐到我身边，我们交流得无拘无束，毕竟我不说英语。清洌的阳光渗进车窗，沿着她耳垂下的绒毛流淌，她很爱笑，笑起来更漂亮，像咬住了一线阳光。

开学第一周的星期天晚上，是一年一度的新生晚会。猴子换走了我第一排的高级票，说想靠近点看林曦跳舞。我说："你听听白月的钢琴不就行了吗？"他说："我的位置是你最喜欢的黄金座位，不用谢。"我哑口无言。

我们班准备了话剧——《霸王别姬》。我觉得还不如演王八背鸡。因为虞姬是马雨洛，班上太多人抢着演霸王，《霸王别姬》就换成了老少咸宜的《三顾茅庐》，付桐扮作看门童子，许莫演诸葛亮，"张飞"一角，众人一致赞成交给体育委员，我起初不肯，直到把剧本修改得面目全非，方才笑纳。许莫反复提醒，他需要一个才貌双全的妻子。我正色道，按一般的说法，诸葛亮的老婆很丑，跟庞统差不多。

剧组对新编的剧本守口如瓶，马雨洛好奇不已，对我旁敲侧击，然而我不为所动，她急了，课间对我说："你告诉我嘛，我保证不说出去。"

她的眸子默默对着我，我心里一荡，鬼使神差地从抽屉里抽出羽扇道具，装模作样地摇了摇，道："天机不可外泄，你且附耳过来。"我没想到，马雨洛真的乖乖凑了过来。她的秀发光洁，还有一股清香。一瞬间，我的眼里全是马雨洛低头可人的模样。

在这之前，脑袋给我留下深刻印象的是和尚，当时他用锃亮的光头头球破门，满场雀跃，我方的后卫，一个物理奇才，一个自称可以心算足球轨迹、不幸中考物理不及格、目前在做理发师的兄弟，大无畏地跑过去训斥了光头一顿，大致是说：秃头比之有头发的，增加了弹力，而且光的反射晃瞎了守门员的眼睛，这不公平，进球无效。他理所当然被和尚打了，接着和尚被我塞了一拳，最后两队大打出手群魔乱舞。应该指出，光头这个目标太过明显，是他住院的主要原因。

我贴近马雨洛的耳朵，小声说："听好了。"她一动不动，我一抖手腕，收起羽扇，敲了她脑袋三下。哈哈哈，我放声大笑，眼角余光一瞥，马雨洛脸红通通的，一声不吭，好像生气了。

不至于吧，我打得又不疼。等等等等，打三下有问题，我急急忙忙跟马雨洛说："不是不是，你误会了，不是孙悟空那个意思，是三打白骨精的意思，不不不，也不是，是三顾茅庐三打张飞。"

我掏出剧本放到她怀里："你看都在这儿，到时候我会演一出苦肉计。"

她不露声色地收下剧本，冲我诡谲的一笑。

原来我才被苦肉计了。我气乎乎地伸手，企图救回我的剧本。马雨洛笑容灿烂，张开双臂护住抽屉。

我果断收手，含蓄地说："我不要了，你的动作让我觉得自己像一只老鹰。"

其实我是说，马雨洛像护雏的老母鸡。等她想明白而气鼓鼓时，我已经跑出了教室。

我倚着走廊的栏杆，思绪翩翩。所有的好姑娘都是傻姑娘，还记得在初中时猴子问我："队长，你觉得我是不是傻？"我说："是的，你喜欢那个谁，和她说过一句话没？"猴子不满："你又把她名字忘了。"我说："你记得又如何。"猴子又问我："你看我是不是长得很憨厚？"我端详半天："你表面像猴子，内心却像八戒。"猴子扭捏道："我听说，那些又聪明又漂亮的女生，都喜欢憨厚老实的男人。"

我面无表情，猴子说："你的表情怎么跟看破红尘似的，你怎么看这事？"我转过身去，右脚旋起一地红尘，双手合十，念念有词："关我屁事。"

猴子似有所悟，穿过滚滚红尘扯住我的衣服，表示："大师请留步，还请再赐教。"

我弹了弹猴子的脑袋："踢球找我，追女生找情圣去。"

至于后来，情圣这个狗头军师给猴子出的馊主意，我觉得很有用，将其记录在秘密本子上，标题为《如何让女生对我闻风丧胆》。

我想起猴子提起白月欲言又止的样子，心里明白，就像付桐的卷土重来，他的爱也是死灰复燃，希望我能在一旁煽风点火。嘿嘿，那我当然要狮子开口提条件了，想到这里，我不禁"啊呜"一声，吞了一大口空气。

"你饿了吗？"是林曦，在走廊里用栏杆压腿。我哦了一声，扭头四顾，一帮男生堆在这里若无其事，可是眼神总有意无意地飘过来。我很烦，我从小讨厌一件事，就是几个兄弟在一起踢球，玩得正酣，一旦有个漂亮女生坐在附近，这群混蛋就会"大义灭亲"，虚伪至极。常见发病症状如下：表面对女生视而不见，实际一分钟看七眼；无缘无故慷慨激昂，搞得我这个队长像个站岗的；本来还一口一个他妈，突然满嘴之乎者也温文尔雅；喜欢显摆，擅长物理的能从足球扯到量子力学。总之，就希望引起女生的注意，赢得女生的芳心。后来学习了生物，我才得知这一疾病的学名："求偶炫耀"。从此，每当他们开始求偶炫耀，我就以一种生物学家进动物园的眼神旁观。

林曦嚷道："你看什么？我跟你说话呢。"我说："没什么，你尽管说。"

第三章

会

周三下午摸底考试，接过数学试卷，稍稍浏览，有点意思。

我一路"飙车"高奏凯歌，交上试卷，见同学们扎成一堆对答案，马雨洛也在人群里，抿着小嘴，脸色紧张。我搞不懂，为何要把考试当作负担，我都是考了玩玩。如果心情不好，我的作文就会"丧心病狂"、指桑骂"桑"、锐不可当，数学题必然删简就繁，改用代数暴力计算。如果心情好，那我就正常点，写作文能高抬贵手笔下留情，解题也会回归"显然易得见答案，同理证略这不难"。

我是年级第一，数学是唯一的满分；马雨洛第二，语文英语加起来比我高了二十分，可数学被甩掉三十二分。我一直笑嘻嘻，她却也不生气，只顾细细看我的数学答卷。

放学，我推着车出校门，听到有人在喊周楚凡，四下环顾，居然是谷校长，正站在孔子像边对我招手。自行车被我推出了火箭的速度，到了跟前，我毕恭毕敬地说："校长好。"

校长笑了，笑声爽朗，契合肥胖的体态，他说："考得不错。"

"哪里哪里，"我说，"占了数学的便宜。"

校长说："知道自己的长处就好，下周开始，你跟着陈教练学竞赛，和高二的学长一起。"

我笑了："好啊。"

继换票之后，猴子又来找我，这天傍晚，晚自习之前，我俩坐进牛仔织女，探讨如何才能将白月变成他的女朋友。我请客，猴子不明白为何。我懒洋洋地陷在沙发里，准备最后回答这个问题。周围坐着好几对小情侣，我怀疑他们连余弦定理都没掌握，却在那卿卿我我海誓山盟。

"请问二位点餐吗？"织女打扮的服务员小姐走过来问。

"两份沙朗，七分熟。猴子，你喝什么？"

"苹果汁。"

我说："请问这边有豆浆吗？"

服务员笑了："抱歉没有。"

我说："那再来一杯纯牛奶吧。"

"好的，"服务员说，"需要玫瑰吗？免费赠送。"

"不要。"那些情侣们的桌上有一只玻璃瓶，瓶口插着一支玫瑰。看他们热火朝天的模样，我不明白这玩意有毛用，还不如送点避孕套。

我对猴子说，解题思路要清晰，先看以前的方法错在哪里。我从书包里取出秘密笔记，翻到《如何让女生对我闻风丧胆》，指着第一条，读道："暗中跟随，英雄救美。"猴子点头。我摊开手："但你的做法是天天跟着白月回家等她落水。"

我不想分析，直接总结："这是守兔待株。"

邻座的一对情侣从两侧吸到了一起，连体婴儿般拥吻着。做题目得心无旁骛，排除干扰因素，我一个鲤鱼打挺跳出沙发，走过去拍拍那个男生的肩膀，说："同学，注意一点影响。来饭店是吃饭的，不是吃人的。"

我继续躺回沙发中，举起笔记本："来看第二个，培养共同兴趣，制造共同话题。"

服务员送来餐点，我合上笔记，把牛奶倒进牛排托盘，猴子说："这是什么操作？"

"本是同根生，相泡何太急。"我叹道。

猴子笑得直呛，我敛容说："严肃点，你是打算学钢琴，还是想让白月踢足球？"

"我学弹钢琴。"

"弹你妈的屁，"我说，"哪来的时间？"

猴子嚷道："踢球的时间呗。"

"你连自己都不要了还有谁要。"我抬手打了一下猴子脑袋。

猴子头一缩，若有所悟地点点头。

接下来，我继续批判了其他方法：学弹吉他，没事送花；装疯卖傻，死缠烂打；以死相逼，死而后已；锻炼身体，六块腹肌；好好学习，年级第一……

"好了，先说到这，"我扶着额头，心力交瘁，"我今天请你，是有件事要你帮忙。"

"什么事？"

我用纸巾擦擦嘴角，站起身，望向落地窗外，夕阳正灿烂，梧桐上仿佛栖满凤凰。学生们三五成群，结伴而行。我说："体育课上看看你们班和其他班会踢球的，我要组建新的球队。"

我说我喜欢踢球，大伙都懂。我说"我数学不错"，没人听懂，我其实是说，我的数学不会错。晚自习的小测，我写完了，马雨洛还在做填空，看她皱着眉头，在草稿纸上又画又算，太逗了。我把卷子放在一边，掏出竞赛书自学。数学是我的长木板，但依然太短，还困在高考这个破木桶里。

"你写完了？"马雨洛有些讶异。

我点头。

"其他作业呢？"

"数学课上写完了，"做难题我不喜有人打扰，更不想跟人闲聊，我把话题封杀掉，"你太慢了，赶紧的。"

课间，马雨洛说，和我一比，觉得自己数学好差。我说："很正常。总会遇到一些人，提高自己的认知上限，或者拉低下限。"

马雨洛表示认可："是的是的，你确实拉低了我的下限。特别傻。"我乜了她一眼，从抽屉里拿出张飞的道具——一捆绳子，马雨洛啊一声，跑得远远的，我笑了，心想跑得了和尚跑不了庙，把她的凳子和桌腿绑在一起，还特意采用了十字结。马雨洛走回来，问我做什么呢。我说："看我扎得这么结实，无解。"她笑岔了气，直接坐下说："谢谢你的一体化设计。凳子不会丢了。"

我幡然醒悟，也笑得东倒西歪。我没有告诉马雨洛，她提高了我的认知上限。原来真有漂亮爱笑还聪明努力的女孩子，老师和同学们都很喜欢她，课间常有人挪过来向她请教问题。我无奈，只好到走廊上去，把座位让给这些情窦初开的少年。

晚会前的排练无趣，如果人生需要彩排，我宁可直接进棺材。

女主持就是马雨洛，男主持是高二的杨风，学生会会长，一表人才。

第一次排练，杨风过来和我握手："你是马雨洛的同桌吧？你好。"

我伸出手："你是马雨洛的搭档吧？你好。"

他昂首含胸，外表不错，一套崭新的西装很合身，抹了发胶的头发很合头。马雨洛站他旁边挺般配，我是第一次见她穿裙子，露出光洁的小腿。杨会长风度翩翩，尤其是在马雨洛面前，好几次她都红了脸，这丫头不会这么好骗吧，岂不让当年的"闹钟们"伤心欲绝？不过也很合理，人家玉树临风，枝头容易招来凤凰。

许莫演诸葛亮很合适，就是时不时蹦出个英文单词。付桐这个"门童"已是我的部下，他想加入足球队减肥，我特例批准通过，相信他可以重现奇迹。至于"刘备"，只管流泪。

周六最后一次全体彩排，从午到晚。挺顺利，不出意外，我的"张飞"胜过"黄盖"。

演练结束，天都黑了。没有公交车，又是顺路，马雨洛和我一起走回家。已经入秋，凉意侵人，马雨洛一身薄衣短裙，抱着双臂。我想把自己一身的"铠甲"脱给她披上，但这衣服看起来层峦叠嶂，事实上只有一件，我总不能光着上身吧。

"好冷。"马雨洛看了我一眼，我视而不见。

又走了五盏路灯，她嚷道："你就不能把衣服脱一件给我吗？我穿着裙子冷呐。"

我说："如果你上身暖和了，小腿会觉得更冷。"

她说："你是傻子吧。"

我也挺冷，不想说话。

走上一条僻静的道路，阴影里浮现出三个男的。这明明是猴子期待已久的故事情节，我真无奈，命运就是喜欢张冠李戴。

为首的黄毛看我一套服装，笑了半天，说："你这衣服值钱得很，老实把钱交出来。"

马雨洛说："凭什么，你这是抢劫，我要报警了。"

我偏过脸，对她说："你是傻子吧。"

我站到马雨洛身前："交个朋友，放我们走吧。"

"交你妹，把钱掏出来，"黄毛拉长了脸，语调一变，"这妹子可以，要不你陪我吧。"

他伸手想摸马雨洛的脸，另外两人在旁边笑得歪七斜八。

我一拳直奔黄毛的鼻子，他鲜血直流。我收回拳头，背起马雨洛，开始奔跑。她趴在我身上，鼻息划过我的脸，长发垂在我眼前，触手可及，有丝丝的香气与痒意。我蓦然想到一幅漫画，小狐狸骑在猫的脖子上，把鱼吊在猫的眼前，猫就不停地跑，不停地跑。

妈的，虽然一开始打了个出其不意，又在这迷宫似的小巷里绕得连自己都七晕八素，但是背上多个人，我根本摆脱不了他们。

我在巷尾找了个安静的墙角，放下马雨洛："躲这儿等，别出声。"

"别，别丢下我。"青砖墙面投下的阴影里，看不清她的面庞，唯独眼睛有亮光。她在微微地颤抖，因为害怕或者寒冷。我笑了，脱下笨重的衣服给她披上。我赤裸着上身，在月光下奔跑，只觉身轻如燕，而又热血沸腾。来到交叉巷口，我一脚踹翻垃圾桶，我相信他们的听觉，倚在电线杆旁等待。

三个人影，出现在三条岔路的尽头，向中心的我围拢。我看向身后的那条小巷，空无一人。

真遗憾，再来一个就好了，我喜欢四面楚歌。

"练得挺牛啊，"黄毛看见我的身材，鼻血好像又流了出来，"揍他！"

如果你跟一群人打架，那就逮着一个人打，别管自己多疼，死也要揍对面一个，如果你直接躺地上抱着头白白被揍，那你他妈不如去死。这话是和尚在病床上跟我说的，也是我躺在他邻床的原因。

黄毛被两个人架走，我也站不起来了，背靠着电线杆，坐在石板路上。可我还是想笑，哈哈哈哈。嘴里有血，我不笑了，闭上嘴，低头看去，胸腹的沟壑间染上条条鲜血，冷淡的月光下，像纵横交错的峡谷中干涸的红河。

歇了半晌，发现腿还能动，我大喜过望，一步一步挪向马雨洛藏身的地方。

半路上，她向我跑来。我说："不是让你藏好的吗？"

昏黄的路灯下，她的眼泪泛着暖光，脸庞的轮廓被勾勒得清晰如画，她一点伤都没有，只是头发有点乱，几缕垂在耳边。她依然完好无损。

她一个劲地哭，还凑过来想给我披上衣服。我真的笑了："黄袍加身会变成大红袍的。"马雨洛就折好我的甲衣收进书包，哭哭啼啼的，一直问我疼不疼。

疼个屁。我只好自己向前，任她在后面流泪。

到了澜岸小区门口，我扭头说："回家吧。"

马雨洛在低声抽泣，眸子通红，像个兔子。

我不再看她，独自走回家，打开门，黑蛋摇着尾巴冲过来，汪汪叫个不停。

妈妈看见我差点晕倒："怎么这样呢？怎么这样呢？老东西，还不下来看看你儿子！"

我说："看什么看，路上被抢了，打了一架。"

妈妈伸出手，又缩回了手，她不敢碰我的伤口，她哭声说："谁啊，抓到他不打死他。把钱给他，你笨啊。"

我一愣，呆在原地。我清楚地回忆起，当黄毛伸手想摸马雨洛的脸蛋时，我貌似失了智。

我开始思索：我是不是喜欢上了马雨洛。

这问题不简单，没等想出个所以然，我就累倒在地。

醒来了，躺在自己的床上。想了想，我只是不愿马雨洛被黄毛染指，好比你看到一个精美的艺术品，肯定也不希望别人用脏兮兮的手把玩，即便自己并不想拥有。

"醒了。"妈妈推开门，声音疲惫。

我问："现在几点？"

"你睡了快一天，"妈妈说，"已经是下午了。"

我蹦下床。

"你去哪儿？"妈妈说，"我联系了老师，晚会你不用去，有人替你了。"

我说："你不是说要打死他们嘛，正好我也没打够。"

妈妈两手叉着腰，却又无可奈何。

我洗漱完毕，喝了一碗粥，穿戴整齐，走下楼梯。爸爸在擀面，他对我的这些破事习以为常，只要我没死，他都觉得大有好处。我走到背后狠狠一拍他的屁股，一阵风似的跑了，比昨天晚上还快。

我不在乎自己的角色换成了谁，只是有些失落。竹篮打水一场空。想起那些坚持早起的"闹钟"们，我更加惆怅。他们每天早上浩浩荡荡护送的姑娘，终究会牵着别人的手走入殿堂。世界上有三种习惯：好习惯，坏习惯，爱。

大礼堂内人头攒动，吵吵嚷嚷。灯光耀眼，舞台焕然一新，地毯艳丽得如同染血。

我听到身边的人议论纷纷，在说谁谁谁很漂亮，某某某很帅。我嗤之以鼻，走到3班和9班的区域，把和尚和肖寒喊出来。

"没想到除了老夫，居然还有人能打伤你，"和尚旁若无人地掀起我的衬衫，打量道，"队长，我帮你疗伤……"

这厮是想摸我的腹肌，我一把拍掉他的手："别乱摸。"

肖寒把手放到嘴边，夹起食指和中指，发觉没有香烟，摸了摸嘴唇："你想怎么办？"

我露出了笑容。

肖寒说："看到你这种表情，我同情那三个人。"

和尚笑了："有屁快放。我还急着看漂亮姑娘。"

我说："帮我找到那三个人，我要轮流再打一次。"

"行吧，什么模样。"肖寒两手插回裤袋里，撇嘴道。

虽然过了一晚，但三人的音容宛在。我回忆了他们的音容笑貌。

"等我们消息吧。"和尚点点头，光头反射的光泽变幻莫测。

"让他们做好准备。"

我找到猴子的黄金座位，坐下来等待演出开始。

杨风和马雨洛这对金童玉女，站在台上相得益彰。会长一套紫黑的西装，比昨晚更英俊笔挺，马雨洛换了一身鹅黄的薄纱裙子，眉眼略施粉黛，很有点羽化登仙的感觉。两位主持人的开场白富有热情，杨风从容不迫，笑容逼真，马雨洛优雅温婉，活泼自然。

周围的男生叽叽呱呱，像群青蛙。

"那个女主持是谁？"某人问。

一个声音答道："马雨洛，以前我们一中的，成绩还特好。"

"她有男朋友了吗？"

"毛，追她的得有一个师，一个没成。"

"那我可以试试。"

"做梦呢你，她在1班，同桌是个男的，又高又帅，打架贼猛，好像还是这回的年级第一。"

"年级第一？第一排坐校长旁边那个？那叫又高又帅？你眼瞎了吧。"

我向前看去，谷校长身边，猴子正襟危坐。

演出开始，有才华的人实在是多，小小的校园里卧虎藏龙。

和尚一曲摇滚版的《向天再借五百年》掀起第一股高潮，当然，这个活蹦乱跳的光头，踢起球和打起架来，可不像要活五百年的样子。

许莫站在舞台中央，朗诵了一首英文诗：When you are old。他声情并茂，观众们却面无表情，估计十有八九没听懂。掌声稀稀拉拉，许莫很是尴尬，他就不该对牛弹琴。

但别说，白月对牛弹琴，我这头"牛"觉得好听。白月打扮素雅，神情淡漠，她的琴声悠悠，身后两个聒噪的男生声音也小了。

最终点燃整个晚会现场的，是林曦。

《Just Dance》的伴奏响起，林曦登场。口哨声、尖叫声简直要掀翻屋顶。修长的腿，圆挺的胸，姣好的面容，她毫不吝惜自己的美，真的很棒，第一句歌词"I've had a little bit too much"，林曦眼神朦胧，秀发拂面，妩媚迷醉。

太过吵闹，头很昏沉，我一个人走出礼堂，把喧闹和嘈杂扔到身后。我不是很在意演出，世人各有各的节目，各有各的落幕。我只是想看看马雨洛，她一点异样都没有，言谈举止得体大方，一颦一笑可爱青春。

夜风裹挟，我穿过河畔的小树林。四周黑而寂静，远处矗立着阴森的教学楼。我不怕，恐惧源于意料之外，如果有一个披头散发的女鬼从树枝上挂下来，我会给她一个拥抱，或许她会吓得抱头鼠窜。

我笑了，步伐轻快起来。我走至1班教室，借着月光，来到座位前，打算把作业带回家。见那十字结还系在马雨洛的凳上，我解开绳子。

伸手探进抽屉，我愣住了。我的抽屉里一向横七竖八，掏个东西需要过五关斩六将。可现在，我摸到的，是一摞书的棱角。严丝合缝的棱，上下齐心的角。

我俯身看去，抽屉里竟然整整齐齐。

秘密本子被放在最上面，我抽出来，封面上留了一张纸条。

　　我真的没有看，只是帮你整理了猪窝。

——普通同学　马雨洛

我无声地笑了。原来是你呵。

左边是作业，右边是课本。我取出周末的作业。

走之前，我蹲下身子，把绳子重新系了回去。十字结。

第二天一早，我眯着眼睛，挪上2路车。

作业泛滥成灾，睡得太晚，劳困不堪。

我靠在座位上，头微微仰起，睡着了。

梦就像小说，不会面面俱到，只有一颦一笑，可我却觉得栩栩如生，确有其人。我常梦见自己在梦中无法醒来，用尽办法也难以自拔，最后得找个悬崖，一跃而下，失重才会寻回自我。

我站在悬崖边缘俯瞰，云雾漫漫，如临仙境。突然有人推我，我赶紧跑，可那人一直紧跟，如影随形，像纠缠的宿命。

"周楚凡，起床！"我醒了，马雨洛正贴着我的耳朵，恶狠狠地说。

我晕晕乎乎地下车，差点一头撞到梧桐上。我想起什么，问她："你吃早饭了吗？"

马雨洛摇摇头。

"那你还喊那么大声。"

"谁让你睡得像个猪，我推你都不醒。"

我表面像八戒，内心却似悟空。一路上都有男生偷偷地看马雨洛并冷冷地看我，我只好摆出一副正在讨论数学题的严肃面孔。

"你好点了吗？"马雨洛问。

"差不多醒了。"

她笑了："我说你的伤。"

"没事。我还去看你主持了呢。"

"你去看了？我以为你没来，你的位置被别人坐了。"

她的步子比我小，我只好慢点走，我说："你穿的黄裙子。"

马雨洛脸一红："你觉得怎么样，我是说主持得怎么样？"

"十分，绝对十分，惊为天人。"我无比肯定。

"那么好？"马雨洛喜不自胜，脚步好像要蹦起来似的。

"满分一百啦笨蛋。"我哈哈大笑，拔腿就跑。

我扭头看去，以为马雨洛会来追我，却发现她静静地站着，嘴角含笑。

"周楚凡！"

是林曦，我朝她一笑，继续奔跑。

"周楚凡，跑啥呢！"

是校长，我赶紧刹车，停靠在路边，说："校长好，我想早点去教室读书。"

还没等校长开口，就听见林曦在背后哼了一声："骗鬼啊，天天早读课睡觉。"

校长笑了，笑声高亢，就像早晨的太阳，他说："去睡觉吧。"

第四章

敌

马雨洛上课和我说话太多，被老师委婉地批评了几次。我说："教你几招吧，不要扭头，不要捂着嘴，要直视黑板，一本正经，就算被老师看见，他也以为你在念叨题目。"马雨洛并不能学以致用，她太爱笑了，破绽百出。在我的嘲笑下她悲愤交加，誓不与我说话。

我想了想说："要不我早上带早饭给你，不吃早饭对身体不好。"

马雨洛转怒为喜，开口道："好，那我给你钱吧。"

我说："要什么钱，你还不如我家的狗吃得多。"

马雨洛又气又笑："你跟女生一直都是这么说话的吗？"

我说："我以前不跟女生说话。"

我只是不想马雨洛不吃早饭，小脸发白，而且有她广告代言，周记包子铺定能名扬学校。

我跟爸妈说了下计划，他们表示支持，其实有很多老顾客都得归功于马雨洛，但我从俩人怪怪的笑容中品出了另一种味道，他们好像觉得我另有所图，老爸老妈放心好了，我对女孩子毫无兴趣。

从此，每天早上，我像个送外卖的，怀抱一盒早餐，坐好，睡着，等马雨洛上车。然而还是失策，当我在马雨洛的呼唤中醒来，她却已经吃完了。我盯着她光泽的嘴唇，不满道："你就不能等到学校再吃吗？"马雨洛说："不。"我说："味道怎么样？"马雨洛舔了舔嘴唇，笑了："很好。"我正色道："那你得跟同学们推荐推荐。"马雨洛撅起小嘴："不推荐。你只准带给我。"

马雨洛出落得愈加花容月貌，我说，这是营养早餐的功劳。她白了我一眼，说明明是天生丽质，而且腹有诗书气自华。我竟无法反驳，广告计划彻底破产。

这天放学，猴子在1班教室外探头探脑，他有些害羞，不会进门喊我。

我走出去，搂过他的脑袋，说："猴子可以啊，这么快就摸清楚了？其他班的高手水平怎么样？"

猴子说还没，才看了两个班，有一些了解，等调查全了再和我说。

我说："那你是想我喽？"

"我听说你被打了，来问问的。"

"什么叫我被打了，明明是被我打了。"我断然否认。

猴子笑了："我是想说，那三个人我好像认识。"

我说："你怎么认识？"

"他们也抢过我，后来就认识了。"

我估计猴子肯定束手就擒倾囊相授，我说："那你想跟我携手复仇？"

我俩一路走到校门口，忽然看见和尚，正和一个女生手牵着手。

猴子说："不不不，我想跟你说，那三个人是梁成志的小弟。"

我一愣，梁成志听起来有点耳熟啊。过了半晌，我一拍脑袋。

当年，梁成志在我们二中，声名远播，如雷贯耳。

初一对林曦一见钟情，他思索良久，为了暗喻自己一见"钟"情的意思，特地送了一个钟给林曦。此为"送终"事件。

他虽然头脑简单，但神经大条，经常打架，唯一令我赞扬的，是他打了情圣一顿，然而之后两人就称兄道弟，惺惺相惜，情圣称他为大哥，他称情圣为军师，并在学校里创立帮派，名曰"梁山坡好汉"。

他想加入校足球队，我没有同意。

梁成志最后的光辉岁月，定格在初二的会考。考完最后的生物和地理，一大批同学往楼下扔练习卷子，纷纷扬扬颇为壮观。校长刚好从楼下经过，看到漫天鹅"皮"大雪，怒不可遏。其他人都成了缩头乌龟，蹲在围栏后面，就剩我一个出头鸟，还乐呵呵地伸头看着，校长对我怒目而视，吼道："周楚凡，下来！"我大喊："校长好，我没扔啊，我从来不写，早就扔垃圾桶了！"

就在此时，梁成志兴冲冲地奔出教室，手提一捆课本，来到栏杆边，对着天空，大骂一声："操你大爷！"抬手就把课本甩了出去，他看向栏杆后的众人，不屑道："躲这干嘛？"

我往下一看，校长四仰八叉躺在地上，身旁落英缤纷，片刻银装素裹。自此梁成志就告别了二中，一年不见，听说他到了大华职中混得风生水起，在校足球队独当一面，而且梁成志砸校长如同司马光砸缸一般名扬四方，经过口口相传添油加醋，故事变得波澜壮阔，目前最新的版本，是梁成志初二就把校长从楼顶扔了下去。

我说："所以呢？"

"他现在痞得很。"猴子提醒道。

我说："哦，又扔了几个校长吗？"

星期天，肖寒喊我去魔方，是个KTV。很长时间没去，这店刚装修完，新瓶装旧酒，效果挺不错，聚着不少男青年和年轻姑娘。我自顾自地走着，前面的转角忽然现出白月，精致而纤巧，只是神色依旧冷漠。经过她身边，袭来一股香气。

到了K28房间，肖寒坐在沙发上，没有点歌，屏幕上就自动播放着"啦啦啦啦啦啦啦啦啦，拒绝黄拒绝赌拒绝黄赌毒……"

"啦啦啦啦啦啦啦啦，"我坐他旁边，倚在沙发上，"找我干嘛？"

肖寒低声说："你是不是对我很失望？"

"哪里，"我说，"你别抽烟，别染发，来球队，其他无所谓。以前一提到学习你就像被踢到鸡鸡一样呲牙咧嘴的。现在你爸妈发财了，学习？学个屁。"

肖寒敛容说："我见过太多自以为是的狗屁好学生，哥你不一样，你绝非狗屁。"

我说："这马屁拍的，狗屁不通。你喊我来，就是为了探讨我的性质？"

肖寒抿嘴笑了："不，有很严肃的事。"

"稍等，"我弹出沙发坐端正，"那我搞一首严肃的BGM，别一直'啦啦啦，拒绝黄赌毒'。"

我选了一首《黑猫警长》。肖寒直翻白眼："那三个小崽子我查到了，头子是个大崽子，梁成志。"

我笑了："好，知道。"

"你和梁成志见一面吧，他一直记得你，到时候我和光头一起去。"

我不置可否，想起和尚今天跟女生牵着手，嘴脸谄媚，感觉他正处于恋爱中六亲不认的状态。

我说："你唱歌不？我洗耳恭听。"

"不唱，走吧。"

我和肖寒并排往外走，一年不见，他也变得高而帅气，一路上有许多姑娘盯着我俩看，我和他只好走得快一点。

晚自习的竞赛课，我居然考不过高二的学长，陈老师鼓励我，说等我高二肯定比现在的高二强。这可不行，等我高二要比全省的高三强，而我高一就得先超过高二的学长，数学省赛在每年的九月份，还有大半年的时间来"超车"。相信我，我是"飙车"狂魔。

我数学作业不写，数学课写其他作业，马雨洛是语文课代表，所以我近水楼台先得月。

起初马雨洛不给我抄，任我口若悬河，她就是不肯，直到我讲了讲抄作业的原则与缘由，她才勉强同意。抄语文答案，避免雷同属于基本功，我底子扎实，擅长偷梁换柱，比如点评宋之问的诗句"近乡情更怯，不敢问来人"，马雨洛答"诗人被贬，心中郁郁不已，路过家乡，既想念故人故事，又有所担心，更害怕自己所担心的不幸成为现实，所以'情更怯'，表现了诗人思念家乡却又不敢回到家乡，害怕物是人非、牵累家人的矛盾心情"，我就写"诗人久在异乡，饱经风霜，此刻身近故土，思乡之情甚笃，然而情至深处，又恐时过境迁，心中所念皆成云烟，或拖累家人，是以生出害怕回乡之情，看似矛盾，实则更为细腻动人"。

马雨洛每次收上作业，都要翻看我瞒天过海的答案，她还常常表示赞许，就比如这里，认为我点评得更好。我说："马雨洛，我只是润色了你的答案，不能只看表面，不该喜欢包装，要看清本质。"

她笑了："本质是什么，是我的那段话吗？可你确实表达得更好。"

"不。本质，是'近乡情更怯，不敢问来人'。"

抄作业省下的时间，我全给了数学，有时梦里还在证明几个引理。第二天清早，在站台，揣着一份早餐，迷迷糊糊的，上了车，抱着纸盒，继续睡。我根本不知道马雨洛什么时候来到身边，每每都是到了学校，她将我唤醒。

猴子在各班抓"壮丁"，忙活了几天，告诉我好手都记下来了。我让猴子邀请他们国庆节到学校踢球，准备选拔队员。放学时，和尚来找我，牵着他的女朋友，两人是在新生晚会上认识的。女生很活泼，长得也好看，和尚变得絮絮叨叨，举止也婆婆妈妈。我就纳闷，老子都没把他打服，怎么一个小姑娘就让他变老实了呢？

和尚说他和梁成志聊过了，周末请我吃饭。

我问："他哪来的钱？"

"他不是搞了个'梁山坡'嘛，还跟会员收费。"

我问："收多少？"

和尚说："不知道，好像分等级，什么'护法''道长'之类的。"

我笑死了："还是共青团好，人人平等。"

国庆节，我往操场赴约。沧澜河隔断操场与南边的校区，我伫立在将两者相连的学苑桥上，看见猴子一群人，向他们招招手。走近了，略一打量，除了猴子、和尚、肖寒、旗杆和付桐，都是些陌生的面孔。我笑笑："先来一局遛遛，看看是骡子是马。"

虽说路遥知马力，日久见人心，但很多事情属于一目了然。比如谁拼抢积极，谁像个稻草人；谁一碰就倒，谁带球像生了根；谁的传球精准，谁的射门不正。

比赛完，我只是说："谢谢兄弟们，我请大伙喝一杯。"

和尚大喊："我操，铁公鸡难得拔根毛！"

我说："你的光头才是一毛不拔。"众人大笑。

十八个人挤满了本就不大的果汁店，付桐一马当先，抢占空调前的座位，这胖子比空调还大。

"'义结金兰'是什么？"我看着品名表，饶有兴趣，"就来这个，十八杯。"

扭头就瞧见和尚坐在付桐的腿上，后背贴在他的胸前，和尚咧嘴说："为了吹到空调，我也只能出卖色相了。"

"没想到和尚也能卖。"我话音未落，猴子也扑过去，占领付桐的另一条腿。我端起一杯果汁，什么义结金兰，就是金桔柠檬嘛。文字游戏。虽然心里不忿，但我的身体很诚实，正使出喝奶的劲吮着吸管。

林曦就在这时推开店门。印有星星的白衬衫，粉色的热裤，吸引了所有人的目光，这也正常，所谓秀色可餐，我感觉大伙吸果汁的声音都响了起来。

她看见我们一群人，以及一个"众"，有些惊讶，又笑了，对我说："周楚凡，你们放假不回家这是做什么呢？"

我说："踢球。你不回家又是干嘛？"

"选拔舞蹈队，我是队长哦，"她洋洋一笑，"你们喝的什么？"

林曦走近猴子，俯身看了一眼他手里的纸杯："橘子和柠檬。"

猴子扭捏不安，像热锅上的蚂蚁，付桐如坐针毡，像旺火上的热锅，乐死我了。

"专业一点，学名叫'义结金兰'，"我走去柜台，对店员说，"给她也来一杯。"

"哇，这么好。"林曦蹦到我身边，她比马雨洛高一点。

"因为我想，以后我们比赛的时候，你应该是拉拉队长。"

"你们得踢得好，不然才不给你们加油。"

我要感谢林曦，我相信她的话语，抵过我啰嗦一百句。

之后，我把选拔结果告诉猴子，让他去通知。我没有时间，就由和尚带领这些新兵训练。高二的暑假，将是我的足球联赛。

周末，我来到江南印象，问前台："梁成志到了没？"

"在狮子林厅。"狮子林，我还网狮园呢。

推开门，梁成志正独自站着抽烟。一年不见，他壮了一圈，高了一截，帅了一点。

他看见我，热情似火，伸出手来："足球队长，好久不见。"

我哈哈一笑，跟他握手："梁山坡第一好汉梁成志，真是士别三年，当刮目相看啊。"

梁成志在手上使劲，我的手生疼。我面无表情地进行反击，用出吃奶的力气，他的表情顿时变得多姿多彩。他还不服输，我也不收手，我俩就一动不动地一直握手，像油画《井冈山会师》般的庄重。

梁成志抽回手，故作忧郁，缓缓地吐气，呼了我一脸的烟雾。

烟雾使我厌恶，我对着他的脸一顿狂吹："我对烟过敏。"

梁成志黑着脸，像刚出矿井。我也黑着脸，像真的过敏。

人全了，黄毛也来了，我对他露出和蔼可亲的微笑，他眼神躲闪，不敢作声。还有几个不认识的，估计是梁成志的朋友。有两个女生，也不知何方神圣。细细一看，微卷的刘海，扑闪扑闪的眼睛，就是大部分男生喜欢的那款，其中一个还目不转睛地盯着我看，看得我莫名其妙，我又不是桌上的菜。

席上，我们把酒言欢，推杯换盏，其乐融融。我闭口不谈黄毛，只是对着梁成志的狐朋狗友，不断吹捧说今日真是高朋满座。酒过三巡，我装成醉醺，靠在椅背上。我是一个演员，因为喝的是雪碧，但转念一想，所谓酒不醉人人自醉，我是自醉。

梁成志开口说："陈天，犯了错，还不道歉，敬楚凡兄一杯。"

听到这话，我醒了，坐直身子，眯起眼睛："不用，我只是想再切磋一下而已。"

梁成志一愣，没想到黄毛倒是很有气魄，站起来端起酒杯一饮而尽："是我大水冲了龙王庙。一人做事一人当，还请不要怪罪我的另两个兄弟。"

大水冲了龙王庙，我们是一路人吗……我只能说："行吧，那就咱俩。"

肖寒、和尚坐在一旁，面不改色地看着我装模作样，估计心里正笑个半死。

梁成志笑了，说："你饶了他吧，要比打架，三个陈天也打不过你一个。"

我皱眉："那比什么，比成绩吗？"

那个把我当菜的姑娘扑哧笑出声，说："那更不行。一百个也考不过你呀。"

她声音很甜，我眉头舒展开，朝她笑了笑。

梁成志沉吟半晌，开口道："我看这样吧。我们来赌一把，就赌这小子。"

"怎么玩？"我兴趣盎然。

梁成志说："我到了大华职中，加入了校队，在自己年级里也组了一支，我打算和你的球队比一场。时间你定。"

我拒绝："不行，我的球队刚选好，乌合之众玩不了。"

梁成志像是早有预料，说："不用全上，你把老队员选出来，有几个我们就派几个。"

我说："可以。下个星期天比，我输了的话，这事就算了。"

"我们要是输球，陈天双手奉上。"梁成志挺胸拍肚，义薄云天般地说。

双手奉上……我想象梁成志双手托起黄毛的场景，哑然失笑。

我说："好。一言为定。"

梁成志十分高兴："多谢多谢。"

我猛拍马屁："梁兄果然有领袖风范，区区小事，也亲自出马，真是让我等汗颜。"

梁成志乐呵呵地说："应该的，兄弟的事我不能不管。"

我笑眯眯地说："说得好，是这样子，我有一位叫侯云的兄弟，先前被陈天借了点钱，我想兄弟的事不能不管，陈天不如还是尽早还了吧。"

我收好还款，说："感谢盛情款待，不知还有什么可以帮上忙的。"

我只是一句客套话，不料梁成志突然严肃起来。我困惑不已，难不成要我帮他补数学？

"你看我这两个兄弟如何？"梁成志指着两个壮汉问道。

我不解其意，顺势说："虎背熊腰，霸气外露，不可多得也。"

和尚忍不住了，伸手想打断我的拙劣表演，肖寒眼疾手快一把拦住，他还想继续欣赏。

梁成志好像很满意这种古人风韵，大声说："其中这位，姓龙，人如其名，首当其冲，乱不可军啊。"

真是成语鬼才，我附和道："厉害厉害，佩服佩服，久仰久仰，幸会幸会，失敬失敬。"

梁成志又开口了："你看这位女生怎么样？"

我说："不看。"

他终于按耐不住，说："是这样的，我听说陈天当时欺负了马雨洛。我初中就见过马雨洛好几次，她长得好，成绩好；我体育好，个子高，也算很有缘分，希望你帮我跟她道个歉。或者你有她联系方式吗，我亲自去道歉。"

他做了一个举动，用筷子夹起一道江南名菜——西施舌。

事后肖寒说，我生气了。我说没有，肖寒肯定地说："不，你生气的时候别人看不出来，我看得出来，我可是陪你跑了几十万米的人。你虽然没有把帽子冲掉三丈那么夸张……"

我："到底是怒发冲冠还是火冒三丈？"

"我不懂，就像火山快要爆发吧，就那么一丝，我能捉到。"

好吧随你捕风捉影，反正我又没有掀了桌子。

我只是沉默不语，撬起一块牛蛙和一片盐水鹅，吃了前者，没有动鹅。

梁成志拧着眉头，拍桌而起，问我什么意思。我拂袖而去，出门前背对着他说："你的美意，我一定带到。"

又是一节数学课，我不高兴做竞赛题，扭头看马雨洛的侧脸。

长发扎成马尾，看起来光滑，我猜摸起来很柔顺。耳朵没什么，小小白白的，只露出来一只。眼睛迷人，像数学一样深邃。鼻梁挺直，嘴唇紧抿，下巴尖得恰到好处，少一分嫌圆，多一分嫌锥。还有鼓起的胸部，我回家有试过把馒头塞进衣服里，对着镜子扭来扭去，可就是没有那种青春自然的曲线。

"你看什么呢？"马雨洛注意到了我的目光，她依然直视着黑板。

"看你呗，"我说着，发现马雨洛的耳朵变得小小红红，"你终于知道上课说话不能扭头了。"

"周楚凡，站起来！"班主任喊道，"上课不要说话。"

我起立，马雨洛笑得倒在桌子上。

课间她笑我："你这个大笨蛋。"

我只是看起来笨而已。

"你该不会生气了吧，"马雨洛见我不语，有些迟疑，"我还要看你的笔记呢。"

我答应了马雨洛，每天给她看一页，想起来就心塞，感觉自己像本日历似的。

"我没有生气，就算我生气，答应的事也得做到。"我拿出笔记。

马雨洛笑了，接过我的本子。我自己都快忘了写的内容，反正什么都记，十万个为什么也望尘莫及。

付桐有点奇怪，课间不再扭头，和马雨洛没话找话说，每逢训练倒是更加拼命。至于其他的"问题"少年，除了阴魂不散的许莫，也消失了。我很困惑，马雨洛明明讲解得耐心又仔细，他们为何鸣金收兵？

马雨洛在偷笑，也不知看到了什么，我不情愿这样，我是写给自己看的，可她是"普通同学"，还会趁我不在帮我整理课桌，我是个滴水之恩汪洋相报的人。

她俯在桌面，脑袋埋进胳膊里，露出一双眼睛，像是意犹未尽："周楚凡，怎么才能变成高级同学，多读几页？"

"我爸妈一个标点也没看过，"我想回绝，看见她宁静的眼睛，心里莫名一软，"好吧，你要是数学能考得比我高，我就同意。"

"说好了，不准反悔。"马雨洛伸出小拇指。

我不懂她哪来的迷之自信，伸出小指，和她的勾在一起。

她低着头，垂着睫毛，小声说："一百年不许变。"我笑了，心想：你数学考不过我，这件事一辈子也不会变。她的小指凉润，柔若无骨，我一呆，像触了电，再一思考，正负极相接会导致短路，所以不能跟女孩子有身体接触。我松开手。

拉钩的动作挺像交杯酒的。说到喝酒，我又想起梁成志，差点忘了。

"我有个朋友，想认识你。"我开门见山，懒得搞那些虚头巴脑的，还向马雨洛道歉，梁成志把校长砸晕也没见他给校长道个歉。

"谁呀？"马雨洛好奇道。

"他叫梁成志，大华职中的扛把子。"

"他成绩不好吗？"

"我们还要问别人成绩？反正成绩都没有我俩好。"

"那你把我QQ给他呗，"马雨洛笑了，"他是你朋友嘛。"

我问："你QQ多少，我也能加你好友吗？虽然我不怎么用。"

马雨洛却不回答，只是笑我傻。

我把欠款交给猴子，猴子受宠若惊，连声说要多了。我说："你就当放了高利贷，球队训练得怎么样？"猴子说挺好，就是旗杆被篮球队要去了。

坐进牛仔织女，我说："旗杆什么情况。"

"篮球队的人看见他个子这么高，说让他去练练看。旗杆就跑过去了，结果那边不肯放人。旗杆自己又不凶，不好意思拒绝他们。"猴子说。

织女打扮的女侍者走过来："请问你们点餐吗？"

我摇头。我说："旗杆的事交给我。你跟白月有进展吗？"

猴子支支吾吾地说："还没，这不是来问你了嘛。"

"问我有什么用，病急乱投医。"我笑了。

猴子有点沮丧："她现在和杨会长走得很近。我老看到他们放学的时候一起走。"

我沉默了，我什么也没看到。见我不言不语，猴子一愣，起身走到隔壁桌，朝着一对搂在一起的情侣说道："麻烦你们注意点影响，饭店是来吃饭的，不是吃人的。"

猴子回位，我说："你有多喜欢她？"

猴子答不上来。

我换一种问法："你愿意为她放弃什么？"

猴子还是不答。

我只好再变："假如她要死了，用你的命换她的命，愿不愿意？"

猴子毫不犹豫地说："愿意。"

我笑了，太多的言之凿凿，其实言之过早。太多的信誓旦旦，不过信手拈来。我不想深究猴子是否真能挺身而出，他有勇气说出来，就够了。

"好，我对你提一点要求，你收好了，回家看，"我说，"做到这个，再谈其他。"

猴子点点头。我拿出纸笔，写好，对折，交给猴子。我写的是：别他妈的看黄片了，多锻炼。

大概在初一时，我终于知道怀孕并非亲嘴导致，而需要做一些大人讳莫如深的事。初二，词典担任了性启蒙老师，我惊讶地发现，词典盗用了我的乾坤大挪移写作业法，性交释义为做爱，做爱释义为性交，这就很环，所以很坏。初三，我终于在同学的怂恿下，不，没被怂恿，是自告奋勇，在家里偷偷地上黄色网站，网页刚一抛头露面，我目若铜铃，下体如梦初醒，心脏大发雷霆。结果还没等我一探究竟，这厮弹出来一个窗口，要下什么播放器，我点叉，又冒出来两个窗口，那我下一个试试，我点OK，又蹦出来三个，看来黄色网站也深谙指数函数的奥妙。我赶紧强制关机，接着调整鼠标位置为初始状态，继续将坐垫抚摸平整，最后用湿毛巾给电脑脑袋和我的脑袋降温。爸爸回来还是发现不对，电脑开机不正常。经他略一调查，鄙人原形毕露——我从不知道有历史记录这种坑儿的玩意。

爸爸说："虽然你喜欢喝粥，不喜欢吃包子，但我们今天就说包子。"

我一头雾水，爸爸说："包子皮再好，也没有馅料重要。你明白吗？"

"我明白了，装粥的碗再好看，也没有粥重要。"

他说："所以，身体的秘密，根本没有什么，你得看见内心。"

很多时候，我不敢相信我爸只是一个卖包子的，他清澈而透彻。妈妈那么漂亮，也被他娶走了。

孩子们几乎没有性教育，却个个无师自通，自学成才。初二，班上男生已经开始私下交流，我还蒙在鼓里，幸亏后来我脱"鼓"而出。人们总是喜欢无知，把无知称为纯洁，可白纸并不纯洁，因为可以乱涂乱写，出淤泥而不染的莲才有资格叫纯洁。

孩子们依然稚嫩，我初中那些大侃特侃的朋友，比如吹嘘自己能用双手把驴子摸成骆驼的情圣，看似花丛老手，见到心仪的女生依旧面红耳赤语无伦次。表面很情色，骨子里很青涩。

男生们总想让自己出众，其实很简单，只需要多读书，多走路，好好学习，锻炼身体。

傍晚，我站在8班门外等旗杆，白月走出相邻的7班，杨风满面春风地上前，贴心地拎起书包，两人说说笑笑出了校门。

"队长，你怎么在这儿？"

是旗杆，我笑了笑："听说你弃暗投明了，我来瞻仰你。"

旗杆挠挠头，说明丈二和尚可以摸得着头脑："篮球队的人也挺好的，我不好意思直接走。"

"如果你真的认为篮球更适合，可以留在那里，"我说，"如果想回来，就别拖拖拉拉的。"

"可是我说想回来，篮球队的人不高兴。"

"不高兴个屁，如果他们生气，你就比他们更生气。"

"唔，我试试。"旗杆说。

"还有，梁成志建了自己的球队，想和我们老队员比一比。你不来，猴子压力可就太大了。"

旗杆笑了："我肯定去。让猴子放几个球过来，这家伙在场上，每次我连球影子都摸不到。"

马雨洛和我提起梁成志，说他讲话挺有意思。本来嘛，他虽然没文化，可是不虚假。

"他约我出去玩，你说要不要去呢？"马雨洛问我。

"去哪里，去书店就可以。"

"就是新华书店。"马雨洛说。

我大笑，我难以想象梁成志看书的斯文模样："那你去呗。"

马雨洛看了我一眼，说："好吧。"

"好好学习，多看书，"我说，"争取把我们的数学差距缩小到个位数。"

和梁成志的比赛迫在眉睫，和尚居然临阵脱逃，足球训练常常缺席，去陪女朋友了。我想揍他一顿，可又不能棒打鸳鸯，谁不是这样，猴子做的蠢事比和尚多一箩筐。

这天训练，又不见光头。旗杆说两人在小树林里幽会。河畔的小树林，本是学校的一道风景，却成了情侣们约会的地方。

猴子跟我汇报，他感觉状态好多了，不过还在与色魔作斗争。

我说："兄弟们，今天训练完，加一个项目，抓和尚。"

天色昏暗，我们按照计划，在小树林里蹑手蹑脚地挪动。旗杆太高，头撞到了树枝上，簌簌作响，我们暂停。四周没有动静，我们继续前行。先锋猴子突然扭头，神情激动，我们凑上前观望。

一对情侣正站在一棵树旁。我冒充保安假装咳嗽了两声，肖寒默契十足，用手机上的手电照了照那棵树，情侣吓得直接卧倒，我憋住笑，继续前进。

终于，看见了他俩，柳芸闭着眼倚在树上，和尚搂着柳芸，黑暗中两人吻得水深火热。

我们看了片刻，走到和尚身后，我猛地一拍和尚肩膀，他扭过头，见我们一群人笑得七零八落，恼羞成怒："操你妈的干嘛？"

"干。"肖寒答道。我们又一齐放声大笑。

柳芸满面通红，低着头，像在找地缝。

和尚一拳击中肖寒的胸口："操你妈的！"

肖寒毛了，跟和尚纠打在一起。我大脑短路了一会儿，赶紧上去把两人拉开。最后一群人不欢而散。

我也有错，但和尚先动的手，我没当着柳芸的面把他打趴下，已经很仁慈了。我就不明白，怎么亲密无间的好哥们，总有女人插足。都说兄弟之间情比金坚，真金是不怕火炼，可终不敌红颜祸水。

之后的足球比赛，当然输了。和尚本是前锋，变得像敌方的后卫，那还玩个棒槌。黄毛就是对面的守门员，开始还一本正经，最后像是要弹冠而庆。

愿赌服输，我和梁成志说："一笔勾销。"梁成志得意满满，我还挺喜欢他小人得志的样子。我带着残兵败将，到桃园里喝果汁。我忘了这家店平淡无奇的名字，叫它桃园，因为是我们义结金兰的地方。我没说什么，只是说："我们输了。"

第五章

题

我曾经说过，踢不过就揍，反正不能输。可是队内已同室操戈。

刚放完国庆长假，又有一次秋游，郝老师在班会上征求意见，问我们想去哪儿。同学们兴高采烈，我没感觉，埋头做数学。

付桐提议去果园摘葡萄，得到一片赞许声。许莫建议去公园，可以野炊。班主任问我想去哪。我没有心情，只想刷题，但不能这么说，不然别人又要背后议论。很烦，每次听见同学妈妈说周楚凡死用功，夜里学到两三点，我都想问她，阿姨，你是在我被窝里等着我直到两三点吗？

我草草地答道："我想去爬山。落星山什么的。"落星山不算高，坐落在这个小城西北的一隅。估计老师不会同意，考察这三个地点，只有爬山存在风险，按学校一贯的做法，基本都是去个公园玩过家家。不料班主任很高兴，他说："不错，周楚凡同学还知道落星山，我老家就在那边，小时候山上就是乐园，我们会爬树掏鸟，会下河摸鱼。"我看向郝老师，鸟窝似的头发，小鱼似的眉毛，心想冤冤相报何时了。我感到岁月的无情，又想到许莫朗诵的那首诗：When you are old。

全班投票，我投了公园，好歹可以躺草地上睡觉，但落星山高票当选，同桌的小脸红扑扑的，我提不起半点兴致。马雨洛说："书店里梁成志还挺好学，喜欢看书。"我不理她，觉得她傻。

见我默不作声，她问："你怎么不高兴呢？"

我说："我很高兴。你不用问。"

"我就要问。"马雨洛倔得很。

"那你问吧，我不答。"

马雨洛伸出手，要我的秘密本子。

我…我…我老老实实地掏出本子，马雨洛笑得极坏。

她阅毕，不解："不就是输了一场足球吗？"

我不想说话，她懂个屁。

马雨洛说："还有机会呢，等到全市联赛你一定能赢。"

回到家里，妈妈告诉我有个消息。我沉心感受，发现黑蛋不见了，它以往都会屁颠屁颠地跑出来笑脸相迎。我说是不是黑蛋这流氓发情了。

妈妈开心地说："我儿子真聪明。"

我叹了口气："妈妈，你已经指出存在性，解题自然就容易了。"

晚上十点多，我出去跑步，顺便把黑蛋缉拿归案。我跑步的路线随机，从不重复。因为，一个孤立的力学系统经过足够长的时间，总可以恢复到初始状态附近。也就是说，如果永生不死，我可以看见宇宙的初始。这就是庞加莱重现，是冥冥中早已注定的轮回。

我知道轨迹的种类有限，终有重复的一天，但我想在此之前，寻遍所有的解。

我披着夜幕奔跑。黑暗不能天衣无缝，繁星、街灯、窗户如同夜幕上星罗棋布的窟窿，透露出背后势如破竹的黎明。马路两边的梧桐，像张牙舞爪的小怪兽，被孙大圣定格。跑过公交站台，清早还是人上人下，我提着一盒早点等待，现在冷清无人，我和自己擦肩而过。跑到澜岸小区的入口，我看见了黑蛋，他在一棵树下，趴在一只小吉娃娃身后忙活着。我老脸一红，跑过去，却见林曦站在一旁看得入迷，她穿着浅色的睡衣，像一盏朦胧的路灯。

我一时进退两难，只好站定。黑蛋这个傻子，朝我汪汪叫了两声，林曦侧过头，终于发现我。她满面含羞，说："我，我下来找我家的吉娃娃来了。"

我："是嘛，哈哈，这么巧。"黑蛋完事了，撒开蹄子跑到我脚边。

"林曦，真是对不起，"我只想飞速地逃离，我说，"不过你放心，我会负责的。"

林曦红着脸，看着我。我赶紧跑路，黑蛋一颠一颠地跟在后面。

我奔跑着，心想林曦也会害羞啊。可我自己也脸红了。

秋游的那天，得五点到校。五点太早，2路车还在睡觉，我只好骑车到校上了大巴，挑了靠窗的位置坐下。同学们陆续来了。我看向窗外，正担心马雨洛迟到，就瞧见一辆天蓝色的自行车驶来。

纯白的运动鞋，浅灰的直裤和淡蓝的宽松长袖，素净却多姿。她晃悠悠骑过来，哈欠连天地上了大巴，慵懒而娴雅。她看都不看，直接坐到我身旁，我还没开口，她就一头栽在我肩膀上。我心里一漾，小心地扶住她的肩，将她推了坐直，可脑袋依然偏着，像是平日里思考难题的样子，傻乎乎的，可笑又可爱。我忽然想到，每天清早，我在2路车上估计也是这样，难怪每次稀里糊涂地下车，马雨洛总会眉眼含笑地看着我。

车里很安静，人人都在补觉。班主任清点人数，全了。大巴隆隆发动了。

车身一震，马雨洛一歪，头又搁在了我肩膀上。

我刚准备闭眼，又醒了，我再一次扶直她的身子。

马雨洛又一软，向我靠拢，摇摇欲坠，又像清醒了些，收回去一点，又迷糊了，斜着凑近，就这样若即若离，可终究是在接近。我心弦绷得紧紧的，呼吸都小心翼翼，好奇怪，好难受，就像我小学二年级算错了小蜗牛一样难受。

一口两米深的枯井，小蜗牛白天向上爬一米，夜里滑下来半米。我以为每天只能向上半米，所以是四天，其实第三天，小蜗牛已经爬出来，就不会再滑回去了。

马雨洛的脑袋终于落在我的肩头，安稳了，回不去了。

像尘埃落定，像蜗牛爬出了枯井，像蝴蝶栖息枝头，收起翩翩的双翼。我长叹了一声，我想：马雨洛，如果早点遇到你，我就不会算错小蜗牛，二年级的奥数考试就是唯一的满分了。

我不睡了，屁股往前挪，陷在座位里，肩膀高度就降下来了。她偎在我身旁，似乎很满意，嘴里嘟哝了几声，脑袋还拱了拱，蹭了蹭。我侧过头，端详马雨洛近在咫尺的面孔。眼睛闭上了，睫毛轻轻颤动，嘴唇微微分开，露出一线洁白的牙齿，像在等待有人一亲芳泽。鼻间是她头发的香气，我偷偷地伸手，摸了摸，果然柔顺，印证了我先前的猜想。

我的右胳膊夹在中间，很别扭，我思前想后，伸出右手，环住了马雨洛的腰，顿时感觉特别好。但自己的腰就没办法了，被折了一路。

同学渐渐都醒了，马雨洛还在睡。想到她每天都在最后才叫醒我，我就一直折腰搂着她。当年陶渊明不为五斗米折腰，李白表示安能摧眉折腰事权贵，我愧对先贤。

落星山到了，我把乐不思蜀的右手回收，在马雨洛耳旁喊起床。她微微睁眼，身子一扭坐直。

我站起来，哦，我的腰，我双手撑在腰间，前后弯身，像在反复拉一张弓。

马雨洛仰脸迷糊道："你腰不好吗？"

都怪你呀腰才不好，我说："不是，我坐久了活动活动。"

入秋了，山间有几缕凉意，青青的树木遮住了它的真容。我喜欢这个名字，传说古代曾有流星坠于此，故得名落星。班主任强调安全第一友谊第二，领着大家登山。

起初山路平缓，大家说说笑笑，不怕死的还能摘几个树上的野果尝尝，渐渐路就变得陡峭，接近半山腰时，有些地方已近垂直。班主任问要不要停下休息，大家一致决定要一鼓作气走到山顶。

朝阳升起，光芒被树叶切割，零落一地。马雨洛像有点累，额头有露水般的汗珠，林曦倒是精力十足，背着自己的小包，蹦蹦跳跳。队伍停下了，被一道竖直的高坡拦住，班主任倡议男女同学互相帮助，齐心协力克服难关。许多男生捋起袖子，系牢鞋带，看来已准备好对女生动手动脚。我双手插在裤兜，站在一边，笑眯眯地旁观。付桐一马当先，费了五湖四海之力翻上去，对着下方的人群伸出手："我可以帮忙。"

我知道他想牵谁，对身旁的马雨洛说："你要去试试吗？"

她摇了摇头。

林曦走上前，付桐问："要我帮你吗？"

"我才不要。"林曦自己动手，干净利落，站在陡坡上，得意洋洋。

大伙交口赞叹。我含笑看她，可林曦却朝我勾勾手指，明显是挑衅。

又有几个人登顶。最后，还剩许莫、"刘备"、班主任和一群女生，哦对，还有我。大家都盯着我看，我有种不祥的预感。果然，班主任开口说："体育委员，你能不能把他们都背上去？"

"No，"我说，班主任一愣，我接道，"Problem。"

马雨洛笑了，在我旁边小声说："你先背我可以吗？"

"好，"我转身弯下腰，"上来吧。"

她树獭似的挂在我身上，胳膊绕着我的脖子，像套了一个金箍儿。恍惚间，仿佛回到了那条小巷。我的声音也小了下来："抱紧我。"马雨洛的下巴啄了啄我的后脖，她在点头。我的双手托着马雨洛的腿，隔着裤子，还是能感觉到又软又弹，我的脸泛红，手不敢动。我助跑，一个踏步踩在陡坡半腰，再借着冲劲，双手一支，就跃到了坡上。我俯身让马雨洛落地，用余光瞥了林曦一眼，她撅着嘴像不高兴。哈哈哈哈，想跟我比，你能背一个人上去不？

我如法炮制把其他人都运了上去，最后一个是班主任，老师也不算太重，他在我背上说："我十七岁时，身体也像你这么棒。"

同学们都笑了，郝老师也笑："怎么，不相信吗？"

我赶紧大声拍马屁："老师我相信，我深信不疑！不过我五十岁肯定比你现在强。"老师哈哈大笑。我看向马雨洛，想象她五十岁的样子，想不出来，她站在清晨的阳光下，像永远不会老去。

我们终于登上了山顶。同学们三五成群地坐下，七嘴八舌地赞叹。

早晨七点的太阳，像我一样光芒万丈。山下田野绵绵，一直延伸到天际线。我模仿奥特曼的必杀技，张开双臂，让天际线恰好是双手连线，缓缓合掌，扎起马步，对着太阳哔哔哔。

马雨洛在远处看见我的动作，笑得比太阳还灿烂。于是我转移目标，朝向马雨洛。

她捂着胸口，边走过来边说："好厉害哦。疼疼疼。"

我说："你这演得也太不像了，你来一次，我演怪兽。".

马雨洛点头说："好哇，那我出手了。"她立定，对着我身后的天空，慢慢敞开怀抱。她站在山顶的草地上，踮着脚尖，张开双臂，风儿拂起她的长发与衣袂，阳光吻遍她的全身，在她背后，秋田共长天一色。我呆住了，像已经被杀掉了。

马雨洛双手十字交叉，笑着对向我。

"我一定会回来的！" 我大喊一声，踉踉跄跄地后退，却被一块石头绊倒了，我四脚朝天，惹来同学们齐声大笑。我躺在草地上，闻到了淡淡的芬芳。

马雨洛跑过来，双手撑着膝盖，俯身笑我："起来打呀，大怪兽，这么不扛揍。"

我说："草很香，你闻闻。"

马雨洛嗅了嗅："没闻到。"

"可能太少了，你得被草儿包起来。"

"哦，"马雨洛坐下，躺在我旁边，"闻到了。"

我扭头得意地对马雨洛一眨眼睛，她侧过脸，闭着眼，说真的很好闻。

我更加得意，拔起一根青草含在嘴里，以为会有一股清香，却是满嘴的苦涩。

天空如此明亮，根本没有流星划过。

"周楚凡。"我听见马雨洛低唤我的名字，嗯了一声。她又喊我，我扭头看她。

她的眸子睁开了，瞳仁水光潋滟，认真却朦胧地看着我，好像我是个什么好东西似的，我才不是。

她舔了舔嘴唇，我奇怪道："你也要吃草吗？"

"你姓周所以喜欢喝粥，我是马儿，可我不吃草，"马雨洛笑了，"我只是很喜欢这儿。"

"我也喜欢，传说古代还有流星掉在这儿呢，可惜现在没有，让我许个心愿。"

"你说吧，有我听着。"

我不假思索地说："我希望教室里可以种满草坪。"

"所以你就可以躺着听课？"

"所以我就可以在教室里踢球。"

马雨洛噗嗤笑了说："你真和校服上写的一样，是个傻小子。"

我们的校服背后有三个大写字母SXZ，是省星中的缩写，结果我沮丧地发现，这竟然也是傻小子的缩写，并记在了秘密笔记里，却被马雨洛看了去。幸亏我技高一筹，留了一手，我说："不，你是傻小子，我是孙行者。"

同学们在远处起哄，我凝神谛听，貌似是说我和马雨洛一起睡觉，我哈哈笑了，可她脸红红的。

上山容易下山难。郝老师叮嘱我们一定要稳，老哥我当然很稳，可怕同学出意外，就在人群旁边的坡地上走。同学们的尖叫声响起时，我还沉浸在马雨洛张开双臂的回忆里，直到一个东西撞倒了我，我俩一起向山坡下翻滚。

是林曦，蹦蹦跳跳的出事了吧。也不知什么东西刮到我了，生疼，我想林曦要跳舞，还穿得比较露，划伤了不好，我抱得更紧了，心里很怕，如果出现一个九十度的大陡坡，我掉下去可能就要见高斯了。幸亏一棵石缝里的大树出手相救，拦住了我。只是我的腰，又一次受伤。

我靠在树上半天，说："你可以出来了不？"

林曦这才从我怀里钻出来，一点伤没有，小脸有点红而已，我的腰越来越疼。

我等着林曦道谢，再正气凛然地回复不客气，举手之劳。

她支吾半天吐出一句："我家的吉娃娃怀孕了。"

"不客气，举手之劳。"我脱口而出。

林曦困惑地看了我一眼，我无语，不想解释，后背隐隐作痛。

"你家的小狗叫什么名字？"林曦低声说。

我闭嘴，躺着，等死或者等班主任来救我。

"你受伤了？"林曦诧异道。

我闻言，眼睛也闭上了。林曦的声音满是害怕，让我别死，还挪我的身子。好主意，我顺势一个翻身，趴在地上不动装死，舒服多了。

后背很疼，应该有了伤痕。有眼泪滴在皮肤上，分不清是凉还是烫，她说："周楚凡，你不要死。"哈哈哈哈，我差点笑死，女孩子真好骗。我屏气不发出声音，继续装死，果然林曦哭声越来越大。

班主任总算来了，我瞬间满血复活，拔地而起。

"没事就好。"郝老师悬着的眉毛放下了。还是我爸比较猛，他向来说没死就好。

马雨洛一直沉默，林曦也不理我，我搞不懂，怎么对死人反而比对活人好。

深夜十一点，我坐在书桌前，按照惯例开始思考今天的一道难题。

证明或否定：周楚凡喜欢马雨洛。这里的喜欢超出一般意义上对美好事物所持的欣赏态度，而带有一定的独占心理。

我问天上的星星："你认为呢？"星星笑而不语。我对着星星伸出小拇指，然后，按照正常的思维方式，给出了解答。

解：我们来考虑更一般的情形，即周楚凡是否喜欢某女生A。

这里A是任一个与周楚凡同龄的女性，其他条件不限。

因为喜欢是好感的积累，量变引起质变，当好感积累达到一定程度后，可以称为喜欢。我们需要做两件事，一是具体地量化这种好感，二是恰当地给出参考的临界值。

我们同时着手处理两者。首先注意到二进制的简明在于只需回答是或否，我们提出九个次级的是否问题，来帮助我们判断好感量的积累程度，其次将5作为临界值，如果回答是占到5点，基本可以认定，命题为真。如果在6点及以上，可以确信。

九个次级是否问题及回答如下，这些问题由自身实际结合普世观念而提出。

1.在A面前很快乐   是

2.喜欢A笑的模样   是

3.被A感动过   是

4.想念A   是

5.想拥抱A　　　　　　　否

6.想和A牵手　　　　　　否

7.想和A接吻　　　　　　否

8.想和A做爱　　　　　　否

9.想和A结婚　　　　　　否

综上可知，周楚凡正处于濒危位置。

我长呼一口气，睡觉去了。

马雨洛已经无敌，之后的大考总分都是第一，我怀疑数学卷子是体育老师出的，适合给谷校长做。我的优势项目没了，只能在前十混。混归混，无所谓，和马雨洛打的赌是数学超过我，这件事难如登天，共分两步：第一步，我没考满分；第二步，马雨洛分数比我高。

我翘掉了所有的数学课，改成在竞赛教室自习。班主任默许此事，他相信我的数学，如同相信中国乒乓球队。竞赛教室在实验楼301，原本是化学实验室，每张桌台中间都有个废弃的洗手池，成了我的纸篓。桌上铺着艳绿的塑胶垫，各种涂鸦，各种奇葩，比如谁谁谁我爱你，校长是个老神经，科比万岁，200包夜，诸如此类。我就在这种绿色的桌面上默默地做数学题，像一朵荷花。

第六章

寒

猴子告诉我，梁成志正大肆吹牛，逢人便说他轻而易举打败了周楚凡。连老爸都知道了这事，表面对我嘘寒问暖，鼓励我卷土重来，实际上笑得像个花卷，他巴不得我跌得鼻青脸肿，就怕我一路顺风。和尚依旧不去训练，愿他死在温柔乡里。我改令肖寒带领这些新兵。

肖寒长大了，他原来调皮捣蛋，屡教不改，直到被我揍了一顿，向我投诚，春天才翩然而至。训练完，场边有女孩搭讪，他毫不理睬。

我问他："有女朋友吗？"

"没有。"

"都不喜欢？"

肖寒半天冒出一句："仅仅想和她上床，不叫喜欢。"

我理会了半天，笑出声来，他还是想的。

肖寒瞪我一眼："我觉得男人的最高境界，就是万花丛中过，片叶不沾身。"

"在花花草草里穿来穿去算什么本事，"我冷笑一声，"应该是杀人红尘中，脱身白刃里。"

坐进牛仔织女，织女看我的眼神怪怪的，可能因为我总跟男的来，别人都是情侣结伴而来。

我提起和尚。肖寒说："没什么。"

我说："那就好，有矛盾就打一顿。"

肖寒低声说："我还挺羡慕他。"

我说："你怎么难过了？"

他说："没有。"

我说："你难过的时候别人看不出来，我看得出来。你虽然没有嚎啕大哭或者满地打滚那么夸张……"

肖寒咧嘴笑了："我嘴笨，你还学我说话。"

我说："你羡慕和尚什么？没头发吗？"

肖寒声音忽地沉下去："我曾经也这样，跟人打架，为了一个女生。"

我迷糊了，我问："你不是说你没有喜欢的人吗？"

肖寒红了眼睛："哥，我现在不想说。"

我说："好。"我几乎下意识地问他，先前他之所以吊儿郎当，颓废地抽烟，是不是就因为那个女孩。肖寒不出声，却落了泪，我起身坐到他旁边，搂过他的肩膀说："我错怪你了。"他的眼泪浸湿我的胸口。

周围的情侣们盯着我俩看，一位小织女走过来，红着脸，伸手把一支玫瑰插进桌面中央的玻璃瓶，声音轻柔地说："两位帅哥，请注意一点影响。"

周末，我默念着13单元401号，提着一盒排骨和火腿肠，前往林曦家。我按了门铃，开门的是位老奶奶，身体健朗，银发苍苍。我说："奶奶好，我是林曦的同学，林曦在家吗？"

"你说啥？"她耳朵不太灵。我提高音量又说了一遍。

"听不见。"

我喊道："林曦在不在！"

"在呢，"她从房里跑出来，笑道，"你怎么来了？"

我把东西放下："喏，给你家的狗补补身子。"

"等下别走，"林曦急急忙忙说，"我有几个题目要问你。"

女生的房间原来是这样，屋子里各种抱枕娃娃挂件，还有一块铺有瑜伽垫的空地。有点麻烦，我只要一张床、一副桌椅、一堆纸、一支笔就够了。

"你爸妈不在家吗？"我问。

"他们在美国，过年才回来，"林曦说，"你的伤口还疼吗？"

我摇头。她问："你怎么知道我住这儿呢？"

我说："黑蛋指给我看的，他认识你家，我怀疑这个坏蛋早就盯上你家的狗了。"

林曦低下头，似乎在笑，我奇怪道："你还高兴？"

她抬首，眸子里闪过一丝狡黠，像藏了一些话。最后她开口说："是几道数列题。"

我坐到桌前，给林曦讲题。我表面上在说这道送分题，心里其实在考虑题目的加强版。比如要算数列的第八项，我不如搞搞它的通项公式。如果谁做题能有这样的觉悟，绝对是高手。

讲完题目，我伸个懒腰，瞥了一眼林曦，她正皱着眉头抿着嘴唇，脖子下是纤细的锁骨，衬衫宽松了点，她似乎没有戴……这个角度可以看到她一大半圆润的胸部……我赶紧挪开目光，脸上滚烫。

"你看什么呢？"林曦咬着笔杆问。

"啊，"我兵荒马乱地答道，"看窗户呢。窗外。"

我立即看了看窗外，居然可以看见我童年的小足球场，那片空草地。

我总是想到球体，无法继续讲题，只好告辞："林曦，我先走了。"

"周楚凡，你以后常来好不好？"

我准备严词拒绝："球……"

"求什么？求之不得？"林曦笑了。

我一句话也说不出来，心里气急败坏。

临走，她奶奶说："常来啊，你成绩这么好，多教教她。"

我嘀咕："你怎么不让马雨洛来。"

周一的晚自习，在301教室上数学竞赛，我只能坐在后排，让学长坐前面。无所谓，每次我都是第一个来，直接坐在最后一排。上完课，人去楼空，我背着书包，拿起黑板擦，抹去板上的内容。我擦得很慢，不是为了干净，而是觉得老师写这么久，一挥就没了有点可惜。很多东西难以建立，毁掉容易，比如我的抽屉。马雨洛每次整理要很久，我于心不忍，就把乱七八糟的卷子全扔了。结果上课讲试卷，我两手空空，马雨洛问我卷子呢，我说在垃圾桶里。她说以后不准乱扔，一起合看吧。于是我们头挨着头合看，马雨洛的字很美，美到让我挨个细品，忘记了文字本身的意义。

我回过神，看着黑板，理解了，就擦去。

擦干净了，我转身，看见猴子站在后面。我问："你什么时候来的？"

"你们还没下课，我就站在后门口了。"

"哦，一起走吧。"我去水池洗手，关上301的灯，锁好门。

"你怎么这么细心。"

我哼哼："向来如此。"

"吹牛，你以前踢球老把外套忘操场上，都是我帮你拿的。"猴子戳破了我。

我笑了，说："找我干嘛，要参加竞赛吗？"

猴子摇头，我不逗他了，直接问道："跟白月进展得怎么样，说过一句话了没？"

"还没，我想等高二暑假的足球联赛，踢得好再去找她。"

"踢得好怎么够，我们得夺冠噢，"我说，"之前输了一场，说明我们得更强。"

走出实验楼，我回首一瞥，漆黑又寂静，我看见三楼那个每节课后默默擦黑板的我。

楼下的停车棚却很热闹，下了晚自习，情侣们就在这里手牵着手你依我侬。我夹着数学笔记本，穿过一对对恋人，他们停在路边亲吻，和着月光与路灯。

猴子问我："我想说话文艺一点，看什么书好？"

我说："数学书。"

"我认真的。"

我说："那你星期天和我一起去新华书店吧。"

我没有约马雨洛，也许会相见，如果运气好，还可以看到一种神奇的生物——在看书的梁成志。

我感觉头重脚轻，说明头发该剪了。我走进理发店，以为进了百花园。只见众人头顶一片郁郁葱葱，姹紫嫣红，花团锦簇，闻鸡起舞。头上盘根错节，头脑往往空空如也。

物理奇才看见我，打招呼说："又来剪头了吗？"

我说："是啊，老样子剪短了吧。"

奇才的手法越来越娴熟，只是在我头上没什么用武之处。他问我："还踢球不？"

我说："当然踢。"

我说："你还踢不？"

他摇头："光顾着修理头皮，没空去草皮了。"

我后悔问了这个问题。

"光头呢，在干嘛？"他问道，他的手法柔和，就像小时候妈妈给我洗头。

我说："和尚被我收了。"

他哈哈笑道："当时你俩住院，我还怕你们在病房里打起来。竟然成了队友。"

我没有告诉他和尚已经还俗，和一个姑娘如胶似漆，对足球不管不顾，我说："是的，化敌为友了。"

奇才说："你们两个学校的足球头子一起，星屿中学多强啊，高二暑假一定要干掉大华职中，到时候我去加油。"

我说："三个队长，还有肖寒。我们不行，三个队长没水喝，要是三个臭皮匠还好点。"

他笑了，不再言语。我看着镜子里的我，谁也不愿再开口。

星期天，猴子到我家吃早饭，我盛情款待，请他吃蟹黄包，吃得他满嘴流油，完事了自己喝粥，之后蹬着山地车一道去书店，猴子看到我的骑行技术，张大嘴巴，问双手脱把拐弯是什么鬼。

我说："你如果想文艺点，就把什么鬼换成什么原理。"

他问什么原理。我说没什么，动态平衡罢了。

新华书店很大，一眼看去都是书，不是好事，会导致选择障碍。沙里淘金和废铜烂铁，我宁愿要后者，何况现在沙里淘金快要变成火中取栗了。

秦始皇应该晚生几千年，当下急需焚书坑儒。书籍的增长超过了光速，却并不违反相对论，因为没有传递任何信息。我初中泡在书店，就像无数少年泡在网吧。最终，他们精通CS、DNF、CF、LOL，我狗屁不通。

言情小说告诉我，世上竟有这种玩意，帅得不行，身家过亿，六块腹肌，彬彬有礼，浪漫多情，放荡不羁，但是对她死心塌地；再看青春小说，男主角如同神仙，我暗忖如此完人，没有一点恶习，看来只能学习，必定学富五车，但事与愿违，从没有学富五车，倒是有五辆跑车。

去看推理小说，废话一大堆：椅子断了一条腿，桌上是打翻的咖啡，地板上有血迹，电视屏幕下着雪，女主人回来是深夜，邻居说听见狗汪汪大叫，最后女的死了。警方认真分析，全面调查，发现都是狗干的，他爬桌子，他拱椅子，他撞天线，他还汪汪叫来掩饰心中的不安。于是警方包围狗屋，实施抓捕，首先喇叭喊话，让狗束手就擒，否则他们将先礼后兵，使用大规模杀伤性武器。千钧一发之际，大侦探粉墨登场，说大伙大错特错，凶手绝不是狗。大侦探镇定自若，条分缕析，娓娓道来，告诉大家事实真相——女主人家的狗的小屋里的塑料盆里的食物残渣的化学分析显示其中含有仅在莎比市的塔玛德大街上的豆妮丸呐商店里出售的限量版哦买嘎78号雪茄的专用点火器长杆无硫火柴型号嗖帝斯内Ⅱ。真相大白，真凶伏法，读者就和劫后余生的狗一样欣喜不已，感激涕零。

再看恐怖小说，我面露微笑。

再看黄色小说，我面露微笑。有位作者抠门至极，一段话里用了两次"他感到非常高兴""她很伤心"，词汇如此匮乏，一到床上却文思泉涌，我纳闷，他应该只会写"他感到非常爽""她很痒"才对。经过一番查证，原来是整段照抄的，只是把名字换了。

所以现在，我只看数学书。

我和猴子在书店逛了一圈，一来了解垃圾的分类，二来我和马雨洛果然有缘。

她和梁成志藏在两排书架中间，并肩坐着默默看书。梁成志衣着工整，坐姿端正，活像个三好学生。猴子吃了一惊，问这是什么原理。

我笑了："你还是说什么鬼吧。"

猴子说："这是什么鬼？"

我说："这是梁成志。"

"我是说他怎么跟马雨洛坐一起，还坐得像模像样的？"

我不想解释，太麻烦。我跟猴子说："你要是好奇梁成志怎么变成憨憨，我给你讲个故事吧。"

我说选美大赛有道问答，是"肖邦和希特勒你嫁给谁？"冠军的答案是希特勒，她说如果她嫁给希特勒，就不会有二战了。

猴子说有点道理，我说没有道理，希特勒这种大人物，根本不会被别人左右。

我说："所以明白我的中心思想了吗？"

猴子说："明白了，大人物不会被别人左右。"

"我是说，梁成志只是个憨憨。"

我装作文学青年，隐于一排轻薄的诗集旁边，抽出一本看了看。纳博科夫说，这世上只有一种艺术流派，就是天才派。我说，这世上只有两种艺术作品，一种是无病呻吟，一种是真的有病。很不幸，手头的这位诗人非常健康。

许莫突然出现，捧着一本六级词汇。他看到马雨洛，先是一喜，又看到梁成志，脸色自由落体。他绕着圈子，一直绕着圈子，他若是七步成诗的曹植，已经能写出八百字的诗。

许莫转回去了，猴子问我他走了吗，我说不是，应该是去换装备了。猴子不解："装备？"

许莫杀回来了，抱着一本牛津高阶英语词典，像块板砖。他站到马雨洛和梁成志中间，咳嗽了一声说："Hello，马雨洛。"

马雨洛抬起头，笑了："许莫，你也来看书。"

许莫说："I think you had better not sit with this bad boy。"

可惜的是，梁成志听得懂bad boy，许莫应该说ill boy，梁成志肯定不会觉得自己有病。

梁成志把书啪地一合，站起来嚷嚷："你说谁坏呢？"

许莫激动得直抖，涨红了脸说："说的就是你，你有什么资格坐在马雨洛旁边？"

马雨洛愣住了，梁成志骂道："你他妈找死？"

我对猴子说："走吧。"

我走出书店，扭头看去，梁成志正把许莫按在地上，牛津词典掉在一旁，马雨洛不知所措。

猴子说："我不明白，你为什么不出手呢？"

我说："关我什么事，你不是要文艺吗，你看文艺正被暴力按在地上打呢。"

第二天早读课，我趴在语文课本上，同学们书声琅琅，令我昏昏欲睡。

马雨洛放下书问我："梁成志真是你朋友？"

我一边睡觉一边说："算是吧。"

"他怎么这么凶？"

"头脑简单，四肢发达。求偶炫耀。"

马雨洛笑了一声，给我讲了讲昨天的事，说还好最后工作人员拦住了梁成志。

我不想装作不知道，转移话题问："你看的什么书？"

"《飘》。"

我唔了一声，继续趴着补觉。

"你觉得瑞德和斯佳丽最后和好了吗？"

"没有。"

她追问："那你如果是瑞德呢？"

"不可能喜欢斯佳丽这种东西。"

马雨洛不高兴："你怎么这么说，我就很喜欢她，你看的时候难道没有被感动吗？"

我也生气了，觉都不睡，直起腰板说："被感动？笑死我了。你以为那叫伟大？他俩的爱情不过是庸俗地生老病死罢了，压根不值一提。"

我告诉马雨洛："少年杀死魔龙，和公主幸福地一起生活，这就是你们喜欢的故事。"

她说："那不然呢？"

"你想，魔龙关着姑娘，啥都不干，为什么？难道就等着少年上门宰它？"

马雨洛不说话了。

"公主只是诱饵，魔龙的目标是少年，等少年通过了重重险阻，和少女相爱，魔龙就会出现，把他杀死，吸干他的热血，侵占他的躯体，返老还童，取而代之，和公主幸福地一起生活。这才是完美的故事。"

想到这些，我趴在桌上，假装睡觉，眼泪却滴进袖子里。"魔龙"已死，新王登基。普天同庆，皆大欢喜。公主挽着"少年"的胳膊，笑得灿烂而美好，没人知道，少年已经死了。可这一切，都在少年的预料之中，他早已洞悉，却义无反顾，视死如归。

马雨洛气坏了，我听见她哽咽着说："周楚凡，你总是让人难过，我再也不想理你。"

马雨洛不再去书店，也不和我说话，每天冷漠地帮我整理抽屉，我也例行公事地带早餐。她坚持不问我数学题，我尽量不抄她语文作业。

我在家里做题，一支笔、一张纸而已。

我听到敲门声，打开门，没有人。

我继续做题，又听到敲门声，打开门，没有人，我喊了一声："妈妈，你在干嘛！""我在做饭。"我接着喊："爸爸，你呢！""我在看你妈妈做饭。"

我砰的一声关上门，继续做题，正是关键处，又有敲门声，我打开门，没有人影。

我汪汪大叫了两声，黑蛋冲上楼梯，在我两脚之间绕圈。

我把门敞开，继续做题。我又听到敲门声，环视屋内，是QQ的声音，我冲到电脑前，把它退了。

做完数学题，我心旷神怡，重新登录QQ。谁啊，我的朋友都知道我不喜欢网上聊天。

是林曦。我纳闷了她怎么有我的号。

林曦说："在吗？"这种问法不好，有逻辑漏洞，类似的还有"儿子睡着了吗"，每次妈妈这么问，我都要大喊一句"睡着了！"

林曦说："吉娃娃的肚子越来越大了哎。"她传来几张照片，我看了半天，不解，难道要我接生？

没搞懂，不过也简单，以其人之道还治其人之身，我抓起黑蛋拍了几张照片发给林曦，要配文字，我就写："黑蛋暂时还没有变化，一直这么大。"

林曦："哈哈哈，我想小宝宝需要和爸爸在一起，你能把黑蛋带过来吗？"

我说："好。"

林曦问："你什么时候来？"

"不清楚，去之前告诉你吧。"

林曦说OK，添了一个笑脸。我忍俊不禁，同样回了一个笑脸。

我拎起黑蛋，说："你丫的不把自己老二管好，在外面乱搞，害的老大我要给你处理后事，该当何罪？"黑蛋悬在空中，一点也不害怕，纯纯的眼睛看着我，舌头舔我的手腕，我痒死了，赶忙松手。

我不怕疼，却怕痒，还好别人不知道，不然打起架来挠我的腰，我只能求饶。

我突然想明白了，林曦喊我过去，哪里是要什么黑蛋，她根本就是要我给她讲数学题。

元旦，新的一年，我17岁了，升入高中已经四个月。

天色渐黑，窗外，烟花爆竹十面埋伏，夜空中战火纷飞。我伸个懒腰，发觉已经泡在数学书里很久，决定下去走一走。

街上行人寥若晨星，我深吸一口冬天的空气，头脑更加清醒。我不喜燥热，青睐寒冷。我迈开步子，黑蛋一狗当先地冲到身前，这货什么时候冒出来的？

我走到空草地，坐在角落的秋千上，黑蛋坐在我的肩上，痴看夜幕中的花火，半晌，他像扑火的飞蛾，或者奔月的嫦娥，一跃而起，向着天空飞去，啪嗒掉在地上。我怕黑蛋尴尬，有意不去看他，低头打量身下的秋千，木质坚韧，岁月的镰刀只是留下了伤疤。

"晚上好，周楚凡，你还不睡吗？"

我扭头，是林曦，我笑了："这应该我问你才对吧。"

林曦说："我见你在这儿，下来看看。"她穿着厚实的睡衣，还是显得活泼灵动。

我想起她房间的窗户，从秋千上起身，说："喏，你坐吧。"

她好动，不愿枯坐，非要前后摇，可是衣服笨重，摆动的幅度太小。

我看她熊猫似的笨拙，开口说："我帮你摇？"

"好啊。"

"你确定？我能把秋千摇成摩天轮。"

她大笑，说："你来呀，我才不怕。"

"那你做好飞行准备。"

林曦紧紧抓住秋千绳子，咬住嘴唇，直直地看着我。

我毫不留情，不遗余力，林曦却真的不害怕，甚至仰头看起了烟火。

秋千停止，她直视着我，火焰像落进了她的眼睛。

我说："你不怕？"

"掉下来也有你接住。"

我想起山坡上的翻滚，笑了，说："我要回家了，顺路，一起走吧。"

她跟上来，我俩一起往前。黑蛋在我双脚之间绕着8字，不准确，是∞。

夜空中，烟火云散，星舟泛海。

快到寒假了，期末考试将至，人人都在背单词记公式，我深受感染，卯足了劲钻研竞赛题。做完数学，还有点时间，我便大发慈悲，复习了古诗词。我的名字就是李白起的——"我本楚狂人，凤歌笑孔丘"，可惜爸爸觉得周楚狂像个神经病，就改成了周楚凡。

我和马雨洛彼此客客气气，表面相安无事，事实上我野心不小，准备抢了她的第一。马雨洛也天天看数学，显然"心存不轨"。终于期末考试，浏览完数学试卷，我叹了口气，又叹了一口，再长叹一声，在三口气的时间里，我已经看穿了压轴题。成绩公布，我是第三，马雨洛第二，第一是许莫，看来梁成志打通了他的任督二脉。

寒假短得像和尚的头发，还没注意就没了。因为假期短，所以作业多，这个关联词语用得没毛病，是学校有问题。寒假作业教会我两个道理，一来人的潜能是无限的，罗马不能一日建成，作业可以最后一日写完；二是要学会判断与试探，我写显然易得见答案，发现老师不管，说明他压根不改，那我还写个屁，毫无意义，署个名字交上去就行，我向来胆大心细。

林曦喊我去她家，说有惊喜。我略一思考，可能黑蛋孩子出生了，上网一查，吉娃娃的孕期两个月，掐指一算果然如此。我领着黑蛋出门，看他生龙活虎，而我裹紧风衣畏首畏尾，作为人类，十分惭愧。我不禁怀念起很久很久以前，我们也是一身毛，根本不用穿衣服。我相信，天使如果赤身裸体，肯定是毛茸茸的。我忽然想起马雨洛的耳垂，她是不是正在家里看书学习呢。

门一开，林曦的奶奶和一股暖气扑面而来，她说："快进来，外面很冷吧。"

林曦的房间太热，我脱了风衣搭在胳膊上，不知道放哪里，她说："你就放我床上吧。"

她穿着一件黑色的紧身毛衣，曲线很漂亮，像函数图像。我说："温度调太高了。"

林曦说："我怕小狗冻着。"

我说："小狗呢？我看看什么样子。"

黑蛋撅着屁股，在书桌下面哼哼，我走过去，蹲下身子。垫了软布的鞋盒里，两只小狗正在睡觉，也可能醒着呢，是眼睛还没睁开。黑蛋舔个不停，舐犊情深。

"这也太小了，"我伸出手，"还没我巴掌大呢。"

"刚出生能有多大，你喜欢哪一个？给你养。"

我问黑蛋："你要哪一个？"它呼哧呼哧两个轮流舔。

"贪得无厌。"我赶走黑蛋，贴近两小只，睁大眼睛看了半天，半响，一只小狗朝我打了个哈欠。

"选好了！"我直起身，忘了还在桌子下面，撞了脑袋。

林曦乐不可支，又见我龇牙咧嘴的，关心道："疼吗？"

"当然疼。"我苦着脸。

林曦踮起脚，伸手在我头上揉了揉。

她的手很凉，我像被火烫了似地偏过头，林曦的手停在半空。

我的脸也很烫，我说："别，你这样像我妈妈小时候教育我似的。"

林曦收回手："你还怕你妈妈啊。"

不是怕，是喜欢。只可惜如今我妈比我矮一个头，摸不到我脑袋了。

我想起林曦的父母常年不回家，最好不要谈妈妈。我笑了笑说："我怕的东西可多了。"

林曦好奇："有什么？"

"比如哭鼻子的女生。"

其实很多时候，我更怕爱笑的女生。

我的QQ号是马雨洛告诉林曦的，原来她俩从小就是朋友。作为交换，林曦告诉我，马雨洛家在12单元301。我很开心，马雨洛这下跑得了和尚跑不了庙了。

开学的这天大雪纷飞，教室外的走廊泥泞不堪。可惜没轮到我打扫卫生，我的万能拖把大法派不上用场。我以前严于律己，一定要先扫地，再拖地，最后用抹布擦栏杆，可同学们都是草草一拖就完事，我便作出改进，用拖把扫地，用拖把拖地，再用拖把擦栏杆，有时还用拖把擦黑板。

但就目前的走廊情况来看，如果用拖把擦黑板，黑板就真黑了。

马雨洛依旧不和我说话，算上寒假，这丫头累计有一个月不理我。我认真思考了如何终结这种冷战，一般当我和妈妈"兵戎"相见，总是以一顿"鸿门宴"结束，我"单刀赴会"，狼吞虎咽，说好吃好吃，妈妈我错了。但此法行不通，我不觉得马雨洛会做一顿好吃的给我。我也不可能做给她吃，用我蒸的包子打狗都来去自如了，还能做饭？

我只会踢足球和做数学题哎。

我有点后悔，不该说斯佳丽坏话，应该编织善意的谎言，说点女孩子想听的话。我明明知道马雨洛想听什么——斯佳丽最后和瑞德白头偕老，子孙满地跑。

可我又不想骗自己，这世上并没有破镜重圆，也没有十全十美，悲剧才是上上之选。我固执地喜欢死去的少年，喜欢一意孤行，喜欢易碎的、年轻的心。

我做题累了趴在桌上休息，不再朝着马雨洛傻看，而是对着窗户，我在看玻璃中马雨洛的倒影，虚幻飘渺，若即若离，都说镜中花水中月，你可曾像我看过玻璃人。

马雨洛对我依然不理不睬，和尚和肖寒却和好了。和尚表示自己不能荒废了球艺，希望重回球队，特地请我们几个去魔方唱歌。我说去可以，不要带柳芸。

我他妈真的服，我走进K39房间，确实没有柳芸，但是看见了梁成志和陈天，还有几个女生。

和尚起身，递根烟给我，说："兄弟几个一起聚聚嘛。"我把烟别在耳后，找了地方坐下。梁成志在大吼"不要在我寂寞的时候说爱我"，我拼命鼓掌。

肖寒推开门，和尚给他递烟，他听见梁成志的鬼叫，微微一笑，走过来，把烟别在我的另一个耳朵上："我戒了，给你吧。"我也不抽烟，我还没有什么事伤心到需要尼古丁。

猴子贴近我说："我实在受不了，梁成志这调跑的。"我说鼓掌就完了，于是猴子和我一起拼命鼓掌。我顶着两根烟，上下打量猴子，他身体舒展开了，结实得多。我捏捏他的胳膊，说："不错，孺子可教。"

一曲终了，我继续鼓掌，梁成志喜不自胜，让黄毛去买啤酒。

和尚说："得意什么劲，老子又没好好踢。"他拿起话筒，开始唱《Andy》，有一个女生缠着他，他也不拒绝，两人眉来眼去。

梁成志抄起话筒对着和尚，像是拿着菜刀，喊道："输了就是输了，你他妈找什么借口。"

我笑："确实是我们输了。你们踢得不错。"肖寒猴子脸色有些不快，我揉揉他们的肩膀。

梁成志收回话筒吼道："还是楚凡兄硬气！"他给了那几个女生一个眼色。我不是很明白。几个女生坐到了我们旁边，我傻了。肖寒冰着脸，起身换了个地儿坐。猴子比姑娘还害羞，屁股往边上直挪，说："你坐你坐。"惹得小姑娘咯咯直笑。我借着变幻的灯光，打量身边的女孩，咦，就是上回吃饭对我明送秋波的那位。橘黄的毛衣，波点的短裙，脸庞柔美，眼神无辜。她不安地红了脸，我笑了，这个姑娘真的很纯净，但她怎么由梁成志带过来了？

很明显，梁成志的目标不是我，而是我背后的马雨洛。他打得一手好算盘，想通过美人计来调虎离山。我摘下耳后的两根烟放进口袋，问："你叫什么？"

"梁之倩，"她的声音细若蚊蝇，和尚还在那里放声高歌，我只好凑近一些，她的脸更红，说，"我知道你。"

这个名字有点耳熟，我问："你怎么知道我？"

她笑了："谁不知道你。"

我说："可我好像也见过你。"

"我在二中上的初中，那时候天天看你踢球呢。"

我一愣。很多人说过，我踢球时有一堆女生在场边看，但我没往心里去。我如果专心于一件事，比如做数学题，就算和尚套个假发在我面前洗澡，我也不会瞥一眼。

我说："我只顾踢球了没注意，那你现在在哪里上学呢？"

"和你一样呀，在星屿中学，"梁之倩说，"梁成志是我堂哥，他带我来的。"

我一抖，差点跌坐在地。我知道，马雨洛不去书店之后，梁成志肯定会有新动作，但这也太狠了，舍不得孩子套不着狼？

陈天推开门，搬来一箱啤酒。猴子禁不住小姑娘的撺掇，点了一首《你把我灌醉》。

我把梁之倩的啤酒拎到自己面前，说："不要喝酒。"

梁之倩巧笑嫣然："我知道，我哥从来不让我喝，他以前都不肯带我来这种地方的。"她飞快地看了我一眼，脸红红的。

我心想，你哥还算良心未泯。

猴子又开始乱唱，跟梁成志半斤八两，害得我一顿鼓掌。

我有点内急，走出K39的房门，转身，脚下生风地走着，忽然听到一侧包厢传出女生的呻吟声，刚准备加快脚步，可我猛地停住，站在那个房间门口。倒不是我变态，这玩意儿我和肖寒从小就听了几百回，那时我俩去小卖部，打电话给他在外地打拼的爸妈，电话机的按键会自动读声。我一直按2键，那个女声就一直"222"啊个不停。我俩就笑得贴在一起。现在之所以停下，是因为这个声音似曾相识，虽然她在压抑响度和音调，但是物理学告诉我们，音色是无法改变的。

我沉默良久，先去了趟厕所。

我细致地洗净自己的手，镜中浮现出熟悉的身影。他低首不语，高大冷峻，薄唇紧抿，鼻梁却绵延而起，眉毛的密林之下，眼睛像两枚狭长的湖泊。在我很小的时候，在我知道他的外表可以毁去我内在的时候，他就被我永远封印在了镜子里。

我走到前台，请一个瘦高的男服务员帮我送一份水果给K34。大厅里，不少花枝招展的女人和留着纹身的男人在互相谈笑，瓷砖泛着暧昧的光，空气里尽是荼蘼的香气。

服务员回来了，笑着说："郎才女貌啊，杨公子换马子是真的勤。"

我面无表情，他不笑了："兄弟怎么回事，房里那个是你女朋友？"

我径直往K34走去。推开门，看见杨风靠着沙发，白月坐在他的身上，裸着雪白的腿和后背，刺眼。杨风一向从容淡定，此刻呆若木鸡。我说："上一层就是宾馆。"

我关上门，抽出一根烟，点燃，迈开双腿，走进K39。

我不声不响地坐下，肖寒说："你抽烟？"

我说："揣着麻烦，扔了可惜，烧了最好。"

肖寒凝视着我，眼睛里泛起光亮。我瞥了一眼猴子，他也在看我，我不发一言，他神色拘谨，我朝他笑了一下，他就笑了，比我更甚。我想起身边的姑娘，偏过头，梁之倩也在看我。吊灯奇幻璀璨，她的眼睛五光十色。我说："不喜欢男生抽烟吧。"她说："没有没有，我很喜欢。"
我把烟碾灭，握住啤酒瓶，仰起头，喝了一大口。梁成志在唱，"斑马斑
马，你还记得我吗"，我倚在沙发上，湿了眼眶。梁之倩偎在身侧，我泪
眼朦胧的样子让她不知所措，半晌她抽出纸手帕递给我，我攥在手心里。
梁成志在一旁喊："没想到楚凡兄也是性情中人！听歌也能动感情！"他
带头噼里啪啦鼓掌。

　　我醉了，红着一张脸，笑嘻嘻的，梁之倩在我耳边吹气如兰，我是
吹气可燃。我忘了梁之倩和我说的什么，我只是苍凉地笑。梁成志希望我
帮他追马雨洛，我还在笑。

　　我不会告诉猴子，我从没指望白月能对他青睐有加，我只是想为他
保留一个梦想，等他登上山顶，自然会发现一切都是浮云。

　　和尚回归，我们开始正式训练，和尚和我是双前锋，肖寒前腰，猴
子后腰兼后卫，旗杆守门员，付桐跑步。只有两个前锋，进攻的任务很
重，和尚还荒废了一段时间，所以目前这个光头正刻苦练球。阵型4-4-
2，这也经过了千锤百炼，想当年，我们直接10-0-0，进攻就是倾巢出
动，防守就是背水一战，就差旗杆披挂上阵，虽然往往由足球赛变成往返
跑，但毕竟兴师动众，声势浩大精神可嘉。训练中猴子非常积极，活动范
围从门前一直到我屁股后面，恨不得直接越位。我想起他跟我说，踢好比
赛再去找白月，心里直叹气。已是高一下学期，今年暑假，星屿校队八成
又是炮灰，他们甚至踢不过我们。目前的校队队长，脱了衣服像块奶油蛋
糕，跑不到几步就快要散架了，到了比赛自然一败涂地。他也想请我们几
个去踢，我说除非他给我当队长，他脸色难看，五官挤成一团，像奶油糊
了，说他毕竟是学长，学弟不要僭越。我付之一笑。

第七章

信

马雨洛不和我说话，这也就罢了，她居然天天带寿司过来分给周围的人，就是不给我。

这天马雨洛又开始四处"布施"，付桐扭过头，伸出他的爪子，我赶紧跟他握手，正色道："这一块寿司的热量，需要你长跑三千米才可以消除。"

付桐说无所谓。我义正辞严地表示，这是为了他的减肥大计着想，几天来我看在眼里，急在心上，万万不能半途而废前功尽弃啊。

马雨洛嘟嘴说："去做你的数学题，人家吃东西碍你什么事。"

我说："在学校里应该好好看书学习，补充精神食粮，不能吃东西。"

马雨洛说："你想吃吗？"

"*@#%&想*@*#…"我呜里哇啦一顿胡扯，马雨洛还是听见了想字，她刹那间笑了："就是不给。"气得我回家喝了两大碗粥。

第二天历史课，讲抗日，老师慷慨激昂，同学们热泪盈眶。

我聚精会神地思考着一道难题，衣袖被同桌拉了一下，我以为做题被老师察觉了，赶紧怒眼圆睁，神情悲愤，搞得像要杀光日本人。

马雨洛小声说："给你。"我低头，视线穿过我的肘弯，看见她手里递过来一盒寿司，我喜出望外，伸手准备拿一个。

"全给你了。是我自己做的。"

我的面孔瞬间从杀光日本人变成儿子刚出生，我接过一整盒，放进抽屉，说："很懂事嘛，你还是知道抵制日货的，我帮你用嘴销毁。"

她笑了，台上的老师讲到日本右翼修改教科书，她又收起了笑容，神情变得困惑："他改课本，说侵略是为了别国好，日本的学生怎么这么笨，看不出来是假话吗？"

我说："你自己不也对课本深信不疑。"

"啊？"马雨洛表情茫然，过了半晌恍然大悟。

我说："要有自己的判断，要成为自我的主宰。"

马雨洛问我觉得日本怎么样，我说："三人行必有我师，日本一亿两千万人，你觉得日本至少有多少人值得我们学习？"

她算得很快，说四千万。

我笑了："你再想想。"

我出生在三月，草长莺飞放风筝的时节，所以小名叫"筝筝"，转眼已到四月，学生会搞竞选，我看了看候选职位：副会长，部长，干事，就是不见普通会员。想了半天我一怔，原来我们这三千多名学生是默认会员呐。

同学们很热情，许多女生看过新生晚会，冲着杨风这个高富帅就去报名。别人我不管，马雨洛想当学习部长我坚决不同意，简直是羊入虎口。

她说："学习部长不就应该是成绩最好的担任嘛，可以号召大家一起学习，共同进步。"

我说："你以为现在是幼儿园呢，个个好好学习天天向上？"

马雨洛说她非当不可，我又不好明说，那就直接去找杨风。

走到学生会的办公地点，居然有好几个房间。一个女生蜷在椅子上玩手机，好像在看视频。我问杨风呢，她看得不亦乐乎。我叹口气，这女生不像我，我是"火中取栗"，她在"玩火自焚"。

我敲敲桌子，她头也不抬，我说："你们会长杨风呢？"她说不知道，会长很忙。

我说："你有他电话不，跟他说，周楚凡来找。"女生抬起头，忽然变得热情，从座位上起立，问我要手机号码。我说没有，心想：你打电话给他又不是给我，要我号码干嘛。

趁着杨风没来，我在房间里转了转，有空调有饮水机，怎么不放张床呢。我走到办公桌前，看到一堆白纸黑字讣告似的文稿，什么"提高学习热情的五种方法""大神介绍：成为数学之王的捷径""学生会干部选拔通告"，我捡起数学之王，是学长孙恒，高二的最强选手。整篇文章纯属心灵砒霜，认为每个人都可以学好数学，难怪有一帮人坚信他们已经证明了哥德巴赫猜想。

杨风风尘仆仆地来了，他生怕我开口似的，打着招呼，推开隔壁门，邀我进去谈。我走入，感觉豁然开朗，这房间跟校长室有得一拼。毕竟杨风他爸位高权重，比许莫他爹还猛。

杨风给我倒水，说："有什么事吗？"

我接过纸杯，知道杨风要开始表演，我不想看，我说："你的事我不管，但你还是收敛一点，别被我撞见。"其实是别被猴子看见。

杨风说："是是是，一时糊涂，不知道有什么可以帮你的？"

我听到一时糊涂就来气，聪明一世，才有资格说糊涂一时，而且郑板桥先生有言"难得糊涂"，可见糊涂是一件可爱的事。杨风不是一时糊涂，一时性起差不多。

我说："没什么，马雨洛要竞选学习部长……"

"没问题，包在我身上，她当学习部长，那是众望所归，"杨风拍拍胸脯，"正好我和她经常一起主持节目，也方便些。"

我竟无话可说，我只是她的同桌，跟杨风说你别让马雨洛进学生会有点怪异。

杨风见我不语，过来搂住我的肩，嘴里称兄道弟。我闻到他身上的香水味，心想香水有毒。

五月初江苏省数学预赛，郝老师号召同学们踊跃参与，说至少可以体验一番，指不定能通过呢。其实数学很靠天赋，老师总喜欢说勤能补拙，他说补拙的时候，我一般在补觉，当然，同学也没有勤能补拙，都是勤着补课。

我翘了班主任的晚自习，一个人在实验楼301地毯式做题，刷完一份去年的预赛试卷，我伸个懒腰，才看见梁之倩站在门口。在我17年的漫长生命中，放学只被一堆男生恭候过，等着踢球或者揍我，从来没有女生，女鬼都没一个。我麻利地收拾书包跑过去，问她怎么来了。

梁之倩说梁成志托她带东西给我。我心想直接送给马雨洛不就行了吗，干嘛要我转交。

我压根不想看梁成志送的什么东西，不外乎这四种，按可能性由低到高排序如下：

一、类似糖果盒之类的食物；

二、类似小项链之类的饰品；

三、类似猴子写过的小情书；

四、钟。

昏黄的灯光下，梁之倩红着脸不吭声，递给我一个礼品盒，包装挺精美，我瞄了一眼收进包里，说："知道了，走吧。"

走出实验楼，天色已经很晚，我做题向来是不破楼兰终不还，比如10点下晚自习，9点55我做完一道题，觉得时间还绰绰有余，继续着手一道难题，往往要与之纠缠到十点半。

我说："以后别这么晚还不回家。"

梁之倩绵羊似的应了一声。几个不知道干嘛这么晚也不回家搞得好像和我一样也是做数学题似的男生从我俩身边走过，看见梁之倩纯美的脸蛋，一个个眼睛放光，像探照灯似的射过来。

我忽然想到，梁成志居然放心让梁之倩这么晚送快递，不怕遇到坏人吗？

有窸窸窣窣的响动，我转过身，对着不远处的灌木丛喊道："梁成志！"

梁成志尴尬地从草丛里直起身，搓着手走过来。

"哥，你怎么在这儿，还蹲在草里？"

梁成志憨笑着说："不不不，这不是没找到厕所嘛，就进来了。"

"鬼才信你呢，"梁之倩埋怨道，"我不小了，有什么可担心的。"

"我这是为你好。"梁成志弯腰赔笑，他对妹妹奴颜婢膝，对别人可是吹胡子瞪眼。

"我才不要。"梁之倩往我身边靠了靠，我差点晕倒，赶忙说："啊，你们聊，你们聊。"

梁成志走近，开始指桑骂槐："妹妹，你要注意点。不要被一些人的成绩和外表骗了。好学生都是小心眼的小人。上次新华书店那个小白脸就是。"

我不晕了，我很清醒，我拍拍梁成志的肩："请你注意，好学生还包括马雨洛。"

梁成志说："马雨洛不是好学生。"

我纳闷，他接着说："马雨洛是好女生。"

"滚。"我和梁之倩异口同声。

学生会选举结果公布，马雨洛如愿以偿，林曦有些失望，她本来想当文艺部长，但是输给了白月。我对这些事毫无兴趣，还是继续准备预赛。很多时候你想破脑袋也想不明白的题目，其实答案如此简单。

周末的预赛，风水轮流转，以往别人在做填空，我交卷，如今我在做填空，别人提前交白卷。考试结束，我直奔操场，这群混蛋已经踢得不可开交，我加进去和肖寒一队，对付和尚跟猴子。猴子表示，有史以来第一次我最后一个写完数学卷子。我哈哈大笑。

正是五月，日光磅礴，绿茵场上，只有我们12个人在挥汗如雨。我们光着上身，付桐减了一层，猴子大了一圈，当然，最强的是我。日常坚持健身，我的身躯被逐渐雕刻，外表线条分明，体内则潜藏着力量，浩浩汤汤，奔涌不休。我的头脑，一直把身体掌控得很好，可我总感觉，冥冥中有未知要觉醒，像挣脱了封印。我不明白，我深呼一口气，像能吐出一条龙。

我收回思绪，和尚在阴阳怪气："楚凡，你好大哦。"

我冲过去把他扑倒："老子的拳头是很大。"

天色渐黑，大家收拾衣服，互相道别。

我跟猴子走进桃园，坐在角落里，一人一杯义结金兰。我很怕他提起白月，这事儿没法说——白月和杨风好上了，而且还搞上了。

我先下手为强，说："猴子，不错，你现在走路抬头挺胸，你以前有些驼背，像个猴子。"

他惊讶："啊？我没注意，爸妈以前老提醒我改，走着走着就忘了。"

"背部的肌肉是最好的天然的矫正器，"我转过身，背朝猴子做了一个扩胸，"看见没有。"

"噢噢，怪不得你走路那么挺拔。"

我说："少拍马屁，你留我有事？"

猴子眉飞色舞道："有事，我发了一笔小财。"

"你跟黄毛合伙了？"

"不不不，"他四下瞟了几眼，低声说，"我把那些黄网全举报了，有奖金。"

我差点喷出一口果汁，呛得直咳嗽，我说："你这是过河拆桥。"

"我是替天行道，"猴子说，"我想把成绩搞好，想问问你学数学该看什么书？"

我说："我看的书不太适合你，你去问问老师，别不好意思。"猴子目前在全校排名五六百，这样的学生往往数学有很大的提升空间。

"嗯嗯。"他应了两句，不吭声了。

我想了想，问道："你和梁之倩熟吗？"

猴子摇摇头，说只知道她在6班，成绩还不错，长得很甜，但是没人敢追。我寻思也是，毕竟梁成志像盖伦似的蹲在草里瞄着呢。

猴子说："队长，你该不会输给了梁成志，想泡他妹妹吧。"

我抬手就是一掌："我只想赢。我只想明年击败大华。"

猴子被我拍了脑袋，习惯性地一缩脖子，笑容满面。

"我想好了，我打算重操旧业。"猴子话锋一转。

我大惑不解："你不是全举报了吗，哪来的旧业？"

猴子脸一红："我是说那个。"

我糊涂了，看着猴子的脸红得像猴子屁股似的。这句话怎么听着这么别扭呢……

半晌我恍然大悟："你又要写情书？"

猴子扭捏地点点头，我赶紧制止，说："别别别，手下留情。你初中写给白月的那玩意，我就不该替你挡枪，我真后悔说是我写的底稿。"

记得当时，在办公室，班主任要求我朗读自己写的情书。我读完猴子的神来之笔，差点笑岔气，诸如"你在礼堂弹钢琴，我在操场踏草皮"，"大海，你全是水，白月，你两条腿"，"我爱你，就像宇宙爆炸，就像海水蒸发，就像逃课去网吧，啊——啊——啊——"

猴子苦着脸，说那他也没别的方法和白月搭讪啊。

我心里叹了口气，猴子，你还想着怎么搭讪，人家都已经交欢了。

我咬着吸管，左思右想，我需要找出一个看似可行的办法，又不可行，以免猴子知道真相。这个办法得充满希望，又希望渺茫。

我说："方法还是有的，但是你要坚持住。"

猴子问是什么。

"你带把伞放书包里，等到下雨天的时候给她。"

猴子表示认可，他连连点头。

我把梁成志的礼盒交给了马雨洛，说这是梁某的一片芳心，她收下了，可是最近却心事重重的样子，我看她几次三番欲言又止，有些好奇。

这节课后，我问："你是不是在学生会遇到困难了。"

"没有，"马雨洛说，"他们对我很好，杨风很照顾我。"

我说："要小心无事献殷勤的人。"

"我又不是小孩子，几颗糖就跟人走，"马雨洛展眉一笑，说，"而且从小到大，这样的人太多了，我也小心不过来呀。"

我说："那你最近怎么忧心忡忡的，盒子里是什么东西？"

"好啦，"马雨洛伏在桌面上，像是投降，说，"明天我带给你看看吧。"

因为趴着，她的腰身曲线如同对数函数，美而柔长，上衣不能完全遮住小腰，露出白嫩的一截，还能看到浅色内裤的冰山一角，我赶紧扭头，做数学题。

课上班主任公布了预赛结果，高一年级只有两人通过，我和6班的贺空，我是全校第二，仅次于孙恒。我哈哈直笑，马雨洛笑眯眯地看了我一眼，我对她摇摇手指，意思是这不足挂齿。我要创造历史，我要成为星屿中学校史上独一个，高二的省一等奖。

我梦想，我应当，我必将。

班主任下课喊我谈话，我难得光荣地前往教师办公室。回想以前，被老师在办公室教育无数次，写的检讨汗牛充栋，水平远超作文——书写工整，语气低沉，态度诚恳，不忘师恩。

办公室还有其他老师，我问声好，跟着班主任到他座位上。

他没有坐下，拍拍我的胳膊，说："考得不错，再接再厉。"

"当然还要继续努力。"我说。

"这份表格拿去填了，"班主任从桌面上递给我一张纸，"学校要选竞赛之星，高一的名额给你了。"

他的根号眉毛抖了抖，说："以后数学作业就不用写了，数学课不想上就不上，跟着陈教练好好搞，还有五个月就是省赛，拿点成绩出来。"

我点点头，略感羞愧，其实我从没写过数学作业，我跟老班一直心照不宣。

回到教室，马雨洛在座位上填表，原来她要参选学习之星。我浏览手上的表格，每个年级一名候选人，高二的是孙恒，高三的不认识，两学长都是一堆蝇头小奖，大伙不选我选谁？虽然我一个奖都没有。

经过预赛的筛选，晚自习的竞赛课只剩四十人，我依旧坐在最后一排。我喜欢桌面上的科比万岁，喜欢200包夜，喜欢谁谁谁我爱你，喜欢校长这个老……我喜欢校长。

贺空坐在第一排，瘦瘦的，眼睛很有神。

杨风也过了预赛，他满面笑容地走到我身边："马雨洛是学习部长吧，我说到做到。"

第二天的2路车上，我被马雨洛唤醒，起身准备下车。

她笑了，拽住我的衣摆，递给我那个礼品盒子："还没到呢，这个给你。"

我问："我可以拆开看看吗？"

"嗯，"马雨洛说，"其实，这个盒子主要是送给你的。"

我不解，拆开一看，一封粉色的信和一个足球。我见马雨洛的脸瞬间红了，心想梁成志这厮大有进步，总算不送钟了，还知道贿赂我。

我取出足球，掂了掂。

马雨洛支支吾吾地说："那个那个信是给你的，足球是给我的。"

我脑子没转过来，什么玩意？难道梁成志喜欢我，假借马雨洛之名和我套近乎？我吓得差点一个大脚把足球踹给司机。

我面如土色地收好信，足球放回盒子，还给马雨洛。马雨洛一声不吭。

整个上午我都心神不宁，魂不附体。只感觉草木皆兵，仿佛每个草丛里都蹲着一个梁成志。

回到家里，关上房门，坐在桌前，我从书包里取出信封打开。

信里讲述了一个女孩，每天坐在二中操场的草皮上，默默看着一个男生踢球，把太阳都踢下山了，踢到暮色笼罩大地，男生往校外走，她就一直跟在身后。

我眼睛湿润，梁之倩你真傻，我根本不知道啊！

我心里很乱，双手撑着脑袋，想了半天。我想一定要冷静，不能感情用事，应该严谨客观。我拿出是否喜欢马雨洛的证明题，填上答案，最后倚在座位上。

我喜欢梁之倩笑的模样，我为她落泪，我想拥抱这个姑娘。可是只有这三点。

我得去找梁成志。下午，我逃掉数学课，去了大华职中。进了校门，我径直走到操场，看见梁成志和一群人在踢球。今年，他已是大华的一员悍将，明年，梁成志必将升任队长。

梁成志看见我，大声地招呼了一句，让我等会儿，还有几分钟结束。我走到看台边坐下，几个女生站在高处鼓掌尖叫，球员里应该有她们的男朋友吧。我观察着大华职中的球员，他们训练有素，表情认真，今年卫冕应该十拿九稳。

结束了，梁成志大汗淋漓地跑来，说楚凡兄怎么有空大驾光临呢。我憨憨地笑了笑，心里寻思着怎么开口。"那个礼物马雨洛怎么说，"梁成志居然也会害羞，"我想来想去送了个足球。"我说我不知道，球赛加油，帮大华卫冕。他小鸡啄米似地点头。我说："那封情书怎么回事？"梁成志装傻："什么情书？我不知道。"我说："告诉你妹妹，好好学习，别整天想着谈恋爱。"他火了，指着我的鼻子："你他妈找死呢，你敢不喜欢我妹妹？"我面不改色："是又如何？"

梁成志一拳打来，我没动，没还手。他眼睛通红，嚷道："你不要狗眼看人低，我妹妹可比马雨洛还要好。"这个"好"字念得像"嚎"，似乎委屈得没喘过气。我揩去鼻血，拍拍梁成志的肩膀，他一把甩开我的胳膊，跑远了，扭头恶狠狠地说："今年暑假，我要把你们星屿中学踢出屎来。还有明年也是。垃圾星屿。周楚凡，我一定要赢你。"

"做梦！"我大怒，大吼，"你想赢我？痴人说梦！他妈的你来啊！"

梁成志冲回来，我们迫不及待地在操场上打了一架，梁成志还假模假样让他的队友别参与，这厮空有傻大个，别说胸肌腹肌，我甚至觉得他打不过一只鸡，俗称手无缚鸡之力。最后要不是十几个人拉偏架，老子能打扁他。

第二天课间，马雨洛像在自言自语，小声说："梁之倩挺好的，长得特别好看，成绩也不错。"

我趴在桌上，休眠疗伤。

她又问："你答应她了吗？"

我说："你看我鼻青脸肿的，还不明白我是宁死不屈吗？"

马雨洛转过身写作业，写着写着，又时不时看我。

她的眼睛干净得要命，像两枚镜子，我不耐烦："有话直说。"

"你是不是又打架了？"

"废话少说。"

"你别打架了好不好，君子动口不动手。你的伤口疼不……"

"你别说话了，你是动口不动脑，"我说，"梁成志给你的足球呢？明天给我。"

马雨洛看着我，我们离得很近，她的眼神却很远。她的眸子里泛起了雾气，她抹了一把眼睛，继续一笔一划地写作业。

付桐扭过头，说："队长，看你受了伤，大家都很关心你，你别不领情啊。"

"一边去，"我说，"老子一打二十，不要人关心。"

付桐瘪了瘪嘴，凑近马雨洛，估计又在安慰，或者哼鬼子进村般的歌谣。许莫隔着过道，也把身子够过来，脖子伸得老长，像只鹅，说什么马雨洛别难过。笑死我了。

马雨洛置若罔闻，一句话也不说，只顾握着笔，在纸上磨来磨去，好像这笔惹了她。林曦从前面蹦过来，抚了抚她的背，拨开她的手，拿起笔合上笔盖，说："马雨洛，我陪你出去走走，别生傻子的气了。"

林曦扫了我一眼，说："周楚凡，你就知道跟男生打架。你能不能有点脑子，对马雨洛好一点？"

"我没脑子吗？对她不好吗？"我反问道，为了证明我有脑子，而且对马雨洛非常好，我拿来她桌上的作业，瞄了一眼，说，"马雨洛，你看看，最后一题错了，要不要我讲给你听？"

马雨洛抬头看我，眼睛里一晃一晃的。付桐哀叹一声，转回去了，许莫也缩回头。林曦把马雨洛搂在胸前，对我说："你跟男生打架，跟女生只会讲数学题。"

"胡说，"我说，"我还会踢足球，要不要我带你去？"

林曦气得直笑，说："马雨洛，走，跟我出去散散心。"

马雨洛摇头。我说："你看，马雨洛要我给她讲题目呢，是不是？"林曦捏了捏马雨洛的脸蛋，低头不知耳语了什么，也走了。

马雨洛一声不吭，打开笔盖递给我笔。

我说："你说话呀。"

她一眨不眨地直视着我，眼睛一尘不染，像水清洗过的镜面。我的心跳漏了半拍。她睫毛一弯，目光随之一折，仿佛在寻找自己的唇，恍惚中又像落下两滴泪。她说："是你让我不说话的。"

她的眼里万籁俱寂，我哑巴了，我的心塌陷了，垮掉了，我不明白。我赶紧看题，数学的大厦在我心里拔地而起，体系完备，结构优美，坚不可摧。

她说："我不要他的足球。我会还的。"

放学，我走到小树林，倚在树上，两手插进裤兜，面朝6班教室。

贺空背着书包捧着数学书，边走边看。梁之倩雀跃着跳出教室，在和同学聊天，不时捂嘴娇笑。

我想：梁成志果然还没有告诉她。梁之倩看见我，她不跳了，立在那儿，像被我定格，我竭力笑了一下，朝她招招手，她像活过来了，像只蝴蝶，翩翩地飞向我，像飞蛾扑火。

梁之倩含泪跑开了，我盯着她跌跌撞撞的身影，想拥抱她，想抱进我的怀里，可我只是一棵树，杵在那，根深蒂固。

六月初高考，学校成了禁地，我只能去附近的小学上竞赛课。配套设施太迷你，我干脆坐在桌上，反正我是最后一排，贺空也在，不过他是坐凳子的，凳子还没我鞋大，坐着活像蹲着。我朝他笑了笑，他礼貌地回了一下，就埋头蹲着听讲了。

课间休息，我踱出门，教室外的走廊上，悬挂着小朋友们的合影。我一眼就发现了马雨洛。我停下脚步，研究处于童年时代的同桌，照片里的她小小甜甜，扎着两个麻花辫，乍一看很漂亮，仔细一看，真的很漂亮，五官和谐，难怪长大了会为害一方。我还看到了旗杆，他在最后一排，站得笔直，比两侧的人高了一小截。那时国旗还在半途中，停留在他的脖子上，现在已经升到脑门了。

打哈欠的小黑被我领回家后，成天打哈欠。考虑良久，估计是想妈妈了。我去了一趟林曦家。她问小黑这个名字谁起的。我说我起的，既和爸爸一个姓，又和蜡笔小新家的狗形成对比。林曦笑了，在高脚凳上翩然一转，说："今年暑假的足球赛，你会加入校队吗？"我说不去。她问为什么不强强联手呢。我心想学长一点都不强，我说："我从来不和人联手。"林曦说："你是从来不和人牵手。"我笑了："倒是有很多对手。"她说："感觉今年我们学校很厉害的，拉拉队排练好久了，希望能有好成绩。"我不以为然。

林曦忽然提起学生会竞选，哼哼几声说，那些评委是看白月胸大才选的她。我差点笑死，我说："你比白月好。"我心想：而且你也不小啦。

林曦一扫愁容，问我想不想看她跳舞。还没等我回答，她就蹦到瑜伽垫上，像一只小鹿。

我摇摇头，说："还是继续来研究斐波那契数列的神奇性质吧。"

高考结束，我做了一遍数学试卷，纯属娱乐，全是送分题。

竞赛之星的选拔结果别开生面，是鄙人落选。我很愤怒，时人不识凌云木。我下定决心，要成为全校第一。

我整日看数学竞赛书，完全不顾课内学习。马雨洛说："一张奖状没什么，你如果真的想要，那我把'学习之星'让给你好不好？"她几乎是全票当选，这么一对比，我笑了，说了声不要，继续做自己的题。过了半晌，听见她说："对啊，你不需要星星，你要做太阳的。"

我一惊，抬起脑袋，入眼的是一双剪水秋瞳。马雨洛翘起嘴角，微微一笑，说："至少，我只投给了你一个人。"我高兴得不得了，大声说："马雨洛，你跟我一样有眼光。学习之星我也只投了你一个。我觉得我们俩的一票应该算一千票才对。"

"不对，不要搞特权，我只是'普通同学'。"马雨洛特意把"普通同学"四个字咬得特别清楚，似笑非笑地看着我。我哈哈大笑。

"你还难过吗？""我的难过，活不过五分钟。"

马雨洛粲然一笑，但我心里发憷，感觉不是粲然，而是桀然。果然，她说："好呀，周楚凡，那你回答我，你为什么说我为害一方？"

我的天，我的秘密笔记毫无秘密可言。我放下尺规，供认不讳："因为你美。"

马雨洛脸红了，我呼一口气，以为拷问到此结束，但女人比警察还难缠，她突然冒出一句："有多美？"

她微微仰头，逼视着我，眸子从来没有这么灼人过。我不敢直视，说道："其实我想到了倾国倾城沉鱼落雁什么的，但是太夸张，哪有人这么漂亮？"

"有啊，四大美人你不知道吗？"马雨洛捏住我的袖子摇啊摇，我被她摇得心都慌了。

我说："四大美人并不美，美的是故事，是文字。"

她不摇了，傻傻的，好像在思考我的话。

我说："马雨洛，你如果想让自己的美丽永远流传，拍照片没有用，拍电影也没有用，唯一的方法是和一个伟大的作家相爱，他会为你写诗，会把你写进故事，就算你变得又老又丑，也永远是最美最好，因为情人眼里出西施。"

马雨洛的眼睛又深又静，她问："你会写吗？"

我说："不可能，我都不会写八百字的作文，还想当作家？"

"因为你呀，不懂爱情，"马雨洛语气悠悠，又说道，"我被你带偏了，你还没回答我的问题呢。我怎么个好看法。"

竟然被发现了，我叹口气，为了哄她开心，决定索性拍一拍马屁："马雨洛，说真的，我觉得，你就和莫勒定理一样漂亮。"说完我十分得意，觉得这句奉承话说得最漂亮。

马雨洛很生气："莫勒定理，那是什么东西？我比不过它吗？"

我慌了，赶紧解释："就是任意一个三角形……"上课铃打响，马雨洛别过头，不理我了。

我只好自己回忆莫勒定理，确实很美：

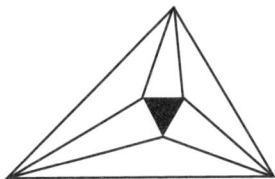

任意一个三角形，作它三个角的三等分线，直到两两成对相交，三个交点，一定构成等边三角形。

期末考试接踵而至，我浅尝辄止，混了个年级第四。我的成绩江河日下，马雨洛一直数一数二，还好数学唯我独尊。我特地看了一眼猴子，他也进步了，三百多名。

七月上旬，市足球联赛开幕，全市八所中学纷纷动员。抽签结果，第一场淘汰赛就是星屿对大华，还是我们的主场。这将是一场悲剧，我校出师未捷身先死。

比赛这天，我来到操场，看台上人声鼎沸，横幅漫天。一眼看去都是校友，大华职中的观众只占了很小的地盘。我特地挑了两校交界的地方坐下。我稳券在握，只是想了解梁成志和他的队友。我忽然想到，梁之情会为哪边加油呢？我看向6班的位置，她正和同学有说有笑，我很高兴，是的，痛苦消散得远比人想象得要快。

球员进场，梁成志和他的队友们身穿黑衣，雄赳赳气昂昂，至于我校的队员，就非常平易近人，像是领导检阅，他们挥手致意，观众激动不已。广播里传来杨风会长嘹亮的声音："现在进场的，是我们星屿中学的校足球队！他们生龙活虎，精神抖擞，势必拼尽全力，力争赢下这场比赛，让我们为之加油助威！"

开场仅三分钟，梁成志就攻入一球，他绕场狂奔，春风得意马蹄疾。之后一场屠杀，半场结束时0比4，最耻辱的是第四球，梁成志骗过门将，一路把球带到门线，踩住足球，两手叉腰，趾高气扬，像个泼妇。许久，他才把球推进门框。在我旁边，一众男生捶胸顿足。远处的看台上，马雨洛工工整整地坐着，而猴子愤怒得像要跳出座位，肖寒一把按住他的肩膀，肖寒面色沉郁，手上力气应该不小，差点把猴子按成缩头乌龟。和尚作为出家人，正破口大骂，就嘴型来看是连续的操你妈。旗杆伸着脖子，目瞪口呆。至于场边的拉拉队，林曦抱着膝盖，蹲在地上，乌黑的秀发遮住了她的脸庞，只见肩膀一耸一耸的。过了片刻，她起身离开了。

左边一片死寂，右边十分热闹。大华职中的人大吼大叫，也在喊操他妈，干他，杀杀杀。那些女孩子们尖叫不已，每进一球就要集体高潮一次。

全场结束，0比8。哨声吹响，大华职中陷入狂欢，队员绕着操场，将优良传统发扬光大，对星屿的男生竖中指，对女生吹口哨，最后搂着自己的女友扬长而去。

等到人去台空，我留下肖寒。

我俩并肩坐在看台上，天色渐暗，看台后侧的一排松树在风中簌簌作响，投下摇晃的阴影。

我问肖寒："你怎么看？""输得彻底，又很憋屈。"

"你看我们校队哪里不如对手。""进攻，防守，个人能力，合作能力，都差太多了。"

我说："确实，可明年我想赢。"

肖寒说："太难了。"

我笑了："你没看出他们的弱点吗？"肖寒一惊，像童年时期一样，惊讶的时候从不开口询问，只是睁大眼睛盯着我。

"他们没有保存体力的习惯，每时每刻都拼尽全力，下半场有点跑不动，"我顿了顿，"这是我们唯一的机会。"

大华职中显然是攻势足球打法，全场跑动积极，拼抢凶狠，虽然下半场体能不太够，但往往上半场已经碾碎了对手，而且，瘦死的骆驼比马大，他们下半场的体能，依然远胜星屿。

肖寒眼睛亮了一瞬。我继续说："以后，每次踢完球，不管多晚，如果我不在，你负责带领他们加练体能，两千米。你放心，他们会认真跑的。知耻而后勇。"

肖寒用力点头。我看着他，想开口问，笑了笑，又没有问。

肖寒明白的，他说："没事，我会忘了她的。"

他不会忘记，太明显了，他一说谎，明亮的眼睛就会晃动，仿佛平静的水面忽然波光粼粼。

我微微一笑，像小时候一样说："好，那我们先去跑步吧。"

回到家里，我依旧在回想比赛的情景，可以说，明年我们取胜的关键不在于进攻，而在于防守。如果上半场能顶住他们的如潮攻势，下半场就可以后来居上，展开反击。我拿起纸笔，写写画画，我记住了几个大华的传球套路，还有一个射门刁钻的左撇子前锋。

电话响了，我接起电话："喂，我是周楚凡。"

"小凡啊！"我心想我的小名叫筝筝，话筒里传来林曦奶奶焦急的声音，"小曦到现在还没回家，她跟你在一起吗？你知道她在哪儿不？"

"不在啊，不知道，"我想起她耳朵不好，大声喊道，"别急啊奶奶，我出去帮你找找看！"

已是七月，天虽全黑，空气里依然残留着太阳的余威。

我跑到和马雨洛一起逃亡的巷子那儿，转悠了半天，没看见林曦，倒是看见黄毛三个人，聚在一起鬼鬼祟祟。我奔过去喊："陈天，问你个事。"

一伙人掉头就跑。我高声喊道："跑什么跑，又不打你，你不是刚赢球嘛，我向你请教一下守门员的技巧。"陈天跑得更快了，他在向我展示长跑的技巧。

我追上陈天，捉住他的衣领，说："你看见一个穿着短裙的女生没？"

"不敢不敢，你的女朋友我们不敢……"

我皱眉："不是，那是我同学。"

"没看见没看见，我们天黑了才来的。"

我说："今天你们队踢得不错，你个守门员全场打酱油。"

我抬起头，看着天空，想起诸葛亮。吾夜观星象，知天下兴亡。我有些顿悟，像是做题山重水复，忽而柳暗花明，我跑到小草地，她果然坐在秋千上。我走上前，伸出手，拨了下秋千绳子。

林曦仰起脸，脸颊上有泪痕。我说："回家吧。"

她往边上挪了挪，我站着没动，说："你奶奶在找你。"

她哽咽起来，断断续续地说，她不明白为什么总是输，去年暑假输了，之前选文艺部长又输了，现在又输了。我看着她旁边的空位置，站着没动，说："这有什么，不要哭了。"

林曦抬起头，泪光闪闪的眼睛逼视着我，说："你早知道会输对不对？对不对？"我说："是。"她从秋千上站起身，压向我："你故意不上，就是想看星屿中学出丑，想让我伤心，是不是？"

我说："不是，我会复仇，明年我不可能输。"

"我不信，你要是输了怎么办？"

　　我想了想，说："我要是输了，就穿着短裙跳拉拉操。"林曦破涕为笑，说："不准反悔。输了要在我房间里跳。"我说："好，快回家吧。"

　　林曦走了一步，哎呦一声，说腿麻。我说："那你就坐秋千上歇会再走。"她说："你背我回家好吗？"我沉默了。林曦噘起小嘴："那我明年不给你加油了。"我笑了，转过身弯下腰，说："好好好。"林曦跳上我后背，我说："你不是说你腿麻的吗？怎么还活蹦乱跳的。"

　　林曦笑哈哈，不回答。我背着她，脸红了，我说："你不要呼气到我脖子里，我特别怕痒，你腿不麻，我脖子麻了。"

　　林曦哦了一声，对着我的脖子一顿狂吹。我笑得不能自已。她很任性，身体也很有韧性。我的手好像在林曦裸露的腿上，我有些害羞，赶紧往上挪，又碰到了她的屁股，我继续改变，用左手握住右手手腕，右手掌心朝外，总算感觉没那么强烈了。

　　林曦在我背上用钥匙打开家门，我说："下来吧。"她说："送佛送到西，你得把我背进房间。"我推开她房间门，坐在床边，弯腰把她放倒在床上，直起身说："快打电话给你奶奶，她还在外面找你呢。"林曦坐在床面，伸直双腿，抱着靠枕，仰头问我："你要走了吗？""嗯，我走了。"我走出房间带上门。门合上的一瞬间，我看见吉娃娃蹲在门旁的地板上，楚楚可怜地看着我。

　　回家的路上我心想，我还有两道平面几何垂直证明题没做呢。

第八章

夏

我醉心于数竞，几何之后是代数，代数之后是组合，组合之后是数论。

八月初，去扬州参加夏令营。我扭头看向车窗外，树、田野、鱼塘、农舍、蓝天。

我察觉到身旁的空座位，想起了马雨洛。

我被数学占据，我差点忘记这个漂亮爱笑，聪明努力的同桌了。回想我俩最后的交流，是在期末成绩出炉之后，我恭喜她又是第一，顺便提醒她数学又没考过我。她温温柔柔地笑了片刻，问我莫勒定理怎么证明，我就图文并茂地写在A4纸上给她看。

之后的暑假，我参加竞赛，她不用上课，2路车上只剩我一个，除了足球联赛，我再也没有见过她。

我以前坐车，双手搁在身体两侧，如今总是放在身前的腿上，像在捧一个纸盒。

涵江中学到了，放好行李，和贺空一起去吃饭，我接过餐盘，走到座位上，贺空说他的肉比我大，我说我饭比你多，颇有一种乞丐互相攀比的悲壮。

贺空夹起他引以为豪的肉，咬了一口："我去，是土豆。"

我说："我这个饭可是货真价实的满。"

我一筷子插下去，整块饭像砖头般被提了起来。

我掏出手机给爸爸妈妈打电话，告诉他们一切都很正常，就是吃得还不如家里的馒头香。妈妈说别管多难吃，吃饱了就行。我说没问题，请母亲放心。我啪地关上手机。这手机不赖，功能简洁，体积小巧，一文不值，天生防盗，最关键在于，它是充话费送的，很划算，好比我买个空调遥控器送一空调。

宿舍的床位很考究，门旁的要开门，开关边上的要熄灯，空调下面能冻死人。我处在既要开门又要熄灯的位置上，自我安慰吾乃指路之神，吾乃光明之圣，事实上别人一说我就得做，我是芝麻开门，我是声控关灯。

贺空在看书，我看不下去，做题不能受干扰，而另四位舍友正群魔乱舞，他们光着上身，一个胖子胸比我大，另几个瘦成肋排，在我五湖四海地侃完后他们继续七情六欲地扯淡。我只好串门，杨风、孙恒和另一个学长在斗地主，我立即加入，杨风果然是老手，与我做队友，配合得天衣无缝。

之后几天，纯粹浪费时间。上课，二十几排座位，三百多号学生，就一块黑板，我坐在后排，看着前面一片脑袋，像一群黑洞，因为我没有天文望远镜，所以我逃课了。

校门口保安问我是谁，我说："我是夏令营二班的班主任。"保安说："你个头挺大，面相看起来很小啊。"幸亏我早有准备，答道："还在读师范，这是暑期实习，正好来逛逛美丽的扬州。"保安笑了，说："去吧，我们扬州是个好地方。"

晚上回到宿舍，翻出破手机，屏幕显示有几个来自妈妈的未接电话。

"妈，是我。""打电话怎么不接呢？""没带，我这不是刚看见就打给你了吗，打电话干嘛？""你有个女同学，想问你题目。"妈妈声音拉长。"你这是什么声音，问个题目而已。""别以为我不知道，小黑的妈妈就是她家的。""行行行，您老英明，还有什么事？""有没有好好听讲？"我课都没上，听个屁的讲。我说："听不懂，老师操着一口方言，像几内亚语似的。""听不懂更要听。吃饭了没？""吃了。爸爸呢？""你爸在记账。别管你爸了，记得联系人家。"

我万般无奈，只好下载QQ，破坏了手机的简洁。我跟林曦要了号码，直接打电话给她。我背靠桌子，食指敲击着桌面，说："你拿笔，我说你写。"林曦问了几个题，我在脑海里勾勒了大概，说给她思路。我听着窸窸窣窣的写字声，知道林曦正颦眉抿嘴，认认真真地记在纸上。我一时无话，等到蚕食桑叶的声音停止，我问："就这些吗？""嗯。谢谢你。"我等她先挂电话，但她没有，那我挂了："林曦再见。"

我点开马雨洛灰色的头像，是一个女生在仰望星空。猴子还在线，我又无事可做，就写道：

"猴子，是我。"

"在呢，怎么了？"

"5圈能坚持下来？"

"操，大华那帮人，到处说星屿中学的男生全是废物，我们都快气炸了，都跑了八圈。"

我只会手写，不会拼音，所以输入得很慢，我一个字一个字地写道："明年我会宰了大华。你的伞怎么样了？""准备好了，我妈一直问我怎么要买伞，还好我这次期末考试进步了，她就没多问。但一直没下雨，暑假也见不到人。"

我说好好学习，锻炼身体，踢好足球，机会多多。

猴子很敏感，问我打字这么慢，是不是在和哪个漂亮妹子聊天。

我说："就和你一个人而已，我手写很慢的。"

猴子强烈建议我用拼音，我不从。

他最后说："队长，祝你竞赛成功。我写作业了。"

我说："o，namewomenbubble。"

猴子问："名字女人吹泡泡什么意思？"

我说："你英语学得真好，不是你要用拼音的吗？你再读读。"

我在床上躺下，看了看马雨洛的头像，哇，它亮了，我又爬起来坐直。

我说："马雨洛，是我，你同桌。"

她说："我知道，不用自我介绍，你笔记里不是说不喜欢网上聊天的吗？"

我："呃……吃饱了撑的。"

"我才不信你吃食堂能吃饱呢，"马雨洛真聪明，一眼就看穿了我的谎言，"你为什么找我？"

我说："我先找的猴子。我向来重友轻色。"

"顾左右而言他，答非所问，怪不得作文总跑题。"马雨洛揭穿了我，真是棋逢对手，我说："你肯定不相信，今天我的抽屉像个猪圈，东西都找不到，所以我突然想你了。"

她没有说话。

我说："正所谓：士别三日，当刮目相看。"这个成语好像用得不对，但我又想不起来正确的改法，毕竟我跟我的朋友们都是这么说的：士别三日，当刮目相看。

幸好有马雨洛纠正，她写道："一日不见，如隔三秋。"

我还是觉得不准确，说："哪有如隔三秋这么严重。你暑假有活动吗？"

"有；昨天去社区主持公益演出了，偶尔而已，主要还是好好学习。"

我知道马雨洛经常跟杨风一起，去给空巢老人们主持节目，我问："杨风不在啊，你一个人主持的吗？""笨蛋，我和林曦一起主持的。"

"林xi？"

"我和她幼儿园就是好搭档了，你怎么不把人家的名字打出来，多不好。"

我也很无奈："我用的手写，我把这个破手机的屏幕都涂满了它还是认不出xi字……"

"哈哈哈哈哈，那你觉得我的名字怎么样？"

"马雨洛，非常好。比我好得多，我本来应该叫周楚狂，但我爸觉得像个疯子，就给我改成这破名字。"一说到名字我就来气，周楚狂多酷炫，跟周楚凡简直是云泥之别。

"我不喜欢周楚狂。"

我认为马雨洛的审美很有问题，掏心掏肺地给她讲解了半天，周楚狂比周楚凡好在哪，涵盖天文地理古今中外字形字音，写得我手指都酸了，马雨洛回了一句：

"我还是觉得周楚凡好。"

我说："你真是冥顽不灵。"

马雨洛下线了，留下一句：

"周楚凡，大笨蛋！"

你看看，你看看。可惜马雨洛不在了，不然我一定要讲给她听，告诉她真的还是周楚狂这个名字好。周楚凡被人骂了还押韵，什么周楚凡王八蛋，周楚凡大变态。

周楚凡，好惨。

晚自习，最凉快的阶梯教室人满为患，变得不再凉快。我爬上教学楼顶层，溜进最边上的教室，坐到角落里的空调旁，一个人一台空调，我和空调都很高兴。

我好不容易沉下心看书，嗒一声日光灯被关了，整个教室一片漆黑。我适应了黑暗，抬起头，看见门口一只四爪生物，原来是一对情侣。他们正向空调这边移动，压根没看见我，而且丝毫没有意识到，他们打断了我对费马大定理n=4的特殊情形的证明。

这对男女挪到前排的课桌上，又亲又吸又抓又摸，如果上帝给人八只手，这会儿绝对不嫌多。听着亲嘴的吮吸声，衣服的摩擦声，以及愈来愈响的喘息声，我赶紧咳嗽了一声。两人吓了一跳，才发现空调下坐着个我。我一看，巧了，是杨风。至于女生，穿得很少，好像来自其他学校。杨风装作不认识我，说："打扰了，同学，你继续学习。"女生注视着我，眯眼笑了笑。

两人出门了，杨风还不忘帮我开灯。我心想：杨风，男人的价值可不在于征服了多少女人。

可我又感到烦躁，我得承认，当那女生挺胸含笑，直勾勾看着我的时候，黑暗中我的脸很红。

回到寝室，舍友刺探电话里问我题目的女生是谁，说她的声音好听，我说是我同学。

胖子说："长得怎么样，漂亮吗？"

我如实回答："很漂亮啊。"

"那你还不抓紧？还讲个屁的数学题？"胖子激动难耐，身上的肉像呼啦圈一样左右摇摆，"我就曾经错过了一个漂亮的姑娘……"

"停停停，胖子，别吹牛逼，"瘦子打出手势，"周楚凡你讲讲她脸蛋什么样，身材如何。"

我皱眉："这有什么可讲的。"

贺空合上书，说："你们别逼周楚凡了，我们班的梁之情都说了，他这个人不喜欢女生。估计全校的人都知道。"我懵了，没想到拒绝女生还有这种风险，我说："我不是同性恋，凭什么漂亮的女生喜欢谁，谁就得和她谈恋爱。"

胖子呼天抢地，说："你是身在福中不知福，辜负一片芳心，换做我一定要好好报答。"

我眨着眼睛说："你肯定是来者不拒吧。"

胖子说："你不懂，以前初中有一个女生老喜欢捏我腰上的肥肉。我为她故意胖了三年。"

我说："我第一次听见这么动人的不减肥的理由。"

瘦子喝着奶茶，笑得打了个嗝，说："胖子，她最后不还是跟别人谈了，你连她手都没牵过。还是我的前女友好。"胖子大怒，说："放屁，我牵过，倒是你什么时候有过女朋友？！"两人争吵不休，互相指责对方放屁，我说："打住打住，有屁快放。"

瘦子幽幽地放道："我和她是在暑假补习班上认识的，我天天买奶茶给她喝。"

我在心里嘀咕，奶茶这东西不好，不如我家的豆浆好。

瘦子说："后来她就跟我在一起了，也没什么特别的事，就是放学一起走，开学后还是分了。" 说完他吸了一口奶茶，说："我只喝香芋的，是她最喜欢的口味。"

我大惑不解，这是什么道理，一天一杯奶茶就能把女孩子拐跑？我看我爸妈趁早改行卖奶茶吧。

胖子安静了，小声问："那你跟她进展到哪一步了？"

瘦子说他俩牵过手，亲过嘴。大伙顿时成了侦探，要他回忆事发经过。

"也没什么可说的，那天我俩走到一个街角，四下没人，互相看着看着就亲上了，时间还蛮长的。"

没想到瘦子这么坦诚，引发了众人的交流讨论，听完他们杂七杂八的暗恋或者恋爱，我感到悲从中来，首先，恋爱令人智商跌停甚至归零，其次，很多是自作多情，最后，我初中的时候身边怎么全是男的。

胖子说："周楚凡，就剩你了，别装了，你挨个讲吧。"

"我没有女朋友，"我说，"我讲个男的吧，我以前有个穿一条裤子的兄弟。"

我陷入回忆，过去了很多年，和肖寒在一起的画面大多散落，唯独一件事始终记忆犹新。

小时候玩捉迷藏，我最会找，不喜欢躲，怕别人找不到我，那就没意思了，最好的结果，应该是找了很久，终于找到了。肖寒是最能藏的，他不喜欢抓人，就喜欢躲起来，等我最后逮到他，他就直笑。

有一天，我找到了所有人，除了肖寒。我找遍附近，天色昏暗了还是没见人影。我回家告诉爸爸妈妈，又通知肖寒的爷爷奶奶，我们一起出门找他。

结果肖寒就像蒸发了一样，大人们都快报警了。

我头脑直转，脚也没停，路过草地旁边的小木屋，我停住了。这个屋子里堆满了废弃的木条，一直垒到门口，远远看去像一面砖墙。我双手攀住木条的端头，往上爬，爬到高处，木头顶到天花板。我抓住一根木条，轻轻一推，木头居然滑进里面掉了下去，啪嗒一声，像是落了地。我心里像有了底，又推进去几根，出现了一个幽黑的通道，刚好容我爬，爬了一阵，看到出口，一探头，是个小坑，就像在整个木头堆上挖了一方，一个黑黢黢的人影抱膝坐在角落里，说："哥，还是被你找到了。"我问他怎么来的。肖寒说他推了木头爬进来，再把掉在坑里的木头摆回去。肖寒解释完，亮亮的眼睛看着我，他在好奇我是怎么找到的，我说："我都快进女厕所找你了。"肖寒点头："还是你厉害。"

就在这时，一缕月光柔柔地照射进来，黑暗的空间里浮现出如霜的白雾。我们俩抬头看，原来天花板上有裂缝，透过空隙，能窥见月亮的碎片。我们就像两只井底之蛙，坐井观月。

讲完后胖子直叹可惜，说这么浪漫的事要是有女生相伴多好。

我的表情归于平静，我和肖寒之前有一年没有联系，我至今不知道他和她究竟是怎么回事。

第九章

竞

九月一号开学，我升入高二，停课准备省赛。

九月十五号，我坐在考场上，含情脉脉地注视着文具。相看两不厌，纸笔尺圆规。

我走出考场，结束了，似乎又要开始了。我和陈老师说我好像做出了三道大题，老师笑了。

回到家乡，是周日傍晚，我告诉爸爸，就算不能进省队，肯定也是校史上第一个高二的省一等奖，爸爸说，省一足够了。

已经入秋，夜凉如水，我无法入睡，心情难以平静，便骑车出门，去学校看看，一路穿过黑暗与寒冷，我推开1班的教室门，打开灯，当然只有我一个人。

黑板上写满了算式，角落的方框记着周末的作业，还有晚自习说话的同学名单。

我拿起黑板擦，抹去公式，以及那些同学的名字，转过身，看见讲台上有一个红色的小绒套，我拾起来端详了一番，是用来套粉笔的，想了想，五天前是教师节，这大概是学生送给老师的礼物。不过它太长了，没什么用的，老师往往喜欢用短些的粉笔。

我抬起头，站在讲台上，看向整个室内，后墙更新了黑板报，上面的粉笔画很棒，老师的形象美而简洁，年轻了至少二十岁。文字内容很水，无非就是流干泪，或者烧成灰，或者修理人类。

我回到自己的位置，教室里空无一人，桌面上空无一物，弯下腰，抽屉里整整齐齐，最上面一本是我的笔记。马雨洛凳腿上的绳子早不见了，她的抽屉里有一个没封严的文件夹，几张粉色和蓝色的信纸在探头探脑，应该是男生送的情书吧，她不敢带回家。

我轻声说："马雨洛，我能不能看一看？"

马雨洛默许了，我取了一张最漂亮的细纹信纸。署名却不认识。

字写得不赖，大意是对马雨洛一见钟情，喜欢她的一举一动，喜欢她国旗下讲话的微笑，喜欢她早操后喘着气晨跑。大好的青春不谈恋爱多么浪费，既然马雨洛没有男朋友，可不可以和他交往。

马雨洛竟然回复了，她的字迹我太熟悉，信纸的背面写着：

"谢谢你，不可以。我是没有谈恋爱，但并不意味着我没有爱与被爱。当然啦，最关键的原因，是我不愿意。"

挺有意思，不过这是马雨洛的隐私，不能再看了。我准备将信纸放回去，才发现这个文件夹还有标签——未退，原来是尚未退还的。马雨洛好同学，收堆情书还搞个标签，仔细想想也有道理，数学竞赛试卷也被我分门别类了。浅蓝色的信纸滑进去，文件夹原封不动地回到原处。我忽然奇怪，难道还有一个文件夹标注已退，那不得是一个空文件夹。我把自己逗笑了。

停课的半个月里，马雨洛依然是六点五十到校，我则变成了七点。

我们就这么失之交臂了，添上暑假，我快有两个月没见过她了，最后一次聊天，我却还惹她生气。我不笑了，明天早点起床，与她坐同一班车，给她带好吃的早点吧。

我独自坐了一会儿，起身离开。我双手插进裤兜，踱到四楼的走廊，目睹了从未见过的风景。天空黯淡如野，灰白的教学楼矗立两边，黑亮的河流横贯东西，学苑桥像是跨过深渊伸往天界，河的两岸与桥的双肩，有路灯星星点点。夜风裹挟，我浮于天地之间，如一粒尘埃，微乎其微。

我心如止水，回家睡觉，准备上学。

第二天，2路车上，我破天荒地没有睡觉，抱着纸盒，等待马雨洛上车。

马雨洛来了，我闭眼装作熟睡。她坐下的时候，我的心像受到了某种压迫，我很困惑，仿佛，她是坐上了我的心头。她拿过盒子，我竖起耳朵，小心地呼吸。我在复习她的声音，重温她的香气。

细嚼慢咽的声音，收拾盒子的声音，擦拭嘴巴的声音，安静了，我正打算睁眼，却定住了。

她的体香越来越紧，脸庞在靠近，呼吸撩拨着我的脸颊，像是嘲弄。

被看穿了，我笑了，问："马雨洛，你怎么知道我在装睡？"

香味淡了，她退回去了。我睁开眼睛，她在摆弄纸盒，手微微发抖，低着头沉默，我奇怪，唤了她一声。马雨洛说："以后不准装睡。"

"好好好，听你的。"数学考得挺好，又见到了马雨洛，我很高兴，什么都听。

我想起一件大事，问道："我不在的时候，你早饭怎么办？"

"有时去你家店里买，有时会让同学带。"

我说："还是我来吧，厂家直销不要钱，拒绝中间商。"

马雨洛笑了，脸上染着些红晕，添了种害羞的意味，像不好意思占我的便宜似的。

"没什么，不用客气，"我又想起昨晚的困惑，脱口问道，"马雨洛，你那个情书的标签叫未退，那别的标签叫什么啊？总不能叫已退吧。"

话音未落，我的脸刹那间红透了，我急急忙忙解释说："啊啊，你不要误会，我没有偷看，我不看别人东西。我是昨天夜里去学校看风景，正好看见你抽屉里的……"

我闭了嘴，感觉越抹越黑，却发现她的脸比我还要红。

我很惭愧，不该看的，一封都不应该看，我得补偿她。到了教室，还很早，人很少，我俩坐下，我拿出秘密笔记，放进马雨洛的怀里。

马雨洛讶异了，张开小嘴，问我什么意思。

我说："什么普通同学普通会员，我瞎编的，你见过只有两个人的同学会吗？"

"有啊，约会。"她俏皮地一歪脑袋。

我乐了，说："你想看就看吧，虽然思想不正确，用语很偏激，但是没什么少女不宜的东西。"

马雨洛笑得无邪，抱着笔记本说不准反悔。

"我从来不后悔，"我说，"黑板画是你画的吗？"

她说："是的，我喜欢画画。"

我说："很好啊，不过我不喜欢。"

马雨洛没有问我竞赛考得怎么样，就像我也没有问她平时考得怎么样。

物理开始电磁，化学开始有机，语文开始议论。马雨洛写得一手好范文，我看了直接笑出声。

马雨洛问我笑什么，我说不就一句话，坚持是成功的必备条件，干嘛啰里吧嗦，反面例子来一个，正面例子来几个，各种论证方法走一遍，再喊几个名人吆喝两句。

马雨洛据理力争："老师说的，就应该这么写。"

我心想那你能写写为什么坚持的人不一定成功吗？这才是真正的议论文。我没有说出口，我忽然后悔了，应该表扬马雨洛的，不然她高考作文跑题怎么办。她可是这一届高考的一号种子选手。

我说："我明白了，你说得对，我一直写不好，这个有什么技巧？"

马雨洛认认真真地给我讲了半天，还在草稿纸上写写画画。

我什么都没听，出神地盯着她的手。好小。

我把右手摊饼似的摆在桌面，发现形状不同难以比较，我又屈指成握笔的姿势。

马雨洛问："你在做什么？"

"我在比较我俩手的大小，"我说，"把你的手给我。"

马雨洛听话地伸出左手，掌心向上，放在我身前。

她脸红了，我说："别不好意思，你的手又不丑。"

我凝神看了半天，还是看不准，得使用工具定量比较。我取出直尺，将0刻度线和马雨洛的中指尖对齐，她的手很软嫩，直尺一压生了印子，我怕弄疼她，两手捏着尺的两端，悬浮着，看了看她手腕，说15厘米。

我又量了自己的手，很得意："我的手20呢，我比你大三分之一，小不点儿。"

"傻瓜。"马雨洛嫣然一笑，把手攥成拳头捶了我一下，我呆住了，被打蒙了，她的力气明明很小，怎么我的心隐隐作痛？

国庆节，学校居然关门了，早不关门晚不关门，偏偏在举国同庆的时候关门，我和一帮兄弟们只好到公园的球场去踢球。花和尚又把柳芸随身携带。

球场人很多，我说练传掂吧。

我们像踢毽子一样踢足球。柳芸盘腿坐在草地的一角，笑着看向和尚，因为他会用头踢毽子。

天色渐黑，人越来越多，整个球场里枪林弹雨。被不愿意透露足球身份的不明飞行物击中数次之后，我说："兄弟们，跟我绕着公园跑步去，这一圈一千米，跑三圈好了。"

我问付桐："你跑得了三圈吗？"他嗤之以鼻，我忍俊不禁。

我跑步喜欢胡思乱想，还很投入，好处也有，跑完了不觉得累，坏处更多，经常撞树掉坑迷路。

天黑下来，大妈们闪亮登场。时代在进步，麻将变成了广场舞。

我的父母老了呢，广场舞变成旅行？等我老了呢？

我撞树上了，头疼，身后的队友放声大笑，说队长在练头球。我左手按着脑袋，挥挥右手让他们滚蛋。我穿过广场，发现领舞的老人就是林曦的奶奶。

我想起来林曦有题目要问我，驻足看了一会儿。

小黑什么都吃，长得飞快，扔给他我做的包子，他也吭哧吭哧吃得尾巴直摇，这至少证明了一点，他比他的父亲更加百毒不侵。我带着他爷俩去林曦家，林曦问我考得怎么样，我说挺好的。讲完题目我俩静静地观看四只小狗打架，在瑜伽垫上滚来滚去的。

十月底，省赛成绩揭晓。我全省第七，入选了江苏省队。贺空考得也不错，全校第四，可惜连全校第二的孙恒距离省一都还差了几分。

我停了课，一个人待在实验楼303，这原本是一间办公室，条件比杨会长的还好，饮水机、空调、洗手池、书柜、电脑……其实都是摆设，我只需要这一张深红的木桌。我不喝水，我不用电脑，我不开空调。

真正的隐士不会留名青史，真正的自由总是尾随寂寞。

每天早上，伴随着振奋人心的"第三套全国中学生广播体操——舞动青春——现在开始"，我走出303的房门，站在三层的走廊上，一个人做操。

每天傍晚，我走到走廊的栏杆边，把草稿纸揉成一团，可以准确无误地投进楼下的垃圾桶。

学校给了我足够的权限和自由。我想了想，还是按时上学吧，马雨洛说得对，我们都是普通同学。可即便如此，我与她见面的机会也只有一次，就是每天的2路车上，我还很困，总在睡觉。只有一次没有，那天我用眼角余光瞥见马雨洛的手，她白净的小手上居然有冻疮。

我问："马雨洛，你手上怎么有冻疮呢？"

她伸出手，放在膝盖上，说："我也不知道，我都是把手放在口袋里，挺暖和的。可是拿出来的话就有冻疮了。"

我想了想，说："你得多锻炼。"

十二月底，去南师大附中参加中国数学奥林匹克CMO。

谷校长亲自接我回家，可我考得很差。校长和陈教练安慰我说明年还有机会，今年已经很好了。

回到1班，恍如隔世。又是整整两个月，我停课是按月来计算的。

抽屉里有一摞厚厚的试卷讲义，我问："马雨洛，这是你整理的吗？"

她点点头，小心地开口问："考得还行吗？"

我笑了："不行，题目好难啊。"

马雨洛微笑，引用了我的观点，说："你也被提高认知上限了。"

这回我是真的笑了，我说是的，山外有山。

她说："你掉了那么多课，我帮你把讲义都留下了，还有我自己的，你一定要看。"

我取出试卷讲义，沉甸甸的。本想说不要，看见马雨洛秀美的字迹，不忍拒绝，还是收下了。

我扭头看向她，一看马雨洛，就被迷住了。俩月不见，她越来越好看，还有一抹淡淡的红，绕上了她的脖颈与侧脸。马雨洛并没有对着我，而是低头写着什么。

她像不放心我似的，自言自语般地说："周楚凡，你不准忘了，一定要细细看的。"是轻声细语，却很清晰，入了我的耳朵里。

我没想到马雨洛这么关心我的课内学习，要知道，我可是她学习上的有力竞争者，一旦数学考得很难，给了我大展身手的机会，马雨洛的年级第一就会岌岌可危。我被马雨洛的不耻下问，哦不，是不吝赐教，也不对，是光明磊落，这回对了，被马雨洛的光明磊落感动了。我说："马雨洛，你放心，我不会辜负你的，我一定好好学习，争取抢走年级第一。"

我想起一件事，问马雨洛："英语周晚会还是你和杨风主持的吗？"那天晚上，我正在实验楼303和高斯柯西欧拉费马共度良宵。

马雨洛不理我。我不懂了，又问了一声，可她还是置若罔闻，只顾在纸上写写画画，我一看，写的全是大笨蛋。

莫名其妙，恩将仇报，无理取闹。那我就问别人了，我拍拍前面的付桐，问他谁主持的。付桐回过头，说："这次是四个人主持的，还有许莫和林曦。主持得可好了。"

付桐在眉飞色舞地介绍晚会盛况，我相信马雨洛主持得很好，却说不出话来，心里像陷下去了一块，一落千丈了，比我CMO考得差还要失落，戎马一生统领万人卸甲归田孑然一身般的失落。

我沉默了，她洁白的手腕上戴着漂亮的四叶草银手链，光芒耀眼。我盯着看了半天，被马雨洛发现了，她抬起头眯眼说："这是别人送给我的。"

"谁啊？"

"不要你管，你好好学习去吧。"马雨洛斜了我一眼，像在赌气。

我急了，肯定是哪个男生送的，马雨洛怎么能收呢？这不跟定情信物似的嘛。我大声地说："我就要管，你懂什么，数学竞赛把我调虎离山，留你一个人多危险，学没学过唇亡齿寒啊。"

周围的同学笑成一片，付桐说："队长，我没学过，只学过唇齿相依，相濡以沫。"

"去去去，"我按住付桐的肩膀，把他转了回去，说，"相濡以沫，不如相忘于江湖。"

马雨洛说："你怕什么呢？这是好朋友送我的。"

我问："哪个好朋友，我认识吗？"

"梁之倩啊。"

梁之倩？显然是梁成志在背后捣鬼，这小子怎么还不死心。

我说："马雨洛，梁成志喜欢你，你要当心。"

"为什么要小心，我觉得他挺好的。"

我急了："你的审美果然有问题。"

"笨蛋，我骗你的。他是挺真诚，可那是因为他读书太少，只会直来直去。"

我转忧为喜，继续听。马雨洛说："你在笔记里写得很对，无知不能被当作纯洁。"

我大喜，飞快地说："是的，马雨洛，你知道吗，我从来不觉得小孩子纯洁，纯洁什么啊，全是傻缺。"

"哈哈哈哈，"她笑得直揉肚子，说，"谁做你儿子那真是倒霉。"

这话我真头一回听说，以往都是爸妈说谁做我老婆谁倒了八辈子的大霉。

马雨洛止住笑，说："而且他只是喜欢我的长相，我知道他以前还喜欢林曦呢。这种喜欢太肤浅了。"

坐前排的林曦扭过头，远远地说："别提了，他给我送'钟'呢。"

我大笑，说："意思是钟情于你嘛。"

林曦哼了一声："钟情个鬼，这不转移目标了，就知道喜欢长得好看的，浅薄。"

我大声宣布："我很深刻，我喜欢数学好的，只要数学比我好，长得再丑也没关系。"

"胡说，你那也不叫喜欢，我问你，她如果特别特别难看，你愿意亲她吗？"马雨洛质问我。

我反驳道："不对，亲吻不等价于喜欢。"

马雨洛说："答非所问。明明就是不愿意亲。"

"好，那我问你，你有喜欢的人不？"

"有。"

我一呆："那你亲过他吗？"

"亲过。"

我的心蹦起来了，马雨洛看见我的脸色，眼神里有笑意，却一闪而逝，她说："傻瓜，那是我的爸爸妈妈。"

吓我一跳，我的心落回去了。

马雨洛平静地说："我如果喜欢上了一个人，会吻他一百次。"

我狐疑了，亲一下还不够吗？

许莫又来了，和马雨洛讨论英语，我起身走开，忽然明白当我不在，他大概就是这么乘虚而入的，这货简直无孔不入。我踱去走廊，林曦喜欢隔着窗子喊我，我就趴在窗台，和她大侃大谈，交流养狗的经验。直到上课铃响，许莫才恋恋不舍地离开。

我俯身于课桌，默默地看着马雨洛，她问我看什么呢，我不出声，注视着她，她就红了脸。我看来看去得出结论，马雨洛不再为害一方，快要祸国殃民了。眸子里游着灵动的光，皮肤软玉般温润，腕上的手链亮闪闪，胸部的轮廓也从小包子变成了馒头。

夜晚归家，我坐在桌前，翻看马雨洛的讲义。

数学不用看，语文在讲小说，物理讲到洛伦兹力，化学在辨认各种实验器材。根本看不下去，垃圾小说无聊透顶，洛伦兹更像个饼干牌子，我也不在乎分液漏斗和长颈漏斗和长颈鹿有什么区别。

我把讲义收进抽屉，转了半天笔，拿出是否喜欢马雨洛的证明题重做：

1.在A面前很快乐　　　是

2.喜欢A笑的模样　　　是

3.被A感动过　　　　　是

4.想念A　　　　　　　是

5.想拥抱A　　　　　　否

6.想和A牵手　　　　　否

7.想和A接吻　　　　　否

8.想和A做爱　　　　　否

9.想和A结婚　　　　　否

毫无变化，我安心睡觉去了。

大清早，刚和马雨洛下了2路车，就被谷校长吆喝着带去办公室。

我竟然是全国银牌，与清华签了约，分数线降为一本。校长与我进行了亲切友好的交流，并达成一致共识，希望我能再接再厉，在明年的竞赛中夺金。校长又表示说，我现在对足球投入的时间多了点，还是应以学业为重。

我直截了当："校长，我们这一届可能夺冠。"

"你能夺冠？"校长有些不信。

我说："能，但很难，目前看，还是第二。"

他笑了："拿第二也很了不起了。"

回到教室，我和马雨洛解释，我确实考得不好，只是都考得不好，所以名次还挺高。我知道，总有好学生喜欢说考砸了考砸了，结果成绩出来别人恨不得砸死他。

马雨洛抿唇一笑，说："别忘了，我只选了你。"

"还是你独具慧眼。千里马常有，伯乐不常有。"我表情严肃地吹捧道。

马雨洛淡淡地笑了，我也很高兴，就陪着她笑，简称赔笑。

她不笑了，面庞变得安静，半晌，她说："我们打的那个赌，我是不是永远也赢不了你了？"

是关于数学成绩的赌约，我纳闷了："我笔记不是已经给你了吗？赌注都给你了，还要赢什么？"

"我想赢你。"

"不可能，"我得意，"数学我是无敌的，你想赢我还是换一项吧。"

马雨洛恨恨地看着我，我朝她扮鬼脸，略略略，哈哈哈。她扭头读书。

虽然被清华降了本一，但学校的月考还是得去。座位是按上回的年级名次来排的，我略一思考，猛地一拍桌子，开怀大笑。

"周楚凡，早读课不要喧哗。"讲台上值勤的许莫提醒道。

马雨洛一边捧着课本一边说："你又发什么神经。"

"我上次停课没考，现在拿了奖，月考学校肯定让我坐第一。"

马雨洛说："嗯嗯，那我刚好坐你后面呗。"

许莫推了推眼镜，又咳嗽两声："周楚凡，请不要影响周围的同学学习。否则我要记名字了。"

他正襟危坐，大义凛然，我忍住笑，低声说："马雨洛，许莫很关心你呢。"

马雨洛不理我了，只顾朗读。

下了早读课，我把刚发的各科讲义揉成一个大纸团，投向角落的垃圾桶。

马雨洛愣愣地看着我："你不看的吗？"

"不看。"

"那我的呢？你也扔了？"

"没没没，怎么会，你的讲义我收藏起来了。"

她笑了："收藏？你应该赶紧补上，要仔细看。"

我说知道啦知道啦，心想回家还是继续研究欧拉，以这货名字命名的玩意比孔乙己的回字写法还多，复数、数论、图论、立体几何都有……

马雨洛步履轻盈，走到教室门口，仰起头看了一眼墙上的月考座位表，脸色生疑了，慢慢低头往下看，忽而乐不可支。我不明所以，也走了过去。

马雨洛离我很近，她扭头说："你看你在哪儿？"

她回眸一笑，旋起了一阵香气。我心想：我就在你身后啊。

我明明可以看见座位表，却不由自主微微前倾，马雨洛的脸庞离我更近，那股淡淡的清香紧密了一点儿，像牵住了我的鼻子。我只敢面壁，不敢看她，却知道她就站在身边，亭亭玉立。

找了半天，我的名字在最后一个，座位是最后一考场最后一桌，上次月考门门都是零分。

我走进18考场，晃晃悠悠地踱到角落，在垃圾桶边的座位上一屁股坐下。

"队长！你怎么到这来了！"

抬头望去，教室的侧前方，和尚目若铜铃地看着我。我说："我喜欢深入群众。"

和尚说："对对对，你还喜欢和群众'打成一片'。"

我大笑。前座的刺猬头少年转过身，打个哈欠，说："兄弟你数学怎么样，我英语还可以，能考二十几。要不咱俩合作，我英语给你抄，你数学给我抄。"

我说："我的数学跟个鬼一样。"

刺猬头笑了："那算了兄弟，你不愧能抢我的第一。"

多年以来，我一直视考试如草芥，如今终于升级，可以视为儿戏。

语文试卷一气呵成，作文天马行空不知所踪。

数学卷子先易后更易，从后往前写，越写越快，差点忘写名字。

英语试卷我认真对待，不会的选择题扔骰子做。因为骰子有六种可能结果，而选项只有四个，自然就有两种策略：一是扔到1234就选abcd，56就重扔；二是扔到123选ab，456选cd，再扔一次123选a或者c，456选b或者d。引发我思考的，是哪一种策略效率更高。显然按第二种策略，要得出一道题的答案，必须且只须掷两次。而第一种策略，经过在英语试卷上简单的计算，我发现，掷骰子次数的数学期望是四分之七，小于二，所以我采用了策略一。

物理我在一道填空题上卡了一个小时，它问我帕斯卡定律，我满脑子都是天才数学家帕斯卡16岁时即发现帕斯卡定理：内接于一个二次曲线的六边形的三双对边的交点共线。我雅兴大发，笔走如飞，在物理卷子的空白处把该定理又证了一遍，可惜填在这里似乎不对。接着我又想到揭示二项式展开系数规律的帕斯卡三角，又想起语文课本上此人作为哲学家的名言——"人是一株会思考的芦苇"。他从小体弱多病，所以自称芦苇，我觉得我是一株会思考的狗尾巴草，但填在这里还是驴唇不对马嘴，芦苇不对狗尾。

轮到化学，根本没学，通通不会。我大笔一挥，写道：老师别改了，直接给我一个氧原子吧！

考试结束，球队集训。

我跑到操场，张开双臂大喊："兄弟们，你们的王回来了！"

我们热火朝天地训练。盘带、过人、抢断、停球、射门，点球角球任意球，和尚这小子还得加练头球，猴子发挥他喜欢开大脚的特点，苦练长传抛物线。肖寒有些心事，他一丝不苟，跑动积极，可是目光一直躲躲闪闪。

训练结束，照常跑步。渐渐地，队伍就拉开了，我一马当先，居然到了最后一名的付桐屁股后面。和尚这个马大哈，随手就把外套扔在跑道上，付桐却也不留神，一脚踩了上去，我身子前倾，一个海底捞月，把外套拢到内侧的草皮上，继续奔跑。

刚一跑完，就听见和尚在那大骂："操，谁他妈踩了老子的衣服一脚？"

我上去给了他一拳："老子踩的，踩完还扔一边，怎么的，你不服？"

我帮他把衣服掸了掸，和尚说："队长踩那尽管踩，跳踢踏舞也行。"

我笑了："少贫嘴，快走吧。"

我溜到猴子旁边，一把抢过他的书包，脚底抹油，边跑边说："伞借我一用！"

猴子急了，边追边喊："队长，那是给她准备的雨伞，你要的话我再给你买个嘛。"

我停下来，笑得上气不接下气，问道："你这把伞放包里多久了？"

猴子想了想，说："有些时候了。"

拿个银牌，签了清华，整座小城轰动一时，他们其实一无所知，我也懒得解释，总之，不关我的事。

月考成绩出炉，我终于摆脱了年级前十，语数英总分排名78，物理63，化学零蛋，我很高兴，我这等于闭着眼睛答题，还能考78名。校长和班主任很担心，要我重视课内学习。回到家，爸爸妈妈也这么说，要我确保本一。我不，我才不要高考。夜空孤月高悬，我站在窗边，小黑坐在窗台，它看着我，眼睛像琥珀，纯净而幽深，让我想起马雨洛。

我唯一难以割舍的，就是同桌马雨洛，我怕她被人拐跑了，总有蛤蟆想吃天鹅。谷校长与我说过，这一届的高考，主要就看马雨洛一个人，不能有丝毫的闪失。

我只想征求马雨洛的意见。

第二天，我对她说："马雨洛，他们都反对我，你觉得是我对还是他们错？"

马雨洛笑了，说："你是对的，可他们也没有错。"

我也笑了："好吧，都对，哪一个更正确？"

她说："别忘了，你要做太阳的。"

我愣住，像是刹那间凝结。往事重提，空旷的心里，有无数太阳从天而降，一栋栋的曾经又拔地而起，四面八方，吹来了罡风浩荡。我想起之前，为了安慰我，马雨洛要把她的奖状给我。我说："马雨洛，你要等我，我来年拿了金牌就送给你。"

"我不要金牌，我等你回来。"

"会回来的，现在还要你帮忙呢，我得补一补化学，不会的就问你了。"

"你教我数学，我就教你化学呗。"

"你不怕我超过你？"我说。

"不可能。"

"哼，我只是怕你伤心才不抢你的第一。"

马雨洛的嘴角微微上扬，语气顽皮，却又似叹息："周楚凡，你也会怕人伤心。"

第十章

手

谷校长要我作国旗下讲话，谈一谈学数学的方法，我说我不想讲，我不想在五星红旗下面说假话，说什么书山有路勤为径，学海无涯苦作舟，我宁可说学海无涯，回头是岸。校长叉着腰表示，不要说假话，就讲真话。我说那更不行，你懂的，我不上课也不写作业，除了数学和足球啥也不会。

校长笑了，拎了拎我的耳朵，我赶紧摆出一副疼得张牙舞爪的样子。其实一点都不疼，但是根据广义相对论，校长或者女朋友打你的时候，不疼的话必须装作很疼，如果真的很疼，那就必须装作不疼。

校长说："我管不了你，你就写一篇稿子吧，在校报上登出来。我派个人去采访你。"

我说："好吧。"其实我只擅长写检讨。

不料是杨风大会长亲自采访我，他单枪匹马，扛着各种器械，闯入我的实验楼303。

杨风啧啧赞叹，对我房间里居然有电脑表示羡慕。我让他把东西先放地上，打算倒杯水给他，才想起饮水机一直是空的。

杨风摆摆手，一个劲地擦汗，说不用了不用了。

我坐进椅子，观看杨风擦汗，动作夸张得很，像洗脸似的。

我说："你还会摄影？"

他笑了："当然，学了很有用，前前女友就是这么来的。"

我问："你和白月分了没？"

"早分了，这不得准备高考嘛，"他说，"反正你情我愿，分了就分了。"

我不高兴再问夏令营的事，那也是两情相悦。

我说："你要采访什么，提高数学成绩的十八条捷径？"

杨风掏出纸笔，说只要谈谈大体经历与最大的感想。

我说没什么经历，就是一个人做题，出去培训几次。

杨风扛起摄像机，问有没有什么其他活动。我想了想，问在走廊上独自做操可以不。他笑了，说不太好，还是写点东西吧。

我说："有字数要求吗？"

他说："尽可能多写点，不光发表在校报，还要贴在宣传栏上。"

我说："行，明天给你。"

杨风拍了几张我端坐桌前凝眉思考的照片，背起设备准备撤退。

我起身说："要我帮你拿不？"

他说："谢了，你还是好好学数学吧。"

我坐回椅子里，垂首回忆。从自命不凡，到虚心求学，如今小有成绩，仍将前行。我思定，拿起钢笔，一字一句，写下我的经历：

始，仰天大笑出门去；

惊，路漫漫其修远兮；

然，虽千万人吾往矣！

"你知道今天是什么日子吗？"我正给林曦强调求导的前提是该函数可导，她忽然问我。

我停下，想了半天，才记起来明天是我生日三月十九号。

"明天是我生日，可是今天哪有什么特殊的，我又不是耶稣，生日前一晚还庆祝个平安夜。"

窗外星空浩瀚，我笑了。

我说："你看外面的天空，上面的星星小小的，我想要是我站在天空里，俯瞰这个窗口，我们俩也会小得跟两粒米一样。"

林曦闭上眼睛，神态虔诚。房间里一时很安静，粉色的挂件悬在墙边，兔斯基坐在瑜伽垫上，林曦的衣服散落在床面，她穿着睡衣，坐姿端正，明亮的眼睛闭上了，就和电影里等待亲吻的女孩子一样美好。她睁开眼，空气里像有一道漾起的涟漪。

"真的，我看见我们小得可怜。"

我说："所以说做数学题，常常要逆向思考，原先的大问题放在新的场景下，可能就微不足道了。"

林曦笑了，说："你就是个大问题。"

我也笑了："你生日是哪一天？"

"四月二号。"

"差点愚人节，"我想了想说，"你生日那天是星期五，要上学呢。"

我继续说："不过明年你的生日就是周六，要是我能被保送，就给你过生日吧。"

林曦得寸进尺："我还要礼物呢。""要什么？"

林曦说："你只要今年暑假的足球赛赢了大华就好，我恨死他们了。"

"恨什么，技不如人当然挨打。"我不以为然。

有人敲门，林曦说进来吧。老奶奶推开门，送来两个苹果，笑容慈祥："这么晚，小凡辛苦你了，吃个苹果吧。" 我小名叫筝筝，我在心里说。

"不是恨这个，是他们总盯着我们拉拉队的身上看来看去的，不要脸。"林曦咔嚓咬了一大口苹果。

我说："是不对，应该只顾看球才对。"

"反正你得赢，输了要跳舞。"

这必须的，梁成志借他妹妹之手送给马雨洛的四叶草手链天天在我面前晃来晃去，我当然得抢了冠军奖杯，在他面前抢起来。我说："我会赢的。只要我一认真，就从来没有输过。"

"那我提前祝你夺冠喽，明天是你生日，你要什么礼物？"

"不用。我吃这个苹果。"我咬了一口苹果。

"我也没准备，要不你在我房间里选一个当礼物吧。"

我环视屋内，说："那个大兔斯基你也舍得吗？"

林曦说："我愿意的，你要什么我都给你。"

我笑了："心意我领啦，但是我又不喜欢玩娃娃。"

林曦默默地看了我一眼，说："那跳一支舞好吗，今年我是你的拉拉队，你先看一下。"

我支吾了半天，说好吧。我很不好意思，我的队员们还没看呢，我们应该同甘共苦的。不过转念一想，林曦就一个人跳，两个队长一起讨论呢，也是可以的。

林曦脸红了，我不明所以。

她说："你能转过去吗，我要换衣服。"

我脸也红了，说："你穿睡衣不能跳吗？换什么衣服。"

林曦说这是一种专业素养。我啼笑皆非，但想起自己只用纯钢的圆规，又觉得挺有道理。我起身准备出门，林曦又说："你不准出去，不然奶奶会问。"

我说："行行行，你去瑜伽垫上换吧，我不看你，我看星星。"

我看向窗外，天幕上嵌着几颗孤星，我想起一个童年的问题：夜空为什么是黑的？

年幼的我，琢磨出一个理由：光速太慢了。一万光年外一颗恒星的诞生，她的第一束光需要整整一万年才能到达地球，也就是说，我眼中的星星，只是多年以前的她而已。

时空浩瀚，命太短，光太慢。我怅然若失，我从来不怕英年早逝，只怕至死都配不上一个"英"字。

身后传来林曦沙沙的换衣服声，我红着脸，起身把窗帘拉上。

清脆的笑声从背后传来："你还怕别人看见吗？"

我点点头。我当然不会告诉她，玻璃里有她婀娜的倒影。

"好了。"

我转身，惊讶道："这衣服怎么这么长？"

林曦摇了摇长长的袖摆："长袖善舞哦。"我笑了，端正地坐好。

林曦起舞的时候，我不笑了，也不啃苹果了，木木地看着她。

素颜白衫，青丝墨染，凌波微步，眸光流转，足下生莲，指划弦月。

静若寒潭，动若观火。

一舞终了，林曦停步，她的袖摆和裙摆因为惯性，依然在绕着她起舞。

她累了，趴在床上，正对着我，头埋在胳膊里，喘了一会儿气，等到气息平静，双手撑着床面，仰起脑袋问我："好看吗？"

她的舞衣在身边散开，漫长而斑斓，床面像一片花海。

我说："好看。"

"有多好看？"她看着我，好像我是一个苹果。

女生怎么都喜欢问这种难以量化、无法具体求解的问题？之前我对马雨洛的回答是和莫勒定理一样漂亮，这次呢？

我想了想，说："如果有一天我双目失明，也许会忘记很多东西，但是你的舞我不会忘记。"

林曦把头埋进了胳膊，肩膀在抖动。她都笑得顾不上我了，可见我非常会哄女孩子开心。

我自己走了。

生日的这天，我向妈妈道歉："给你添麻烦了。"妈妈说："神经病。"我说怀胎十月不嫌烦吗？妈妈说每个女人都有这一天呐。躺椅上的爸爸放下报纸，说："小崽子想啥呢，等你有了老婆，你巴不得她给你多生几个。"

"胡扯，"我说，"我一个都不要，我要把我的思想而不是后代留给世界。"

爸爸说："谁跟你谈对象，真是倒了八辈子的大霉。你以后跟数学过一辈子吧。"

我大喜："借你吉言，多谢多谢。"

晚上一个人躺在被窝，我忽然想起肖寒这小子。以往我过生日，他必须留宿我床上，表面是陪睡，其实是陪我在被窝里玩一夜的游戏王。他的卡组没有我的好，回回都输，他总想要我珍藏的"光之创造神"，但我一直没给，都是用黑暗大法师的胳膊啊腿啊什么的打发他。

电话响了。

"喂，我是周楚凡。"

"周先生您好，深夜打扰真是抱歉，我是无忧保险公司的业务人员，不知能否占用您半分钟的时间。"是一个女人的声音。

我一想今天好歹是我生日："好的，但是别称呼'您'，说'你'就好。"

"没问题，谢谢您。"女销售员向我重点介绍了五大保险业务，分别为：养老保险、医疗保险、失业保险、工伤保险和生育保险，并表示其公司正搞活动，多选打折。

我问如果我辍学，是否可以享受失业保险，她说了一句学生你接什么电话，挂了。

片刻后电话又响了。

"喂，我是周楚凡。"

电话那头沉默了一会儿。是肖寒，沉默是他和我的一种交流语言。

他说："哥，生日快乐。"

我问："你这几天哪去了，训练没见到你。"

又是沉默，我问："你在哪？"

肖寒说："在井里。"

我一愣，明白过来，说："等我。"

我推开门，在夜幕中往小木屋跑去，我知道，我在奔向肖寒的故事。我爬上木头边缘，推进去十几根木头。我变大了，小时候几根木头的通道就可以容身。我轻轻落进坑里，问："肖寒？"

"在。"

我循声走过去，坐在他旁边。

没有亮光，看不见他的脸色。

肖寒呼了一口气，像有很多话要说，半天之后，他说："她死了。"

我不语。肖寒缓缓地讲，他初二转校后，我行我素惯了，很多人看不顺眼，放学打他。

"我不服输，"肖寒说，"就是不服。"

"我几乎天天被打，"肖寒说，"那段时间我很想你，我想要是你在的话，肯定能打得他们满地爬。"

我说："打得他们满地找牙。"

肖寒的笑声一闪而逝："可我总要自己长大的，不能老跟着你。"

我无声地点点头。肖寒说："但是有一天，有一个女生，很凶很凶的姐姐，她看见我趴在地上，说你们别欺负这小孩子，我罩了。"

肖寒说："她对我很好，说我是她弟弟，我就像又多了一个亲人。"

我说："你抽烟是和她学的？"

肖寒说："嗯，她教给我很多。"

我冷静地说："我知道她怎么死的了。"

肖寒顿住了。

"她死于吸毒。"

我说:"已知的条件是你去年就开始为她伤心落泪,最近几天还不见人影,最后在我生日的这天跳井。我认为有两种最大的可能,一种是生病,一种是吸毒。现在你这么说,只能是后者。她还小,多天真,看的书还没我骂的书多。我知道她很厉害,也很无知,只要一被带歪,死得飞快。"

我说完,肖寒很长时间没有出声。

过了半天,肖寒说确实如此,她被带坏了,他去年见到她时,已经不成人样,他之所以哭泣,是看见她毒瘾上来,像牲口一样被几个男人牵着爬。

说到这里,肖寒又哽咽了,他呜呜地说:"我打不过他们。"

我抱住肖寒,他浑身颤抖,眼泪滴在我肩头,我说:"我知道,我明白,你说错了,那些男人才是畜生。她是个傻姑娘。她解脱了。"

肖寒止住哭泣:"对,说得好。"

我说:"她死的时候有什么愿望吗?"

"就是死。"

我闭了嘴。

肖寒说:"暑假完,我要走了,去外地跟我爸做生意。"

"走之前,我想在足球联赛上拿到冠军,送给她。"

我静默许久,跟肖寒说:"好,相信自己。"

我们久久无话,天花板的缝隙里,看不见月亮,只有风声呜咽。回到家里,我只想做数学题。

第二天早上,昏昏沉沉地登上2路公交车,我闭眼休息,感觉马雨洛坐到了身边,拿过盒子。以往我都是很快入睡,等她叫醒,可我睡不着,我知道世上每时每刻都有不幸发生,但是当她离我如此之近,我依然心痛不已。胡思乱想之间，闻见淡淡的芬芳，还有丝丝的花香。我睁开眼，马雨洛正侧身看我，柔美的眸子犹如氤氲着雾气的潭水。

我满腹心事，被看得心虚："你看我做什么？"

她满面桃红，眼神慌乱而躲闪，像做错事的小孩子："我看你有没有睡着。"

"我说了，不会装睡骗你的，你身上怎么有种花香？"

马雨洛小声说："我昨天做了干花袋，可能染上了。"

"是什么花，玫瑰吗？"

"这都闻不出来，你就知道玫瑰吗？"

家乡的一大旅游景点是金黄的油菜花田，我说："我还认识油菜花，你这个是油菜花吗？"

马雨洛笑了，说："我用的是薰衣草。"

我哦了一声，我对花花草草不了解，也从不拈花惹草。

语文课上在讲议论文，对我是一种折磨，相当于用800字证明1+1=2。更痛苦的是，我证得不好，被作为全班的反面教材。因为我没按顺序来，先分析1、+、=、2是什么，然后解释为什么1+1=2，最后说该怎么办，而且我还必须添加反面例子，比如谁认为1+1=10，如今坟头草已经两米高，可以藏一群不懂二进制的梁成志。

下课铃响了，语文老师对马雨洛招招手："课代表来办公室一趟。"

刚才上课走神走得太专心，现在倏然闻到一阵花香，不是来自马雨洛，她起身离开了，好像是抽屉里的，我俯下身，嗅了嗅，香味越来越浓。老师说："周楚凡也来一趟。"

我俩跟在老师身后，马雨洛小声问我怎么回事。我说，可能语文老师想换课代表了。

办公室里，英语老师和班主任都在，我赶紧憨态可掬地向二位大佬问好，英语老师笑了笑，班主任眉毛一挑，走过来问："周楚凡又惹什么事了？"

语文老师抽出一篇作文递给班主任，说："你看看，这就是周楚凡写的议论文，《人做事需要细心》。"班主任捧着我的作文本，我感觉不妙，决定先下手："老师，我写得挺好的。"

班主任明显想笑，却板着脸说："好在哪？把'人做事需要细心'写一百遍就好？"

马雨洛哈哈笑出声。英语老师乐不可支，说："周楚凡英语作文不是写得挺好的嘛，怎么不肯好好写议论文？"我说："如果议论文只要120字我肯定能写好。"

我伸手在作文本上指点江山："老师你看，并不是一百遍，我一共写了115个'人做事需要细心'，字数恰好达标，这是细心的体现。"

"而且，为了考验老师的细心，我把第58个'人做事需要细心'改为'看不出来就满分'。"

语文老师说："你觉得这样做老师会给你满分？"

班主任说："你小子这样下去，本一都危险。给我回去重写。"

我说："能不能换个题目，我想写'人做事需要粗心'。"

语文老师笑了，说："行啊，马雨洛，你管着他点。不准他上课做数学。"

她点点头，又凶又柔地看了我一眼。

"马雨洛，回去跟全班同学补充说一下这次作文要求，没有字数限制，只要有感而发。"

"嗯好的。"

语文老师说："你和周楚凡做同桌，怎么不教教他写议论文呢？他回回议论文写得像个小学生，别人都是首尾呼应，他写到最后能首尾矛盾。"

班主任接口道："当时分座位就是希望你俩互补，周楚凡你也可以把自己竞赛上的思路讲给马雨洛听。"

"她听不懂。""他不肯听。"

我俩异口同声，相视一笑。

回到班上，马雨洛说："人做事需要粗心？"

我说："写写看呗。"

她双手托腮，四叶草手链银光闪闪："我觉得很有意思。"

"我写好了先给你看，"我说，"抽屉里怎么有股香味？"

"昨天是你生日，我把花袋藏在你抽屉里一天了，"马雨洛说，"你觉得味道怎么样？"

我说："不太好，以前我想看书，现在我想吃书。"

她笑了，说："你喜欢吗？要不要我多做一些送给你。"

"当然喜欢，不过不要送了，我不是花花公子，也不是草包。"

马雨洛的眼睛弯成了月牙，她说："对呀，不是花，不是草，你是个木头。"

我哈哈大笑，又看见她的手链，问："梁成志最近有和你联系吗？"

马雨洛说："有一次，他在说说里发誓今年大华职中肯定卫冕足球冠军。还说……"

她忽然气结，话也不说了，我问她怎么生气了呢。

她说："梁成志说他一定能赢你，我不信，和他吵起来了。"

我火了，梁成志是在找死，我说："我会灭了他。你这个手链怎么带了这么久。"

"啊，你觉得不好看吗？"她惊讶了。

"好看是好看，但是跟它没关系，是你好看，"我摸摸下巴，摆出学者的姿态，"而且从科学的角度，这种重金属首饰长时间佩戴之后会对皮肤有不良影响，况且它也没有什么实用价值。"

说完我觉得理由不够充分，继续补充："你把它拿了，我送你一个有用的吧。"

马雨洛笑了，除下手链，说："你要送我什么？"

"没想好。"

"不准送数学书。"

我笑了："我还舍不得呢。"

接下来的一个月，我处理了数起事件。

首先是梁成志，我就知道手链是他托梁之情送的，马雨洛摘了手链，他如丧考妣，连续几天派小弟来学校和马雨洛纠缠，表示不喜欢可以换。我他妈烦得要死，我他妈火大得很，我直截了当来到大华操场，大声告诉在踢球的梁成志："马雨洛对你没意思，请你停止这无谓的挣扎。老子还准备和你大干一场，结果你他妈整天盯着个小姑娘。"

说完这些话，我差点就被埋在操场上了。一群球员向我围拢，对我虎视眈眈，摩拳擦掌。那个我印象挺深的左撇子却没有过来，始终在独自练习射门。梁成志下脸微微抖动，我知道他在咬牙切齿，他忍住了，他说："你记住，冠军是我的，我妹妹是我的，马雨洛也是我的。"陈天在一旁大声附和："老大说得对，马雨洛只有你才配。"

我没有笑，我直视着梁成志的眼睛，整个操场静得可怕。片刻后，我觉得太严肃不好，应该和蔼一点笑里藏刀，于是我环视四周所有人，露出蒙娜丽莎的微笑，缓缓道："朋友，曾经成为我全力以赴的对手，将是你们一生的光荣。"

其次是足球队，主要在于付桐，他不服气，前几天肖寒不在，我们正好11个人。肖寒回来了，凭什么他又成了替补。我先勒令肖寒向他道歉，接着把这瘦了不少的胖子拉到一边，一顿好说歹说，并答应肯定会让他上场，他才转怒为喜。旗杆很刻苦，扑救玩命，每次训练下来浑身都是脏兮兮的。猴子精力充沛，梦想夺冠，然后表白，抱得美人归。我看着他带领一群后卫全场狂奔，摇摇头笑了。至于和尚，我严禁他把柳芸带到球场上，不然这秃驴每分钟至少和她对视三分钟。此外，为了进一步增强大家的体能，我将足球命名为梁成志。

接着是许莫，他天天下课和马雨洛讨论英语，害得我每次都要让座。终于这天课下，我忍无可忍，说："许莫，你丫的怎么不去马雨洛家里和她讨论。"不料竟然一语成谶，许莫还真就去马雨洛家里了，他爸和马雨洛她爸是朋友，我好几次去林曦家的路上遇见这货，他毕恭毕敬地对我笑，搞得我好像是他的月老。我真是搬起石头砸自己的脚。

还有数学竞赛，这群小子受我高二进入省队的鼓舞，一个个初生牛犊不怕虎，敢在太岁头上动土。比如一个学弟，竞赛课后大咧咧地问我："学长，你认不认识实验楼那个傻子？"我怔住，问是谁。学弟们七嘴八舌，说他们高一时做早操，总远远看见有个傻冒站在实验楼三层一个人做操，还做得有板有眼伸胳膊蹬腿的。我捧腹大笑："就是我啊。"

最后是买礼物，周末，我坐在家里思考送什么给马雨洛。

我不解，戴在手上的东西，戒指手链手镯，好像通通屁用没有。我琢磨半天，想起来一个有用的——手铐。但送手铐不是太好，我又想到手表，可马雨洛已有一个，考试的时候她会戴在手腕上。继续思考，我恍然大悟，手套啊！正好马雨洛冬天手上有冻疮，我一直耿耿于怀，我没见她带过手套，这可不行，她又不是我，冬天还能洗冷水澡。

我兴冲冲地出门，跟妈妈说我去买副手套。妈妈一愣，说："四月份你买手套？"

我说："总会用到的！"

超市里人很多，商品更多，我找了半天，发现没有手套卖。我垂头丧气，准备打道回府，抱着最后一丝希望，我随手抓了个售货员阿姨，问："阿姨，请问还有手套卖吗？"

"手套？"售货员大惊，好像我要买大炮似的，"这么暖和的天哪有手套卖，你去问问主管吧，仓库里说不定还有。"

"谢谢，主管是谁？""那个穿蓝衣服的。"

"叔叔你好，请问你是主管吗？"

大叔摸摸圆滚滚的肚子："就是我，有事吗？"

我看他肥头大耳，对超市有些担心。我说："仓库里有手套吗？我买手套。"

大叔睁大圆眼："手套？你是要批发吗，要多少？"

"不是的，就买一个。"

"你小子春天买什么手套。"大叔下巴一扬，不耐烦道。

我说："我买了送给我同桌。"

"你同桌？女生吗？"

我说："是啊，她去年冬天手上有冻疮，还总不戴手套。"

大叔莫名其妙地笑了："小伙子，你跟我来。"

我跟在大叔身后，他回头打量了我一眼，说："她很漂亮吧？"

我不高兴，没答话。怎么一提及女生，开口就是"漂亮吗""漂亮不"，漂亮太微不足道，只能入我的眼，而不能住我的心。对女孩子的最高评价，我觉得是美好。

大叔没有多问，领着我走到超市一角，输入密码打开金属大门，里面是一排排高大的货架，放满了过季的商品，我们一路走，走到一个巨大无比的箱子前。

"所有的手套都在这，可能好的被买走了，你得好好挑一挑。"他说。

"嗯。"我相信肯定会有漏网之鱼的。

我问："还有空箱子吗？我好放手套。"

大叔异常的耐心，推来一个纸箱。我很感激，没说谢谢，只是对他点点头，坐在瓷砖上开始筛选。大叔说："选好了记得告诉我。"他走开了。

我环视四周，像是一处被遗忘的古迹。我盘腿坐在地上，开始沙里淘金。

先把男式手套扔到空箱子里，再去掉老太婆式和小丫头式的。

又把颜色太鲜艳的排除，马雨洛喜欢穿浅色的衣服。

寂静的空间里，只有手套掉进纸箱沉甸甸的声音。

还剩十几种，我又仔细挑选了一番，觉得线织的小狗手套不错，灰黑色，印着奶白小狗。

我犯了难，不知道怎么选择大小，下一个瞬间，我眉开眼笑，我量过的，15厘米呀！可我看了看标牌上的型号，发现不对劲，这个M、XL、L是什么意思？到底多长？我站起来，哦，我的腰。我捶了半天腰，在货架上浏览，找到一把直尺，对着手套一顿测量，过了一会儿，终于选好了。

我打算离开，忽地一拍脑袋。冬天，马雨洛喜欢把手揣在口袋里，只有看书写作业才伸出来，我应该买露指手套才对。幸亏这种手套也有露指款式的，不然就麻烦了。我选出型号与此一样的，大小就没问题了。我心满意足，用指腹揉了揉手套指端的圆边，软软的，痒痒的。许久，我回过神，起身，才发现大叔已经来到了身边。

我问："这个手套多少钱？"

大叔说："你拿走吧，不要钱。"

我不明白："这怎么行呢？"

他说："你看这个手套没有条形码，它本来就是赠品，正好给你当礼物。"

我低头一看，还真是，我难为情了，拿人家的，手就软了。

"走吧，别不好意思。"

我向门口走去，步伐轻快，可我猛地发觉走太快不好，所以我又变得很慢。我拎着手套，显得不够重视，揣进怀里，又像个小偷，我只好把手套捧在胸前，打算去买个礼盒。

大叔突然叫住我："孩子。"

我转过头，看着他。

"我想，她一定也很喜欢……"大叔兀自笑了起来，他站在摆满货物的架子中央，眼睛里像有了光。

我奇怪道："很喜欢什么啊？"

"她一定也很喜欢这个手套，"大叔说，"你同桌一定很漂亮。"

我笑了："是的，她很美好。"

我去看了看礼盒，太俗，花里胡哨，还不如我家的纸盒。我买了六张灰度不同的硬纸板，不用胶水和胶带，像古代木建筑的榫卯一样，剪裁时预留缝口，拼接成一个大小适合的长方体。把手套藏进去，旋转着看盒子，灰色渐变，挺有意思。

周一下午放学，球队集训之前，我让马雨洛等会儿再回家。等到别人都散去，我取出灰盒子，放到她桌上，说："喏，给你。"

马雨洛低眉，像在端详。

我说："没什么，我就是买了副手套。我记得冬天你手上有冻疮来着。"

马雨洛默默地接过盒子，我纳闷她怎么一句话都不说呢，是不是我手套送早了目前用不到。但是我怕夜长梦多，小黑在家里什么都咬，指不定哪天这六洞手套就变成九洞的了。

我说："我走了，去踢球。"

我奔到绿茵场，加入正在猛踢梁成志的队友之中。

训练完，跟猴子来到桃园，我说："猴子，不错，学习进步了。"

他一喜，说："队长，你知道了？你还关心我成绩？"

我笑了，说："你又不是和尚那么没看头，他反正永远赖在十八层地狱，我看你上一次考了二百多名，能上个挺好的学校了。"

猴子用力点头："我还要努力，我数学是提高了不少，但是感觉上不去了。"

我吸了一大口果汁，说："我知道，你要明白，之前补数学是因为效果最明显，我看你数学可以了，不用再花功夫，不划算。你要看英语，你英语回回考六七十，你告诉我，前面的选择部分，扣了多少？"

猴子吐了吐舌头："单词好多不认识。阅读理解和完形填空全是猜的。"

我说："那你还不赶紧背单词？单词不要照着课本后面的背，读课文，读熟了就认识了。平时也要多看多读多记，比如你看这个果汁的包装，跟我大声念，juice果汁，juice果汁。"

他大笑，跟着我念道："juice果汁，juice果汁。"

我也笑了，瞥了一眼他的书包，说："伞还在里面吧。"

猴子紧张了，用胳膊把包捆在胸前。

我说："我又不要这伞，你怕什么，你一直等下去，总会有大雨。"

第二天早读课，我抄着马雨洛的语文作业，忽然没头没脑地问："手套可以吗？"

她本来在朗读，蓦地停住，转过头，轻轻地说："大小正好，你怎么做到的？"

我说："你忘啦，我量过你的手。"

马雨洛一刹那笑靥如花。

我很得意，心想第一次送礼物就旗开得胜，证明我还是很懂女生心思的。

拖把有两种单手拿法，一种是八戒扛钉耙，一种像提水桶。

提水桶式不平衡，上半身须向另一侧倾斜，步伐大了，拖把头难免蹭到鞋子上，只好碎步走，难受。对于八戒式，一方面根据杠杆原理，拖把头距离后背越近越省力，另一方面又怕水甩到身上，所以越远越好，矛盾。于是同学们往往两手拿拖把，要么是平放胸前手捧哈达式，要么是斜放胸前仪仗队式，偶尔还有女巫骑乘式。

都不好，我便开创了月球轨道螺旋圆滚线法。简单来说，就是当我行进时，左右手交替握住拖把杆，将其围绕我作逆时针旋转。有多重好处，首先由于离心力，水是向外飞溅的，其次两手都得到了锻炼，避免顾此失彼，还培养了身体协调能力，最后一点最关键——交通便利，同学们拿个拖把，经常被人群挡住不好通过，像我这么健步如飞地月球轨道螺旋一圆滚，个个十米开外就作鸟兽散。

整栋实验楼，我竟然找不到拖把，连根鸡毛掸子都没，我气急败坏，只好回到1班，拿起教室里的拖把，采用月球轨道螺旋圆滚线法，翻山越岭漂洋过海走去实验楼303。已经五月，CMO之后我很少去那儿，估计都落灰了。拖完地，我又把木桌擦拭得光亮如新。我喜欢这个桌子，它很大，足够摊放我所有的数学书，还能再躺一个我。

下午放学，暴雨骤降，我准备骑车冒雨回家，忽然想起了猴子。

我跑到室外，看向7班的门口。学生三三俩俩，白月走出门外，立在走廊上等待。我看见猴子了，他在走廊边的灌木丛旁探头探脑，犹抱琵琶半遮面似的，一侧身子都被雨打湿了。

马雨洛也走出了教室，站在我身边，问："你带伞了吗？"

"我从来不带伞，"我说，"你也没带？"

"嗯。"她回道，不再言语，就与我安静地并肩而立。

大雨滂沱，我心想，马雨洛身体很柔软，不能不打伞。许莫也出来了，弱不禁风的样子像会被雨冲垮，他满面愁容，估计也没带伞。

杨风穿过走廊，提着一把伞，看见我们，说："你们都没带伞吗？

我正打算给白月送伞呢。"

马雨洛说："是啊，只好等雨停了。"

杨风说："嗨，这雨停不了，我把伞借你们得了，周楚凡，你和马雨洛一起打伞回家吧。"

我刚想回绝，猛地想起猴子，心里一动，我接过伞，说："杨风，谢了。"

马雨洛笑了："我也谢谢你。你这样白月不会生气吗？"

杨风说："别客气，我俩分手了，这是念旧。"

等杨风离开，我跟许莫说："许莫，你送马雨洛回家吧，我可以等。"

许莫连说不要不要。马雨洛在一旁，没有声音，像在注视廊外飘摇的雨。

我把伞塞给他："你比伞还瘦，不能淋雨。"

许莫这才千恩万谢地答应，举着伞和马雨洛渐渐消失在雨幕中。我望着她愈加模糊的身影，胸膛里弥漫起一阵莫名的难受，像哪儿缺了一块，心中一颤，身子一软，差点就要倒在地上。

我来不及细细琢磨，把目光投向猴子，这货都成落汤鸡了，我忍不住，准备过去催他，可又停住了，我看见白月身边围绕了三五个男生，手中举着形形色色的伞，像是撑起来一片彩色的天空。白月略一迟疑，微微一笑，和其中一个走远了。

猴子像在跟丛中的小草交流，他站在灌木丛后，垂着脑袋，淋湿的头发搭在额头，如同水草。我悄悄挪到柱子后面，我怕猴子看见我看见了他。猴子走了，背影淡了，远了，无处可寻，无处可躲，他就这么消散了。我还不知道他包里的伞是什么样子。

我叹口气，打算离开，却发现林曦一个人还在教室里忙碌。我走进教室问："今天打扫的人呢？怎么就剩你一个？"

她把桌子推得砰砰作响，像在抗议："他们都跑了。"

我笑了："我帮你吧。"

我拖完地，排好桌子，擦了黑板，最后洗手。林曦穿着白衬衫短牛仔，坐在一旁的课桌上，悬着一双长腿，右脚尖勾着左脚跟一摇一翘。她的脸色好转，笑意盎然。

我一边抖手进行甩干，一边说："林曦，你比很多男生都厉害。"

"是他们太逊，跑步都没我快，也配叫男生。"

我说："身体只是一方面，内心强大才重要。"

林曦不服，昂着头，双手支在课桌上，一双腿前后摇摆。

我走到她身前，她的腿不晃了。我说："我记得你哭鼻子的样子，你还是挺脆弱的。"

林曦扭过脸："哼，说得就像你很厉害一样。"

"当然，我内心非常强大。"

林曦笑了："你是没心没肺。"

"这么说也对，"我背起书包，向教室外边走边说，"先走了。"

雨又大又长，天上一定藏着一片汪洋。

林曦追过来，说："我有伞，我们一起走吧。"

我说："我骑车来的，不用了。"

她说："雨好大，我有点怕，你也没有伞，跟我一起走呗。"

我说："好吧。"

林曦走得挺快的，我不放缓步伐，她也能跟上，毕竟腿长，难怪有的男生跑不过她。我俩并肩走入雨中。她撑起的雨伞，是纯净的黑色。

我说："你自己打伞，我不用，我就陪你走而已。"

我这么一说，林曦却更蛮横了，身子贴紧，离我很近，隐隐约约传来了几缕体香。我赶紧把伞推回去，说："我真不用。"

"合用一把伞不好吗？"

"这把伞不够两个人，"我解释道，"你这样我们会各有一半身子淋雨。"

林曦不解："两个人分担，不是挺好的吗？"

我说："我觉得不好。如果是在打仗，与其我俩都半死不活，倒不如我死你活。"

她听得直笑，嚷道："什么要死不活的，这又不是打仗，你跟我一起合一把伞嘛。"

我说："那我再讲个故事好了，有个老爷爷坐火车，他的一只新皮鞋从车窗里掉了下去，他随即就把另一只也扔了下去。你懂我的意思吗？"

大雨倾盆，落在我全身，我的声音都被雨淋得断断续续。马路成了一条黑色的河流，我们在沿着河畔行走。林曦扑闪着大眼睛思考了半天，把伞收进包里："我不懂，那我们就一起淋雨好了。"

万千雨滴坠落，织成细密的珠帘，帘后，是她白皙的脸和空灵的眼。

我说："你别啊，快打伞。"

"不，"林曦向前奔跑，转身对我说，"来追我啊！"

她在雨中轻快得像一只鹿，我大笑，喊道："你不是说男生跑得比你慢嘛！那我再让你三秒。"

"三，二，一！"

我迈开大步，追了上去。

我站在13单元门楼下，等她。

她跑进来，手倚着门框，一边喘气一边笑，圆润的腿上有露珠般的雨滴，白衬衫紧贴着身体，勾勒出迷人的曲线。几缕潮湿的发丝软软地附在额头，将一双大眼睛衬得更加明亮妩媚。

我难以呼吸，我无法理解，我感到羞愧。有一刹那，我竟然在脑海里描摹了一幅林曦赤裸的画面。我说："你上楼吧，我回家了。"

她直起身，气息变得平稳，我们相对而立。门楼之外，大雨如注。林曦微微垂首，水珠沿着她的脸颊滑落，目光也像被雨濡湿，深邃而遥远，好像在欣赏一幅画。我低头看去，原来我也全潮了，有若隐若现的线条和轮廓。我像赤裸了一样，害羞得想转身。林曦把伞递给我，红着脸，语气却像埋怨："周楚凡，没有人追得上你。"

第十一章

赌

进入六月，我无视期末考试，开始全力备战足球联赛。

这天训练完，我们坐在操场的看台。和尚、肖寒以前是各自初中的队长，其他几支队伍里或多或少都有他俩的老同学，所以我让他俩讲一讲需要关注的对象。

和尚笑咧咧地说："他们敢不让着点，看我不揍死他们，这群王八羔子还反了不成。"

我笑了："说正事呢。你再皮我先揍你。"

肖寒说："我转去的学校里有一个高手，非常强，本来队长应该是他当。"

"那怎么成你了？"猴子问。

肖寒说："他不屑当。"

我说："那比我强。"

"他是前锋，射门要么射偏，要么就是死角。就算面对空门，也是死角。"

很有个性，是位高手。我想起那天大华职中操场上独自射门的左撇子，心里一动，问："他是不是左撇子？"

"是，就是上次比赛的前锋，短头发，男的。"

肖寒还是这么笨嘴拙舌，我调侃道："兄弟们注意了，他是个男的，短头发。"

众人大笑，肖寒恼了，捣了我一拳，并不疼，这就奇怪了，我想起上一次，马雨洛只是在我肩头轻轻一捶，怎么我心里就敲锣打鼓似的作疼呢？

旗杆拧着眉毛表示："那我再多练练死角，我身子长，应该能救到球。"

和尚严肃了，说："队长，有个染了一头银发的，我认识。"

"他倒不是我之前初中的，是另一所初中的头儿，外号笑面虎，球风也是，变速换向贼快，刚才还慢悠悠地带球，猛地就加速过人，一般后卫都反应不过来。"

和尚口气一横："他还和我打过一架，操他妈的，但是我的队员太废了，干不过。"他看了一眼猴子，对我说："你也知道，之前我们两队干架的时候，我们队除了我，最厉害的就和猴子差不多。"

猴子气得起立，说："和尚你这算是表扬我吗？"

"你结实多了，我怀疑桐桐身上的肉转移给你了。"和尚一石二鸟，又表扬了一下付桐。

我哈哈大笑。

之后我们讨论了其他六所学校，大多平淡无奇，队员一致认定，我们是星屿中学足球史上的黄金一代，同样，梁成志三前锋领衔的大华职中也足以称为王中王。

讨论完毕，我交代给每个人各自的加强专项。和尚重点发挥秃头优势，多多练习头球。猴子的大脚越开越准，但考虑到左撇子和银发笑面虎，后卫们得额外加练变速跑和急变向。至于旗杆，我建议他保留球裤，用来拍摄洗衣粉广告。

我们绕操场跑步，我对付桐说："就你一个替补，你等于我们十一个人的和，你很重要。"

付桐像砸地似的点头，他没有开口，只顾奔跑。

等到所有人都离去，我独自留在操场，练习千里走单骑。

我们日复一日地训练，我们是十七岁的少年。

这天放学，我正打算前往绿茵场，马雨洛跟我说："我好像被梁成志骗了。"

我一惊，问："骗了什么？"

"没有，只是打了一个赌。"

我说："该不会是赌这次联赛的冠军吧。"

马雨洛不吱声，默认了。

她的眸子安静而纯净，我却心慌意乱："你和他赌什么了？他拿了冠军就怎样？"

马雨洛说："做他的女朋友。"

我他妈差点把课桌掀了，我说："马雨洛，我们比赛跟你有什么关系？你是不是傻，这种当也上？"

"他说星屿中学很菜，还说你不行，我不高兴，跟他吵起来了。"

"别人说我就说我，你生哪门子气啊，蠢货。"我毛了。

"我知道他是故意的，想惹我，可我每次一听到别人说你不好，还是忍不住生气，"马雨洛低眉垂眼，小声说，"不过我也答应，要是你赢了，我就给你亲一口，好吗。"

我面色如冰，头也不回地走了。

到了操场，我努力挤出笑容，和队友一起训练。等到人去月生，我一个人狠狠地猛踢梁成志。踢累了，我躺在草坪上，看着夜空，夜空坦坦荡荡，我却心乱如麻。都说女人是水做的，我看是脑子里进水了吧。大华职中想卫冕易如反掌，星屿中学要夺冠难如登天，怎么赌博赔率反而倒过来了？凭什么梁成志赢了可以和你谈恋爱，我却只能亲一口，难道我不如梁成志吗？而且你不是说喜欢一个人就要亲他一百回，反过来说就是愿意让他亲你一百回，那我亲一次算什么？肯定不是百里挑一，而是忽略不计。

马雨洛一点也不喜欢我。我越想越难受，更伤心的是，因为不能让梁成志得逞，就算赢了之后要枪毙，我也得视死如归，拼了命地干掉大华。

我躺在墨绿的草地上，眼泪从眼角滑落，蓝黑的天空里，星星在垂泪，月亮也白头。

骑车回家的路上，我灵光乍现，只要星屿中学和大华职中在决赛前相遇，那还踢个屁的球，直接把梁成志一伙打进医院，他就不可能拿冠军了。

我破涕为笑，没注意，前轮蹭在路牙子上，人仰车翻。

距离开赛还有一个星期，我整天和兄弟们泡在操场，我宣布了这个重于泰山的赌约，当然，没有透露赢了我能亲一口。大家义愤填膺，怒气冲天。肖寒一言不发，旗杆表演了标准的一蹦三尺高，和尚死命挠头，

....

我猜他是想揪头发未果。付桐猛掐腰上的肉，丝毫没有意识到他掐的是猴子。猴子龇牙咧嘴地说："我们应该立刻开始操练拳击。"

抽签结果公布：星屿中学和大华职中分别在上下半区，我们只会在决赛相遇。

七月三日，第一场四强赛，星屿中学对长礼中学。

虽然长礼的观众十分热情，恨不得自己赤脚上阵，但实力差距太大，我队不费吹灰之力，由我跟和尚各打进一球，2比0轻松取胜。

马雨洛坐在看台上，因为场面一边倒，她一直面带微笑。

比赛结束，队员们喜不自胜，我说不要高兴得太早。果然，下一场比赛，大华职中7比0狂胜。

七月六日首场半决赛，大华职中率先以5比0横扫上届季军，晋级决赛。

七月七日，星屿中学对战上届亚军复兴中学。地点就在复兴。

据说为防止主客场之分，观众比例控制在1比1，结果到场后一看，全是复兴的学生，横幅标语遮天蔽日，呐喊助威响遍行云。星屿中学只占了一个角落，可我一眼就看见小小一隅中坐着的马雨洛。

我静静地看着她，她静静地看着我。我俩一齐笑了。

猴子拉拉我的胳膊："队长。"

我回过神，说："怎么了？"

"大华的人也来了。"

我一看，才发现梁成志，左撇子，银发，黄毛一群人也坐了足足一排，五颜六色的。

我召集队友，要求保存实力，不要露太多，小胜就好。周围很嘈杂，我不得不提高八度的声音。

林曦在场边喊我的名字，我回过头说："干嘛？"

她只是抿嘴微笑，朝我摇了摇银丝质地的拉拉球。

我有些出神，拉拉队的女孩子们都很美，可林曦实在太醒目，尤其是她的笑容。

开场的哨声，像是关门放狗的信号，复兴队员如同脱缰的野狗，穷凶极恶，边踢边吼。只要他们拿到球权，观众席就一片山呼海啸，要是进了球，估计能拆了教学楼。

对方相当亢奋，又是老牌劲旅，一直压着我们打，后防压力很大，好几次都多亏猴子眼疾脚快解了围。半场休息0比0，队友脸色不妙，神情紧张。我说："我们已经赢了。"

众人不解，我说："自己看。"大家扭头看去，只见复兴的球员一个个手撑膝盖，气喘吁吁。反观我们，虽也大汗淋漓，但却神色自若。

下半场开始，如我所料，对方根本跑不动，轮到我们反客为主，破门是早晚的事。

第70分钟，猴子给出一记精准的长传，足球划出一道抛物线，直奔禁区边缘，我当仁不让地冲了过去，对方后卫跟防不及，我胸部停球后转身直接凌空抽射，这一球势大力沉，复兴的守门员鞭长莫及，足球轰入网中。大半看台鸦雀无声，星屿中学欢呼雀跃。

我们整队人马溜到观众席前，奔跑庆祝。马雨洛两手托腮，眯着眼对我笑。

1：0的比分维持到了最后，终场哨声吹响，我们回到场边的座位上。我的心又沉静下来，我看了马雨洛一眼，她也在注视着我。我心里默默想着：山雨欲来，诸神之战。

林曦跑向我，洁白的裙衫像绿茵场上的蝴蝶。她笑吟吟地张开双臂，我陷入恍惚，想起马雨洛在落星山顶的必杀技。她扑到我身上，双臂勾住我的脖子，饱满的胸脯抵住了我，身躯杨柳般柔韧，皮肤温凉，还有袭人的体香。我的脑海一片空白，我的身体竟然有了隐隐的反应，好像脱离了头脑的控制。我机械般地说："你做什么，你快下来。我身上都是汗。"

林曦放开我，盈盈一笑："我太激动啦。我才不介意你的汗。你身上好烫。"

我没有说话，心里一揪，我望向星屿中学的看台，马雨洛正转身默默地离开。

无数人在起哄，包括我的队友。我瞥了他们一眼，说："做好死的准备，不要笑在前面。"

决赛时间定在七月十一日下午四点。谷校长给予高度重视，争取到了决赛的主办权。学生也议论纷纷，焦点在于星屿中学这匹黑马能否一黑到底，掀翻四连冠的大华职中。其实我才不在乎什么黑马白马，我只想守住身边的"小马"。

七月九号下午，最后一次赛前集训。刚到学校门口，就看见一群人。梁成志鼻孔朝天，手插在裤袋里，踱来踱去。他说："我等很久了。"

两队人马并排行走，我和梁成志在最前头。梁成志如同在逛自家的花园，大摇大摆像个螃蟹，他说："周楚凡，我来看看球场，你带我去，我不认识。"

我没有说话，只顾走路。身后星屿中学和大华职中两个球队总共近三十人，没有一点声响。

经过1班门口，梁成志陡然说："等一等。"

我停下来，他问："马雨洛座位在哪儿？"

我带他到马雨洛座位上，其余人站在教室外面等。他左看右看，还嗅了嗅，脸上隐藏的笑容愈发昭然若揭。半晌他抬起头，挑挑眼睛："走吧。"

路上他对我说："本来我还想看看奖杯是啥样，奖杯跟马雨洛比起来算个毛，不用看了。"

我一言不发。

走到绿茵场，梁成志长长地舒了一口气，活动了筋骨腰身，带着队员四下转了转，回来和我告辞。

梁成志说："麻烦你们拼命点，希望明天不要太无聊。"

他们转身，准备离开。

"梁成志，"我说，我只说了这一句话，从始至终，唯一的一句话，"我建议你，省点力气。"

他背对着我仰头大笑，不屑道："说话要什么力气。"

我笑了。

他们走后，我们照常训练。

我没想到马雨洛会来，她一个人坐在看台上，没有出声打扰，我们也都没说什么。

太阳偏西，跑完十圈，我和每一个队友握手拥抱，目送他们离开。之后，我继续独自训练，马雨洛依然坐在看台上。

天色渐黑，我奔向她，停在暗红的跑道。她坐于高处，暮光环身，柔美而庄严。她的身后立着一排参天的松树，她如王座上被无数巨人守护的公主。

我说："马雨洛，你回家吧。"

她说："不，我要看着你。"

我说："太热，你在这我不好脱衣服。"

她说："我看过了。"

我回到草地，脱去上衣，练习我的千里走单骑。马雨洛就一直坐着，默默地看我奔跑、带球、转身、加速、射门。整个看台上，只有她一个人，偌大的操场，只有我一个人。

夜幕笼罩，我和马雨洛一起骑车回家。

梧桐树在路旁张牙舞爪，像被孙悟空定住的小怪兽。我这只被奥特曼干掉的大怪兽，正和奥特曼并排而行。昏黄的路灯下，我俩的影子时短时长。

马雨洛说："你能赢吗？"

我的语气坚定："我一定赢。"

她说："我相信你。"

"只要你来，我肯定赢，"我说，"猜一个成语。"

马雨洛单足点地，停下车，偏着头想了想，我也刹住车等她。

她在星光下微笑："那这么说的话，你依在我身边，还能写好作文。"

我的心脏仿佛被星光洞穿了，大怪兽又死了一次。

马到成功。倚马千言。

我怕马雨洛看出我的异样，低下头，把目光藏进我的影子里。

一路无言，骑过逃亡的小巷，我俩都很慢很慢。

进了澜岸小区，送她到12单元楼下，我才开口，冒冒失失地问了一句："我赢了，亲哪里都可以吗？"

黑暗中，我还是看见了马雨洛的羞红，她低头跑上楼，声音像从天堂而降："我在小树林等你。"

我呆呆地站着，身体里掀起一股神奇的内力，不是弹力，不是重力，不是洛伦兹力，不知道是什么东西，却汹涌无比，像喷薄欲出的火山，要融化千年的坚冰。

脚踏被我蹬成了风火轮，自行车向着学校风驰电掣。

星光落笔几点，路灯勾连成线，梧桐树延绵如船，柏油路黑亮如海。

保安认识我，诧异道："你回来干什么？"

"继续练习！"我大声喊道，冲进校门。

我放缓步伐，走进小树林。

我站在树之间，痴痴地笑了一会儿。

我回想马雨洛曾经露出的一截腰肢，在林中奔波游走，左拥右抱，终于找到一棵粗细相仿颀长漂亮的树。我张开双臂，拥抱了她。我抱了很久很久，我赖着不动。

过了半天，想起来我还能亲一口呢。我额头抵着树干，又兀自笑了半天，吻了上去。

他妈的，这铁疙瘩似的树皮硌死老子了，我的嘴唇破了皮，渗出了鲜血，染在树上。

可我还在笑。

七月十一号下午，整个操场人山人海，星屿中学与大华职中的学生各占半壁江山。远远就能看见听见，铺天盖地的各种条幅标语口号——

"一黑到底，勇夺第一！"

"四届冠军，五星加冕！"

"大华大华，爱我中华！"

"齐山，进一个！""陈天，进两个！"

球员入场，看台上欢呼声一片。我一眼就看见了马雨洛。她坐在看台的一角，却占据了我视野的中央。我们相隔很远，又很近。她一如既往的漂亮，素雅的衬衫，灰格的百褶裙，纯白的帆布鞋，光洁的小腿。她解开马尾辫，披散成微微弯曲的长发，柔柔地搭在胸前。她对我甜甜地笑着，我笑不出来，我从未如此地害怕过失败。

除了马雨洛，看台上还有很多熟悉的面孔。物理奇才，正举着一把硕大的剪刀，露出含义不明的笑容，这是输了要给我剃光头？梁之倩坐在两校接壤的位置，无忧无虑地笑着，毕竟谁赢她都高兴。白月坐在最高处，上次送伞的男生在她旁边嘴巴一张一合个不停，但是白月没有什么反应。校长、老师、杨风、柳芸和上届的校队队长都来了。可纵使千军万马，也比不上我的小马，她正握着拳头，对我作加油的手势呢。

我再扫视整个看台，真是八仙过海，武艺十八般。这边星屿中学刚摆出一排扩音喇叭，那边大华职中就搬出几个大音响。这边星屿中学刚敲锣打鼓完毕，那边大华职中立马鞭炮齐鸣。那边大华职中一群花枝招展的拉拉队刚一粉墨登场，我就看见林曦朝我跑了过来。

"周楚凡，"她站在我面前，说，"我相信你能赢。"

我说："我也相信自己。"

开球时，梁成志眼中有两簇火焰，我知道，我的瞳仁里有两颗太阳在燃烧。

大华职中确实强，一开始就形成了完全压制的局面。三前锋不惜玩命，居然退回半场抢球，我方控球率远远落后，更别提发起进攻。

第7分钟，大华率先发难。中场传球给左边锋银发，他几个闪动晃过我方一名后卫，猴子上去补防，银发再传中给梁成志，梁成志禁区线外直接射门，旗杆一个扑救，有惊无险。

尽管如此，我的心依然沉到谷底。

第16分钟，我方后卫好不容易断球成功，猴子一记长传，我向落点跑去，但是两名大华的后卫死死跟在我一前一后，我根本拿不到球。那两人配合默契，对我咧嘴一笑。黄毛悠闲得很，靠在球门柱子上，像要跳钢管舞似的。

第29分钟，我队后防出现漏洞，银发送出的传中球直达禁区中央，梁成志中路插上推射破门，旗杆来不及反应，气得直捶地。大华职中一片欢呼，梁成志奔到场边，对着马雨洛挤眉弄眼，马雨洛的脸色瞬间变得苍白。

先失一球，我队士气深受打击。雪上加霜的是，猴子送出的长传每每都被截断，他们显然摸清了这一点，我被专门针对。肖寒作为前腰，甚至很少能过半场，在后方疲于奔命，和尚的光头也没有了用武之地。黄毛已经走出球门，走向世界，对我摇头摆尾。

终于，第42分钟，雪上加霜再加砒霜。梁成志带球杀入禁区，猴子防守却不慎滑倒，两名后卫上去补防，梁成志传给左路银发，银发带球直到门前，一个射门的假动作骗得旗杆跌坐在地，其实是一个传中，把球交给了中路的左撇子。已是空门，球打进死角。比分改写为2比0。

三前锋抱在一起庆祝，梁成志兴奋地仰天大吼，大华职中沸腾了，放鞭炮已经不能满足他们，放卫星才行。黄毛甚至走到我身边，像要奔向前线。我看见旗杆垂着脑袋，额头的五星红旗滑落了。

中场休息，星屿中学0比2落后，马雨洛像快要哭了一样，林曦抿着嘴唇，什么都没说，只顾领着拉拉队来来回回地跑，给我们递毛巾和饮料。

队友们脸色难看，旗杆懊恼不已，弓着身子，连声说："都怪我，都怪我。"

猴子红了眼睛，抽着鼻子，嘟嘟囔囔："不怪你，我的锅，是我跌倒失误。"

"一个个客气你妈呢！搞得像老子输了一样！"我用力一捶旗杆的后背，让他站直，跳起来一拍，把国旗按在他的头顶，又一扇猴子的后脑勺，猴子习惯性地一缩脖子，咧嘴笑了。

我说："老子不管，大华职中就算是猛虎下山，都他妈的通通干死，我要把它吊起来宰。"

我大吼："兄弟们，干他的力气还有不！"

肖寒说："老子跟你跑了几十万米，这点算个屁。"

"说得好！狗日的大华算个毛！"和尚往地上吐口痰，狠狠骂道。

我改变战术，要求猴子放弃抛物线长传，改用短直平快的传球方式。肖寒注意中路插上，和尚在边路寻找机会。我的活动范围将回缩，往中场靠拢协助防守，后卫不要顾此失彼，盯紧对面的三前锋，尤其注意银发的过人和传球，而左撇子不喜欢传球，旗杆要小心他的射门。

下半场刚一开始，猴子又开出一记大脚，对方两名后卫下意识地冲到我身前身后。我向前跑，却猛地发现球路不对，我恍然大悟，这是吊射！刚刚还在禁区线上耀武扬威的黄毛此刻连滚带爬，可惜晚了，球高高落入网中。全场惊呼。这石破天惊的一球，极大地鼓舞了我队士气，也让猴子从失误中解脱出来，也是从这一球开始，我不再叫侯云猴子，改称猴哥。但每个人的神情仍旧沉重，毕竟我们还落后一球，马雨洛的脸色依然苍白。

大华职中的确强悍，尽管上半场体能消耗极大，但控球率依然领先。

第51分钟，银发带球，猴哥防守，银发左突右晃绕不过去，传给中路梁成志，梁成志带球遇到阻拦，再传给右路左撇子，左撇子在禁区线右侧直接射门。我眼见皮球划出一道迅猛的弧线，心提到了嗓子眼。旗杆跑动到位，一个横跨，再一个鱼跃，一掌将球打出。这一球直射死角，旗杆能扑出太了不起，我跟和尚跑到后场，和他们互相鼓劲。

左撇子冷冰冰地看了我一眼，我冷冷地看回去，空气里有刀剑相撞的清鸣。

之后一阵你来我往，都没能进球。

第62分钟，肖寒中场直传球塞给右路的我，我开始向前，两名后卫扑了上来，我长传给左路跟进的和尚，和尚继续带球，对方一名后卫补防，和尚对中路给出一记超快的平传，肖寒冲了上去，准备接球，这里已是禁区，刚才防守我的后卫之一迅速去拦截肖寒，肖寒两腿前后错开，那记快速的平传球直接穿过他的两脚之间，到了我脚下。我面对只剩一人的防守，一个晃动后大力射门，可惜球被黄毛单手托出横梁，角球。

我把足球摆在角球点，和尚对我使了个眼色，作势要跑向外侧，我看在眼里，深吸一口气，助跑，起脚。和尚果然骗过了对方的后卫，他反向向内，高高一跃，争得了头球点。光头一闪，足球弹入网中，这秃子总算没辜负我陪他练的无数次头球。

星屿中学的观众席陷入狂欢，我们大吼大叫，包围和尚，狂摸他的光头。马雨洛终于笑了，脸上恢复了神采。拉拉队也是一阵欢庆，银色的丝球晃得我眼花缭乱。

梁成志脸色阴沉，与银发和左撇子交流了几句。他应该注意到了我们的体能超强，控球率越来越高。这似乎也激发了大华球员的潜力和血性，他们依然在不遗余力地顽强战斗，丝毫不落下风。

第78分钟，梁成志中路突破，吸引猴哥防守后传给右路的左撇子，左撇子抬起左腿，旗杆下意识地向球门右侧靠拢，准备防守他的死角射门。然而左撇子竟将左脚在球前一闪，虚晃一枪后，右脚后跟砸球捣向中路，梁成志接球后立即拨给左路银发，银发面对仅剩的一名后卫，将球轻轻一点，顺势向前直冲，足球穿过后卫的两腿之间，银发再接球至门线，直接射门进球。这一切在电光石火之间，旗杆甚至来不及转移。2比3，我们又一次落后。

梁成志振臂高呼，全队抱成一团。整个大华职中的叫声吼声喊杀声，响彻云霄。距离比赛结束仅剩十分钟，我落寞地看向马雨洛，她垂首闭眼，双手合十，像在默默祈祷。林曦坐在绿茵场边，双臂抱住膝盖，她依然昂着头。

伤停补时的哨声吹响，还有四分钟，像是我生命的倒计时。可我们不会放弃，我说过，无论如何，战斗到最后一刻。

第92分钟，肖寒中路突破，传球给和尚，和尚惊人地超远距离头球，黄毛一个前跃扑救，单手一挡，球被弹至右路。黄毛趴在地上，是空门。我竭尽全力百米冲刺上前拿球，对方的三名后卫向我扑来，他们甚至举起了拳头。我没有迟疑，冰冷的一记传中，交给中路的肖寒。肖寒刚准备射门，对方的最后一名后卫像黄飞鸿似的使出佛山无影脚，把肖寒踹倒。我也被那三名后卫一齐撞翻在地，我二话不说爬起来冲过去，一把扯起黄飞鸿的脖领，像拎起一只鸡。梁成志飞奔而来，指着我的鼻子吼：

"周楚凡你他妈敢动一下试试！"和尚对着梁成志怒目而视，吼道："操你妈的，你再叫？！"两队球员围拢，可我不能斗殴，我还落后一球。裁判对黄飞鸿出示红牌，判罚点球。我松开手。肖寒一直倒在地上，他像费了很大劲，左手撑地，支起身子，稳稳地站定。

我说："受伤了？"

"没有，不疼。"肖寒笑了。他的眼里，不是波光粼粼，而是波涛汹涌。肖寒，我都不用看你闪烁其词的眼睛，就知道你在骗我，既然没有受伤，何必说不疼。

我沉默片刻，笑了："好，你来点球。"

肖寒镇定自若地起跑，加速，射门，球进了。

全场哨声吹响，即将进入三十分钟的加时赛。绝处逢生，星屿中学的所有人都在蹦跳尖叫，坐在主席台的一排胖子——谷校长和一群副校长，像皮球似的弹上弹下此起彼伏。

我看向肖寒，他侧身倒在地上，浑身颤抖，左手捂着右手手腕。我跑过去，他说："我右手脱臼了。"

场边的医护人员抬来担架，肖寒不肯下场，我们所有人站在他身边。

我开口说："赢了之后，我把'光之创造神'给你。"

肖寒冷哼一声："怎么不给'黑暗大法师被封印的右手'？"

我们一齐笑了。

肖寒被抬到场边，付桐自觉地跑过来，我俩彼此看了一眼，无言。

加时赛，我本以为大华是强弩之末，不料他们像回光返照一样，简直顽强得不可思议，梁成志面容冷酷，刻满孤注一掷的决绝，大华职中除了守门员，全体前压，完全放手一搏。

加时第14分钟，像是一场传球的魔术，大华三前锋一阵行云流水的配合，晃掉所有后卫。面对旗杆，梁成志一个挑射，足球越过旗杆举起的双手继续前进。我目瞪口呆，仿佛在等待死神的宣判。但是，半路杀出个付桐，他像一支利箭，一抬脚将本是必进的球踹出了底线。我笑了，可我已经没有力气跑过去，只能拼命鼓掌。

时间晃晃悠悠，两队体能殆尽，都无建树。我有些不安，肖寒不在，点球我们会吃亏。我看向马雨洛，她本来蹙眉不语，发觉我的目光后，朝我绽开一个笑容。

加时第29分钟，前场带球、估计正想对星屿中学给出致命一击的梁成志，做噩梦也想不到，身为前锋的他背后会冒出敌方的前锋，我上前，出脚，干净利落地断了他的球。

"梁成志，"我说，"我建议你，省点力气。"

我毅然转身，迈开大步，从己方后场奔向对方球门。

眼角的余光里，马雨洛站了起来。

恍惚中，仿佛回到了那天傍晚，一切都消失了，空旷的天地间，只剩我和马雨洛两个人，我在千里走单骑，她静静地看着我。连空气都变得澄清，只留她美若秋水的目光。

后来据肖寒说，其实当时全场观众全体起立，星屿的所有师生都在大喊我的名字，声音震耳欲聋。除了黄毛，大华职中所有人向我跑来，梁成志追得格外拼命。

后面的人是追不上我了，我是光芒万丈的太阳啊，梁成志只是追日的夸父而已。因为大华职中倾巢出动，还被罚下一人，所以只剩三名后卫迎面向我冲来。就像每天练习得那么流畅，我左突右晃，连过两人，又一个转身，把最后一人甩在身后。我继续奔跑，我看见黄毛惊恐的脸色，我听见观众呼啸的呐喊，我从容地调好角度，大力射门，球进了。

半场轰动，半场冰冻。校长老师同学都跑下看台奔向我，不过还是队友们最快，冲过来把我抛上天，又把我按在地上一顿乱搞，我挣扎着，衣衫不整地爬出人堆，发现看台上的马雨洛满面桃红，也不知是害羞还是激动，她看了我一眼，起身走了。

林曦跳过来要抱我，我坚决不从。她赌气似的说："我生气了。"我哈哈一笑："快拉倒吧，你已经忍不住要笑了。"话音刚落她就噗嗤笑了。

我跟猴哥说："我去领奖，先走一步。"

猴哥奇怪道："马上就要颁奖了，你领什么奖？"

我跑到更衣室，脱下满是汗水的球衣。对着镜子，我又见到了他。他已经长到了一米八，修长笔挺，五官锋利。他赤脚站在地上，肌肉浮凸，胸膛起伏，似乎刚刚经历了一场血战。他却咧着嘴，不以为意地笑着。我也冲他笑了笑，用湿毛巾把全身擦拭干净，换上另一套准备好的新球衣，跑向小树林。

黄昏的小树林静悄悄的，只有我踩在草地上的沙沙声。我没有看见马雨洛的身影。她该不会反悔了吧。我看啊看啊，林子深处，一座小土丘上的一棵树旁露出一只白色的帆布鞋。她没有骗我，她躲在树后面呢，我高兴地喊道："马雨洛，你露出了马脚，我找到你了！"

她从树后转身，我凝固了。

我从没见过这么美的马雨洛。夕阳的橘光从远天追寻而至，给她的全身笼上一层红润的光影。清风吹过枝桠，若有似无地拨弄着她的长发。她立于泛黄的小丘，像一团温柔燃烧的火焰，我又融化了。

我忘了自己是怎么过去的，我站在马雨洛面前，她的眼眶泛红，像刚刚哭过。

我的说话声还没有心跳声大："我们赢了。"

她的耳朵也红了，抬起头，注视着我，像在默记。她闭上了眼睛。

我凝视着她撩人的睫毛，诱人的脸蛋，期待的嘴唇。周楚凡你个王八蛋形容词怎么能用撩人诱人期待？我在心里气急败坏。

我缓缓地低头，近得可以数清她的睫毛，我俩的鼻尖交汇了，有温热的气息掠过嘴唇，我的脸庞霎时升温，血要沸腾，心脏像太阳般滚烫。马雨洛的樱唇微启，我闭上眼睛，想起她微笑时露出的贝齿，想起山顶上是她赐我一死，想起她和我相遇的第一次。我们缓缓靠近，只差一隙一厘，可我停住了，那个瞬间我觉得，我还是挺喜欢马雨洛的，不能这么自私无耻，女生的初吻怎么能被当作赌注呢？这不是混蛋嘛，而且我夺了她的初吻，她未来的男朋友肯定不高兴。是的，树皮我都敢啃，但对马雨洛不能下口，不能轻举妄动。我只是轻轻地搂住她，这是第一次拥抱，马雨洛的身子软了，却有着不可思议的引力，我的全副身心都在朝着她又笑又叫又跳又靠，就像要把她吞掉，又像要送给她吃掉。我脸红了，赶紧转身落荒而逃。

回去的路上我落了泪，我还没有告诉马雨洛，小树林里哪一棵树最像她呢，是在东南角，坐标（13，-14），树皮上还有我用嘴巴吻出的红色记号。我想到将来马雨洛也会喜欢上一个人，会温柔地亲吻，而且按她所说得吻个一百次，我觉得非常好，不过马雨洛肯定喜欢那种规规矩矩的作文高分的小白脸，又不是五毒俱全无法无天的老子，我干嘛哭呢。

颁奖礼上，郝老师见我哭唧唧的，问我怎么回事，谷校长举起话筒，站到台前，大声说："周楚凡同学，那是开天辟地！那是喜极而泣！"我真想把他扔到台下去。

颁奖完毕球队合影，我助跑跳跃，双手抓住球门横杆引体向上，再一个翻身坐下，晃荡着两条腿。不料大家纷纷效仿，一个个爬上来，我说下去下去，杆子扛不住，根本没人听队长的话，一群人屁股挨屁股全部坐到球门上。只听嘎吱一声，我的身子向下一沉，横杆断了。我们人仰马翻，一齐自由落体。这一幕恰好被拍了下来。

我们全队去饭店庆祝，开怀畅饮，大醉酩酊。肖寒告诉大家他就要离开了，旗杆醉醺醺地说这不是旅游吗，多好，他一直想出去。猴哥满面涨红，只顾坐在沙发上傻笑。

我也醉了，按月球轨道螺旋圆滚线法走到猴哥身边，一屁股坐下，勾住他的肩膀，嘴巴凑向他的耳朵，猴哥也自觉地附耳过来。我大声吼道："你他妈什么时候表白！"

猴哥捂着耳朵说："暑假好像还不行，遇不到人。"

我气不打一处来，抬手就是一巴掌，但我喝醉了，手速不够，猴哥驾轻就熟地一缩脖子，我的巴掌落空。我被胳膊的惯性带得向前栽倒在地，趴在地板上，我听见酒肉花和尚哈哈大笑："队长，你像条咸鱼！"我翻了个身，继续躺在地上。

回到家，我说我赢了。爸爸说："你认真起来，想做什么都可以。"我跟黑蛋和小黑说我赢了，他俩说："汪。"表明我是NO.1。

冠军奖杯被我珍而重之地放在书桌上，紧挨着那枚中国数学奥林匹克银牌。

马雨洛也通过了数学预赛，暑假会一起去参加夏令营。竞赛课上，我依然待在最后一排，而马雨洛坐在前面。很长一段时间，她都没有和我说话。我也没有，研究数学时我沉默寡言，只有贺空来问题目，才会讲解几句。

不止是不动嘴，甚至都不用右手，一切可以用左手代替的事，我都不再用右手，我左手刷牙，左手拿圆规，左手擦黑板，走路时我的右手永远插在裤袋里。我坚持认为我的右手只应该用来做数学题，而且必须藏好，不能被别人看见。爸爸妈妈无奈，只好眼睁睁地看着我用左手艰难地操纵筷子。

头发长了，我认为我的脑袋只应该用来思考难题，而不该用来长头发。我推开理发店门，物理奇才在给一名顾客染发，我静静地站到他身后，他在镜子里看见我，扭过头，惊喜道："队长，你来了？"

我说："老样子剪短了吧，你先做完，我等你。"

奇才说他还要挺久，朝一个女孩招招手，说："小妍，你来给冠军理发。"

他对我挤挤眼睛，说："刚来的，超漂亮吧？她来了之后我们店里生意都好了不少。"

我朝那个女孩歉意地一笑，对奇才说不用麻烦了，我等你就好。

我坐在休息区，轻柔的音乐令人沉湎，我闭上眼睛，陷入回忆，回忆我的球队，回忆马雨洛的嘴唇。

奇才一边给我理发，一边絮絮叨叨地讲比赛经过，我默默听他复述。

等他讲完，我问："你带个大剪刀过去干嘛？"

"怕你看不见我。"

镜子里他的手翩翩起舞，我的头发纷纷落落。我说："你还会染发？"

"当然，我现在是首席呢。"

我笑了："很好哇。"

我心如古井，只打算为肖寒饯行。然而和尚捅出了天大的篓子，他把柳芸的肚子搞大了，这他妈还真是捅出来的篓子。和尚被开除了，柳芸记了大过。我是真的气，我去爸爸房间，掏出烟，点上一支。我不为和尚难过，是为了柳芸，这个笑起来像春天的姑娘。和尚这秃头，欠揍。烟雾缭绕中，我无比地想打他一顿。

我和肖寒在牛仔织女见面，坐在最里的角落。

织女们送上餐来，我看见肖寒也在使用左手，既想笑又难过。

他吐出两个字："和尚。"

我说："知道。"

肖寒不说话了，我俩默默地用餐，我把牛奶倒进牛排。

过了半天，肖寒才说："哥，我明天就走，跟我爸去做生意。"

"嗯。"

我俩又不说话了。

我不想说话，又觉得肖寒希望我说两句，我忽然想起什么，可太直白又不好，于是我含蓄地说："啦啦啦啦啦啦啦啦啦。"

肖寒呆若木鸡，半晌他笑得直呛，眼泪都下来了。

他止住笑，说："我一定记住，拒绝黄赌毒。"

"差点忘了，这个给你，"我一边说，一边把"光之创造神"掏出来拍在桌子上，"奶奶的我在玩具堆里刨了一下午。"

肖寒举起卡牌，看了半天，放进口袋，说："哥，我提前祝你拿到金牌。"

我笑了："那我祝你早日发财，谈场恋爱。"

肖寒说："哥，你有喜欢的人吗？"

我一怔，说："没有。"

不够准确，我补充道："我挺喜欢马雨洛的，不过每个人都喜欢她，所以不算数。"

肖寒说："我只喜欢她，虽然每个人都不喜欢她，虽然她死了。"

我明白了："那我只祝你早点发财。"

我俩相视一笑。

我们走出牛仔织女，挥手作别，他渐渐走远，一如三年前，消失在十字路口。

只是这一次他不会回来了，不会再有人陪我奔跑，我的路只有我自己一个人走。

第十二章

从

前往扬州的这天清晨，日光熹微，我早早骑车到校坐上大巴，靠着窗户，向外凝望。

自行车，她来了，天蓝色。

我看向右边的座位，坐垫有些褶皱，我抚摸平整，胳膊上吹来一阵冷风，我抬起头，伸手把空调的出气孔拨到我这边。想了想，又把邻座的靠背调斜了一点。马雨洛可能还要睡觉呢。不过这样一来，我座位的靠背凸在前面，所以如果她睡着的话，不会靠在我肩膀上，而是倚在我座位靠背的侧面。所以我偷偷把我的座位靠背也放平一点，和她的对齐。

马雨洛走上车，当她落座，旋起一阵香气，我感觉悬着的心放下了，但我不知道为什么我的心会悬着，说放下又不够准确，好像还被一根线轻轻拉扯着。马雨洛没有说话，她快要睡觉了吧，我不露痕迹地把屁股往前挪，身子陷在座位里，肩膀低下去。可是马雨洛一直不睡，双眼迷离却清醒。

我问："马雨洛，你不困吗？"

她说："我不困，你快睡吧。"

我睡着了。我做了一个梦，悬崖上，我沿着边缘狂奔，不知是在寻找，还是在逃，可悬崖连绵万里，崖下云雾缭绕，我插翅难逃。我站定，稍加思索，从悬崖边一跃而下。

失重感袭来，我要解脱了。很奇怪，一朵白云接住了我，云上绿草如茵，万紫千红，我躺在草地上，一如那天在落星山顶。只是柔和的花香取代了草木的芬芳。我摘下一朵花儿，于唇边细嗅，娇嫩的花瓣摩挲着我的唇，我闻到醉人的幽香。花躺在云海，我躺在花海，沉沉睡去。

涵江中学还是一副饱经风霜的样子，我下了车，环视灰白的宿舍、红绿的操场、其貌不扬的教学楼，久别重逢的感觉涌上心头。可我却远离了它，老师在校外给我定了单人间，要我专心学习。其实，我还挺怀念奶茶哥哥和那个理直气壮的胖子。

马雨洛问我："周楚凡，宿舍里有空调吗？"

我说："有。遥控器要和宿管员借。最好上楼之前就先借到，不然又得下来一趟。"

"食堂在哪儿？"

"在教学楼后面。不好吃。"

马雨洛莫名笑了。我说："你笑什么，确实不好吃，不过有的不好吃，有的特别不好吃。中午我带你去吃不好吃的吧。"

她说："好啊。"

我说："你手机号码多少？说一遍我记一下。"

"我没有带。要我借别人的吗？"

我笑了："不用，我也不喜欢用手机，那我十一点半到女生宿舍楼下等你。"

陈老师和我一起走出校门，依然是去年的那个保安，他说："你又来了啊！"

"是啊！"我喊。

老师疑惑道："保安怎么认识你？"

因为去年我冒充班主任天天溜出去玩，我说："去年他是我们班主任。"

"这夏令营不行，"陈老师皱起眉头，"怎么喊个保安管学生。"

我沉声附和。

我俩走至宾馆，预定的房间是301，我看着房门上的数字，愣了一瞬。

陈老师插卡开门，问："还行吗？"

我一眼看见贴墙有张挺大的桌子，笑了："很好呵。"

我打量整个室内，普通的单人间。白色的床在角落，和空调连成体对角线。毛绒绒的地毯上一对桌椅互相对视，光溜溜的墙上挂了一个电视和壁灯。

陈老师嘱咐我认真看书做题，我点头答应，送他离开。我回到房间，躺在床上，直到太阳当头，打开电视，看见一对情侣在亲嘴，亲得忘记了时间。我调至CCTV1，看见右上角的时间，心想：还是中央台有用。

我关上301的房门，走出宾馆，向涵江中学走去。

我走到宿舍楼下，马雨洛恰好走出楼道，她问："你是单独住在外面吗？"

我说："就是睡在外面，上课吃饭还在这儿。"

数学好的女孩很少，漂亮又数学好的女孩就跟大熊猫一样是稀世珍宝。一路上几乎全是男生，都对马雨洛指指点点，我听到他们压低声音说：

"哎哎哎，看那边！"

"什么鬼，她还要学数学？"

一个瘦子委屈道："她想学的话，跟我学多好。"

"那可不，大神你去年就是省一了。她旁边那个，看起来就是头脑简单，四肢发达的铁混了。"

瘦子仰天长叹："唉，如今的妹子，看不见我们数学高手美丽的心灵，总被外表所迷惑。"

我本来心里不快，听到这两句差点笑死。

可是马雨洛不开心，她变了路线，向那几个男生走去。

我拉住她，右手勾起她的左手，凉而烫，我心里一痒，赶紧松开。我说："你去做什么？"

她红着脸说："他们说你数学不好。"

我严肃道："那太好了，他们没有资格知道我数学有多好。"

马雨洛笑了起来："也对哦，我知道就好了。"

幸亏我有经验，来得早。食堂还没多少人，我跟马雨洛说："你以后来这儿，不要等下课，要提前来。"

"为什么？"

我边走边说："每天一放学，所有男生，穿着拖鞋，跑出百米冠军的速度。你可以想象。"

"所以，来晚了就只剩特难吃的了？"

"嗯，你又跑不过他们，当然要早点来。"

马雨洛这个好学生还在担心："早退可以吗？老师不管吗？"

"你要是不放心，我和你一起跑吧。"

她在笑："那好，你带我一起逃课。"

我说："不叫逃课，逃课不好，我们是提前战略转移，进行战斗补给。"

马雨洛笑得无拘无束，在走路中原地转了一个圈，马尾辫跳跃着，追随她的俏脸。

她可真美好啊。我想。

下一个瞬间，我想道：如果在月球轨道螺旋圆滚法中加入自转，那水滴轨迹的解析是什么形式？

我俩在各窗口前走马观花，我分析利弊，我说这个牛肉主要是浇了酱油的土豆，那个鸡肉主要是酱油比较少的土豆，眼前这个鱼肉主要是炖得比较烂的土豆。

马雨洛疑惑了："那吃什么？"

我打了一大份红烧土豆，她说："我是不是要去打酱油？"

我大笑。

马雨洛也要了一份土豆。

我继续分析，我说："这个炒青菜蛮不错的，还没有出现过菜虫子，就是缺盐少油像水煮青菜，所以味道很纯正很淡，你也要吗？"

她点头，我打了两份。

还剩汤，也就是盐水没有选，我说："你看那个冬瓜排骨汤，去年有个人撞到我身上，泼了我一身，被太阳晒干了连冬瓜味都没有。只有萝卜汤蛮不错的。"我帮她也舀了一碗。

最后打饭，我非常小心，不敢挑大块的，生怕又来块板砖，专选软散的。

马雨洛一直注视着我，眼神干净又复杂。我想如果谁娶了她，就算不能天天山珍海味，也一定要把菜做得清清爽爽。不过我连煮饭都不会。

马雨洛拿来筷子，我俩坐在彼此对面。

她问："你怎么用左手拿筷子？"

"右手得省着点用，怕做题不够。"

马雨洛笑得抖抖的，也颤巍巍试着用左手。

我右手吃饭很快，都用左手就和马雨洛一样笨拙，我俩边吃边看着对方傻乎乎的样子笑。

马雨洛扶着碗低头喝萝卜汤，嘴唇光泽盈润，我入迷地看了片刻，说："你好像一只小兔子。"马雨洛手一抖，碗翻了，还好没泼到身上，只是手上水淋淋的。

我起身说："都怪我，我陪你去洗手。"我把两个餐盘一起拿去回收站，走到墙边的水池，帮马雨洛拧开水龙头，发现没水了。我把所有水龙头都试了一遍，不幸全是龙头。

马雨洛悬着手说："我们回去吧。"

我想了想说："你擦我衣服上吧。反正今天我要把衣服洗了。"

她不愿意，我说："没事，我洗衣服很在行的，再说这个萝卜汤又不难洗。"

至少比旗杆的球裤好洗多了。

马雨洛这才答应，她的手在我衣服下摆蹭了蹭，手指隔着衣服点到了我的小肚子，我的小腹瞬间收紧，我又羞又痒，但得忍住。

她擦完手，不言不语。我陪她走回宿舍楼。

回到宾馆301，我脱了短袖扔在卫生间，倒出书包里的东西，没找到手机，我盯着一床的书困惑不已。算了先看书吧，看着看着，终于有一道难题逼迫我必须动笔，我打开笔袋，看见手机正在里面睡大觉。我才想起昨天晚上，为了防止小手机在书包里迷路，我特地把它藏进睡袋。我一巴掌打醒这小子，拨通妈妈的电话。

妈妈说："喂，儿子，到啦？吃过了没？"

我说："我在宾馆，吃过了。你之前不是说要教我洗衣服吗，快快请讲。"

妈妈说："你还高兴洗衣服？衣服怎么脏的？"

我说："吃饭的时候汤洒身上了。"

第一天上课，我依然坐在最后一排，但这次有备而来，带了望远镜。我举起望远镜，感觉天下大势尽在眼中，不得不说，马雨洛的座位是兵家必争之地。她在第一排中间，周围的密度远大于别处。明明一排只能放六个凳子，马雨洛身后一排足足挤了八个男生。

课间，老师过来问我搞什么呢，我说我带望远镜才看得清黑板。老师笑了，说："你是周楚凡吧？"我说："你怎么知道？"老师说："我去年有个学生在省队旁听，说起你可是赞不绝口。"我连称谬赞谬赞，错爱错爱。

战略转移时，马雨洛说男生有股怪怪的汗味，我说我踢完球不也有，她说不一样，我的不难闻。我说她鼻子有问题吧，我妈总嫌弃我，喜欢逼我洗澡。马雨洛说萝卜青菜各有所爱嘛，有人喜欢有人不喜欢。我说："那你坐最右边吧，这样周围的人少一点。"

第二天，马雨洛听取了我的建议，万万没有料到，那个自比纳什的瘦子竟然搬凳子坐到了马雨洛右手边，还把讲义放在她桌上。一整节课，我拿着望远镜看瘦子，可惜瘦子没有看我，他在看马雨洛。更大的咄咄怪事在后头，居然还有人搬凳子坐在马雨洛前面。这些人蠢蠢欲动，狡猾异常，眼观六路，耳听八方，马雨洛四面楚歌，被十面埋伏，所以我睁大两只眼睛，提起十二分小心，如果有人无事生非，那就是要死。

傍晚战斗补给，马雨洛狠狠咬着土豆，说："那个男生喋喋不休，一直在那讲什么'同学你知道吗，这道题老师做繁了，可以用路易斯定理结合高斯引理秒杀。'"

路易斯不是美国化学家吗，我说："你记错啦，应该是卢卡斯定理吧。"

马雨洛蹙眉想了想："好像是卢卡斯，反正他得瑟个不停，说不管什么难题，只要用这两个定理都可以秒杀。"

"那你怎么不请他秒杀哥德巴赫猜想？"

"我没睬他，"马雨洛嘴角上扬，"最后他问我叫什么，我才说'你用两个定理秒杀呀。'"

我呛得咳嗽了，她洋洋自得的样子太可爱了。我说："你连最右边都不能坐了，你得坐到讲台上。"

"你就不能坐我旁边吗？"

"我有望远镜，当然坐后面。"

"你别用望远镜了，傻瓜，像七星堆出土的凸眼青铜像。"马雨洛哈哈大笑。

我回忆历史课本上的插图，还真是那么回事："那我坐你左边好了，我早点起，帮你占位置。"

"我帮你带早饭吧，省点时间。"

我笑了，心想：我天天早上喝粥你怎么带？

她说："知道你喜欢喝粥，我有个便当盒，可以盛好了带过去。"

我心里一动，说："不用啦，我帮你带还差不多。"

我倏然发现，不知不觉间，我已经为马雨洛带了两年的早餐，像是一种习惯。

我和她都沉默了。

我坐到马雨洛的左手边，瘦子还赖在马雨洛右边，讲义放在她的桌面，导致马雨洛的讲义放在我桌上，幸亏我的水平不需要讲义。瘦子哔哩吧啦不停，强调他去年就是省一等奖，今年就是奔着省队来的。我问："你去年多少名？"

瘦子眉头一挑，嘿嘿一笑，好似我中了他的圈套，居然在包里一抽，隔着马雨洛伸手递过来一张奖状，他抽的速度很快，递过来的速度很慢，好像不是给我看，而是给途中的马雨洛看。奖状上面编号039，姓名龚世铎。"好名字好名字。"我连声称赞，心想怪不得你公式这么多。龚世铎拖长了声音："拜托你关注重点，全省第三十九名。"

"厉害厉害，无敌无敌，"我信口吹捧道，心里想起自己编号007的奖状和CMO银牌，我说："你今年打算冲省队？"

"那当然。"龚世铎摇头晃脑地说。

马雨洛像要出声，我轻轻一拉她的衣袖，她嗔看了我一眼。

课堂上，龚世铎充分显示了他并非浪得虚名，当老师用面积法证明 $\sin x < x < \tan x$ 时，龚世铎大声不屑道："不需要用面积法，直接泰勒展开就能做。"

我便一手支着脑袋，以一种生物学家的眼光，旁观龚世铎求偶炫耀。

课间，贺空来问我一道题，我粗粗一瞄，心中有数，指着龚世铎说："这位同学，去年就已经是全省第39了，你问他吧。"

龚世铎喜上眉梢："没问题，什么题？"

贺空更加困惑了，但还是和龚世铎讨论起来。

马雨洛看在眼里，小声问我："那道题很难吗？"

教室里纷扰吵闹，我贴着她的耳朵，耳语道："不靠公式，靠思维的。"

马雨洛笑得耳朵都红了。前面的几位仁兄，听见她悦耳的笑，纷纷回眸一笑百媚生，吓得我差点泰勒展开。其中一位卷发男又询问马雨洛的芳名，她心情不错，笑眯眯地说："我叫马雨洛。"

龚世铎好像没有听见，正苦苦思索而不可得。我说："你把棋盘按土字形划块分析。"

龚世铎一惊，低头思考了一阵，猛地一拍大腿，抬头问我叫什么。

"周楚凡。"

"我知道我知道！你第七，"龚世铎深吸一口气，"去年我把高二的省一全记住了，高二的省队就两个。"自此，他把凳子搬到了我前面，还总在上课时莫名其妙地扭头对我微笑，我毛骨悚然，心想：你还是对马雨洛笑好了。

晚上我回到宾馆301，继续看书做题，壁灯确实暗了些，七点之后我只能躺床上，可惜天花板空空如也，没有蜘蛛网，不然我就能像笛卡尔一样研究研究坐标系。我不愿赖在宾馆，计划之后去涵江中学上晚自习，顺便看看空调老友。

第二天傍晚，在食堂，我喝着萝卜汤，马雨洛问我："晚自习你来学校吗？"

我想起我的独栋别墅，咧嘴笑了，一线汤水从唇边滑落，我赶紧抿嘴，喝完汤，放下碗，舔舔嘴角，说："当然来，我还要带你去个好地方呢。"

马雨洛说："是不是没有人的大教室？"

"你怎么变聪明了？"

"我被你带坏了，记得你的笔记不？"

我笑了："那你得承认我比你聪明。因为你是看了我的笔记。"

"我才不承认，"马雨洛不服，嘟着小嘴，"你是大笨蛋，我是从你的笔记吸取教训，又不是学习。"

我直视着她似水的眼睛，马雨洛瞪大眼睛和我对视，我笑着看她，直到她眸子里水波潋滟。马雨洛低眉道："好吧我承认，我是取其精华去其糟粕。"

我忍住了没有笑得太大声，说："马雨洛，你这么谦虚，我得给你个好东西。"

我从书包里掏出两个笔记本，说："这是我去年的竞赛笔记，你看了肯定会很有收获。"

我坐端正，恭恭敬敬地把两本笔记送到她手上。

马雨洛问："你真舍得吗？"

"我用不到了，对你很有用的，"我说，"马雨洛，我认为你数学很好，我希望你能做星屿中学历史上第一个获得省一等奖的女生。"

马雨洛把两本笔记抱在胸前，抬起头，眸子里水光粼粼，说："我一定会努力的。"

我见她抿着嘴唇，神态认真又似虔诚，心弦又奇怪地被轻轻拨弄。

战斗补给之后，我和马雨洛一起来到教学楼顶层。走到最里，我推开门，打开日光灯，没有人，除了角落里的空调君。我和马雨洛并排坐到他前面，我拍拍空调君的肩膀，按了按他的肚脐，拿出竞赛书自习。我让马雨洛有问题就问我，可是从头到尾她都没有问我一道题。整个教室里，只有我俩沙沙的写字声，和空调君的唉声叹气。下课铃响起，我收拾书包起身准备离开。马雨洛忽然问："你知道学校外面哪里有超市吗？"

我想了想："知道，你要买东西吗？"

"嗯。后天下午放假，你能带我去吗？"

"学校里不是有小卖部吗，干嘛出去？"

"学校里没有的卖。我帮宿舍里的女生买的。"

"别学她们好吃，"我想小姑娘就知道买吃的，"小卖部里不是有不少吃的吗？"

马雨洛说："不是吃的。"

"喝的也不行，什么奶茶咖啡汽水少喝，豆浆牛奶果汁最好。"

马雨洛抬起头看了我一眼，她满面红晕，脑袋一扭，对着黑板，挺起胸脯，声音亮了起来，像在对空气说话："笨蛋，是用的。"

我一眨不眨地盯着马雨洛的胸，不敢相信都长这么大了。最初的高一，马雨洛侧面有一座赵州桥，后来变成了枫桥，现在当她抬头挺胸，竟然成了玉带桥，布料绷紧，几道褶皱又像斜拉索，勾人魂魄。我有些慌乱，随即有些恍然，眼睛猛地睁大，差点一屁股跌回凳子上，我叫道："你要买胸罩？！"

马雨洛面红耳赤，又趴在桌面笑得上气不接下气。

我想了想不对，大脑重新接通，说："我知道了，后天我带你去。"

我背着书包赶紧跑。外面天色已黑，灰压压的学生正像乌云般从教学楼涌出。

"周楚凡，你在哪里上的晚自习啊？"

我正浮想联翩，顺口说："卫生巾…安…间。"还好巾可以变成间，我强行一波拼音分解，但是两个答案似乎蠢得半斤八两。我定睛一看，是贺空。

贺空哈哈笑了，说："你逗我呢，我有题目问你，没找到人。"

我讪讪地说："其实在顶层最里面的房间。你把题目给我吧，我回去想一想。"

他把书递给我说："题目折在里面了。"

回到宾馆301，我就着壁灯和月光，吃力地看贺空的题。这道平面几何的答案并不显然，我在草稿纸上写了写，没什么头绪，放下纸笔，在一片朦胧的灯光中思考，忽然想起解析法，一般来说解析法是行不通的，但是这道题没有曲线，只是直线与三角关系，也许可行。我思定，写了些算式，笑了。

我把草稿纸揉成一团，轻轻一掷，月光泛起涟漪，纸团悄无声息地潜入门后的垃圾桶。

我站在窗前，仰望月亮，圆圆的，白白的，我情难自禁地想起马雨洛的曲线。我不能理解，我明明知道女人的乳房是什么模样，跟月亮差不多，为什么马雨洛仅仅用一弯绵延的起伏，一处含蓄的隆起，就让我意乱情迷。

我关上301的房门，出去跑步。

第二个晚上，还是这间教室，还是我和她，我依然一门心思做数学。我被一道题卡住，笔在指间旋转，脑子也转个不停。我侧过头，马雨洛也在看我。她不回避，就直直地看着我。我和马雨洛一直对视，她的脸庞太过美丽，以至于我忘记了要证的命题。

"嗒"一声，灯关了，教室里一片漆黑。马雨洛轻呼一声，整个人依在我身上，她的发丝掠过我的鼻尖，有点痒，还有一阵淡淡的薰衣草香。她的身体柔软，只有一处不同，很饱满，触碰到了我的胳膊，心又乱了，一个念头，一闪而过，却破土而出，它在疯长，我努力克制，想到君子不欺暗室，把胳膊并紧自己的身子，脸庞滚烫。马雨洛拥着我，她的手就贴在我的腹部，偏偏手指还若有若无地画着，我多怕痒啊，小腹收缩，忍住不颤抖。恍惚间，却有种温馨的感觉，就像去年坐在大教室里，星屿中学的队友将我包围，可是如今只有马雨洛一个人啊。

"嗒"一声灯又开了，贺空贼兮兮地在门口笑着。马雨洛挺直身子坐好，红着脸低头看书。

我说："贺空，你关灯干嘛？"

贺空说："我遇到一个开关灯的问题，正好实验操作。"

"我还没见过只有一盏灯的开关问题。"我没好气地说。

这天下午，我躺在宾馆的床上，打开电视，正好4:29，不枉我开关了几十次电视，总算把时间控制得恰到好处。我关上电视，按照约定，出发，走出301，走出宾馆，走进涵江中学，走到女生宿舍楼下。她在等我，直挎着一个单肩包，套件淡色衬衫，衣摆描有黑色的繁花。浅蓝印纹的短裙与奶白的休闲鞋之间，是一双匀称水润的腿。像是简谐运动，我本来快步走，越接近马雨洛，越走得细水长流。她见到我，露出笑意，憨态可掬地挥了挥手，向我而来，我本该原地等她，相遇，再转身一起走出校门。可是因为惯性，我还是向她迈近了些，我们更早相逢。

我说："到了门口，记得和保安说你是班主任。不然不让走。"

"他知道我是学生，"马雨洛笑了，"我前天想出去来着，他不让我出去。"

我想了想说："这下子不能走正门了，有点麻烦，你会翻墙吗？"

"不会，"马雨洛补充道，"一米以下的应该可以。"

我说："那是翻墙吗，那是跨栏。还是先去校门口试试吧。"

结果保安一看到我和马雨洛，瞪着眼睛大吼："小老师你他妈的把女学生带出去想干啥？"

我琢磨了半天，竟然无言以对，只好扯出微笑默默转身。

马雨洛在我身旁乐不可支："你自欺欺人了吧，还老师呢。"

我说："你个笨蛋，要是你之前和保安装老师……你之前是一个人？什么时候？"

马雨洛说："大概晚上七点。"

我沉着脸："幸亏保安拦住你，晚上出去很危险的。"

马雨洛说："我很危险吗？"

我点点头，又摇摇头。

马雨洛不依不饶地追问，我说："你成绩太好了，而且知道我的秘密笔记，所以可能会被外国间谍抓去拷问。"

"我不信。"

"这是事实。"

她认真了："那你看着我的眼睛。"

切，谁怕谁。我停住，转过身子，马雨洛也不走了，我俩面对面。

我虚张声势地盯着她，马雨洛却从容地看着我。

我心虚了，移开视线，说："我怕你遇到坏人被欺负。"

马雨洛说："你这么诚实，我该给你什么好东西呢？"

我笑了："想模仿我，你两手空空，送我空气啊？"

她笑而不语，我回想起，马雨洛的一百个吻可是好东西，不过她可是要送给她喜欢的人呐。

"这墙也太高了，怎么翻得过去？"马雨洛伸出胳膊，左右比划。

眼前的砖墙比我高了一头，我说："可以的。"

"你背我可以过去？"

"背你的话当然不行，"我说，"你得踩着我的肩膀，爬到墙上，等我过去，再接你下来。"

"你肩膀不怕疼吗？"

我不屑："你穿的又不是高跟鞋，压强不大。"

我蹲下身子，背对着马雨洛说，"你上来吧。小心点，你可是站在巨人的肩膀上。"

墙角杂草丛生，棕黄的土壤中，隐隐约约有虫子路过。右肩上传来一阵压力，我等了半天，马雨洛才放上左脚，站到我的肩头。我忽然想起猴哥，初中老师骂他烂泥巴扶不上墙，猴哥很沮丧，所以那天晚上老子把猴哥约到围墙边，硬是把他扶了上去，证明老师纯属胡说八道，猴哥不是烂泥巴。

马雨洛一点也不重，我稍稍起身，侧过脑袋，视线投向我的肩膀，看见她漂亮的鞋子，漂亮的鞋带，漂亮的小腿，漂亮的鞋带，漂亮的鞋子。我本来想握住马雨洛的脚踝，但只是按住了她的鞋面。我低头，眼睁睁地看着一只蜘蛛翻山越岭，爬上我的鞋，我又不能动，催促道："马雨洛，你快点。"我好不容易站直，她还没爬上去。我寻思真是下有一蜘蛛，上有一只猪。我倒，蜘蛛大哥，别爬进我裤脚里啊！我马上为你歌功颂德，什么"Spider Man"，"运筹帷幄兵不血刃"，"蜘蛛到死丝方尽，蜡炬成灰泪始干"，蜘蛛真爬进我裤脚了，正沿着我的腿向上。

我不敢动，仰起头喊道："马雨洛，你能不能…"

我凝固了，须臾，我红着脸低头，又羞又笑，我看见了，粉色的，还印着个小熊呢。

蜘蛛爬下我的腿，隐入草丛，它也害羞了。

马雨洛总算登顶，悠哉地坐着，悬着小腿，要我上去。我攀上墙，坐她旁边，心虚地不敢看她，说："我先跳，你再跳，我接住你。"

"你要抱住我。"

我说："没问题，我估算过了，围墙高两米，你的下跳近似看成自由落体，体重算一百斤，就能算出动能大概……"

马雨洛说："我才没有一百，我九十七好不好。"

我说："四舍五入不是一百吗？"

"不准进位，要准确。"

我说："好好好，我先跳。"

我落到墙外的草地上，仰头看她，她说："我有点怕。"

"怕什么，有我呢。"

马雨洛蹙着眉头，慢慢起身，我也怕了，我说："马雨洛，你别学我站着跳啊。你知道质心提高一米动能增大多少吗。"

马雨洛看了我一眼，像是想到什么开心的事，展眉笑了，她自若地站在高墙上，仰着脸，衣裙翩翩，像一尊苏醒的女神像。她说："You jump, I jump。"我皱眉不解，这小学生一样的英语有啥可说的。

"你小心点。你闭眼睛干嘛？"我大喊，"你别闭着眼啊……"

马雨洛掉进我怀里，她的脑袋埋在我胸前，我俩抱得好紧，我呆呆的，惊了，我不明白，马雨洛的动能明明不大，跟决赛上恶意冲撞我的三名后卫不能比，为什么我的身体如临大敌，浑身的肌肉都很紧绷，心脏砰砰直跳？

马雨洛也不松手，我俩一动不动，娇躯满怀，软玉温香，我的那里竟然有了反应，如梦初醒，我实在不懂，我没有想和马雨洛做爱，身体怎么不受头脑控制，与我睿智的思想背道而驰？我的想法很正直，身体却越来越耿直……好像顶到了她的小肚子，我满面通红，赶紧放开马雨洛，说我们走吧。

她抬起头，脸蛋红红的，眼睛亮亮的，不知是害怕还是害羞。

街上车辆穿行，两旁店铺林立，行人不多，风却很浓。马雨洛像逃出笼子的小鸟，脚步轻快得好似要飞。我笑了，觉得自己两手插在裤兜像个老头，于是我对天上的太阳摇摇手，日光变得柔和。

我说："马雨洛，你别走那么快，你又不知道超市在哪里。"

"你知道就好了呀。"她回眸一笑。

马雨洛走错了，我没有说，我任由她一马当先，唯马首是瞻，虽然已经兵荒马乱。

走了片刻，马雨洛慢下来问："你带水壶了吗？我渴。"

我的包是空的，抬头四顾，只有一家奶茶店。

我给马雨洛来了一杯，店员问："只要一杯吗？"

我点头，说："给她买的，我不喝。"

店员笑了，说："真好，难怪天仙似的小姑娘也跟着你。"

我听得莫名其妙，见马雨洛捧着奶茶，微低着头，像很感动。

她说："我也给你买一杯吧。"

我说："真不用，我不喜欢喝奶茶，给你喝就好了。"

我也渴了，发现马路对面的树荫里藏着自动售货机。我说；"我去对面买两瓶水。"

我穿过斑马线，来到自动售货机前，掏出钱包，纸币变成了两瓶果汁和10枚硬币。我刚想回到奶茶店，却闻见马雨洛已在身后。我看向另一个卖食物的自动售货机，打算用掉硬币。我有了惊人的发现，喊道："马雨洛你看你看，这个巧克力棒居然只要1块钱。"

两个并排的货位B3和B4都在卖一模一样的巧克力棒，B4摆得满满，写着3块，B3堆在后面还剩几个，写着1块。马雨洛凑近玻璃，神色疑惑。我激动地说："机不可失时不再来，你看1块的都要卖光了。"我赶紧塞进一枚硬币，按下B3，满怀期待地盯着售货机，它真的动了！我顿悟："我明白了！这是狡猾的营销策略。"

下一个瞬间我瞠目结舌，这个售货机是弹簧式出货，物品放在大弹簧的槽里，弹簧每自转一圈，就旋出来一件商品。现在B3的弹簧向前转了一圈，于是远在大后方的巧克力棒们向前走了一步，停住。

"哈哈哈！"马雨洛笑得眼泪都要出来了，气喘吁吁地说，"你个傻子，还、还狡猾、狡猾的策略。"

我很尴尬，想了想说："应该是员工加货，发现B4不够放，就先放在隔壁了。"

马雨洛说："还好只亏了1块钱，我们走吧。"

其实我对这个1块钱耿耿于怀，但无奈，售货机又不可能吐给我。我抬脚刚想走，忽然脑海里电闪雷鸣，像对一道难题豁然开朗。我按捺住跳跃的心，凑近B3细看，仰天大笑。

马雨洛也笑："傻瓜，还笑。"

我飞快地说："你看距离最近的巧克力棒还差4转，后面一共有5个巧克力棒，我再投9枚硬币，可以拿到价值15元的巧克力棒，算上之前的1元钱，我赚了5块。"

马雨洛惊了，她凑到我身边，有淡淡的香味。她用力看了一会儿，张开小嘴，却说不出话，直直地看向我，眸子里光芒流转。

"谁让我数学好呢，本来亏1块，现在赚5块。"

我把九枚硬币相继投进去，取走了五根巧克力棒，马雨洛说："周楚凡，你好坏。"

我振振有辞地解释我是合理利用规则，我还目光长远，不计成本地投入启动资金，才能扭亏为盈。

路过电影院，马雨洛问："我们能不能先看个电影，再去超市？"

我下意识地问："有什么电影？"

"《我的同桌》。我还没看过呢。"

"我俩不就是同桌吗？"

马雨洛说："看看别人的同桌不挺好嘛，我也想歇会儿。"

我买了票，坐进电影院。室内很黑，可我知道马雨洛就在身边。

既来之，则安之。尽管我几乎不看电影，还是决定认真看完这部片子。

看到男主和反派打架，一顿花拳绣腿，我摩拳擦掌恨不能亲自上阵。我想和马雨洛吐槽，却看见她眸子里水蒙蒙的，在黑暗中折射出片片亮光，我想女孩子就是多愁善感，只好把困惑与恼火憋在心里。

放映结束，我眉头紧皱，一看马雨洛，她竟然红了眼眶。

我说："你哭什么玩意儿？"

"你不觉得很感人吗？"

"不觉得，"我说，"男主乏善可陈，太平凡了。"

她说："所以才显得真实可亲啊。"

我说："真实可亲，往往流于庸俗。好的作品会保持距离。"

马雨洛不置可否，说："好吧，那你对俩个主人公…那个…怎么看？"

我不说话，马雨洛认输，脸红到了脖子根，声音低得只有下巴能听见："我说，你对做、做爱……"

怎么马雨洛一说我就脸红呢，我说："我不懂，我又没做过爱。但是我觉得，爱的伟大应该存在更好的表达。"

她拉了拉我的衣摆："我觉得很好，女生把自己交给了喜欢的人，很美好呀。"

我说："你的思想很有问题。不准用'给'这个字，爱情不是给予与接受，爱情也不是交换，爱情是结合，是两个人变成一个人。"

马雨洛更加眼泪汪汪，我以为吓到她了，正懊悔不该把自己的观念强加给别人，却听见她说："你讲得真好。"

走出电影院，天已经半黑。

我问："要不要先去吃晚饭？我怕你饿了。"

马雨洛说："好，你知道哪里有不好吃的吗？"

我笑了，带着小马七拐八绕走过小巷，蹄声踏碎了月光。

"牛仔织女"映入眼帘，马雨洛有点惊讶，哎了一声，问："你喜欢这个名字吗？"

我说："喜欢。只是牛仔和织女永远不可能在一起。"

“可我觉得牛仔和织女更般配。”

“为什么？”

“你从英文翻译来看。”

我低头想了一瞬，悟道：“你说的没错，weaving girl确实更适合cowboy而不是cowherd。”

马雨洛的马尾摇了摇，表扬道：“你的英语还算不错。”

走进店里，我哈哈笑了。马雨洛笑得更大声，说：“你怎么各种无缘无故的笑？”我当然不会告诉她，我取得了历史性突破，居然跟一个女孩子来了这家破连锁店。

我说：“我是想到有好吃的比较激动。”

一名牛仔打扮的男服务员走上前，问：“两位吗？”

他盯着马雨洛打量了半天，从上到下，脸蛋、脖子、胸部、腰肢、裙摆、小腿、鞋子。马雨洛脸都红了，在那里手足无措。

“就是两个，看什么呢，”我没好气地说，“你难道怀疑她怀孕了还藏了一个？”

马雨洛剜了我一眼。牛仔尴尬地笑了：“先生不好意思，她太漂亮，我失态了。这边请。”

穿过几间雅座，不少情侣又在卿卿我我，还玩自拍，自拍我也就忍了，但是拍出来的东西跟本人风马牛不相及。

我俩寻到一处安静的角落，面对面坐下。

牛仔递过菜单，说：“请容我推荐，近期有新上市的鸡尾酒，请问二位需要都来一杯吗？”

他依然先看向马雨洛。我低头看菜单，过了一会儿，听见马雨洛说：“我不知道。”

牛仔说："这位小姐拿不定注意，先生还是您决定吧。"

"朋友你没听懂，她已经拿定注意了，"我甩出一句，"她说她要，那我也要呗。"

我抬起头，看向马雨洛，她两手托腮，巧笑嫣然地看着我。

牛仔不解："她说的不知道，没有说要啊？"

我说："因为你的命题是二位要不要都来一杯，如果她不要，命题就为假，她就会说不，现在她说不知道，是因为她想要，但不知道我要不要，所以她只能说不知道。"

牛仔迷糊了，甩了甩头，差点弄掉帽子："那请问要哪一种？有血腥玛丽，蓝色月亮，泪与沙……"

马雨洛奇怪道："我都没有喝过，请问血腥玛丽是什么？"

我很不高兴，我也没喝过，这起的什么不三不四杂七杂八的名字。我说："就要这个尝尝吧，但是玩文字游戏要注意顾客类型，我俩都是小学生，见不得血，麻烦把血腥两个字换了。"

牛仔迷之微笑，他摘下帽子致意，道："好的，那请问血腥玛丽换成什么名字好？"

我说："比如给她的，改成玛丽莲梦露。"

马雨洛掩面而笑，她可比梦露好看得多。

"OK，这位小姐，一杯玛丽莲梦露，"牛仔一笔一划地记下来，对我说，"那请问小学生，你的该叫什么？"

还没等我想好，马雨洛飞来一句："超级玛丽。"

我笑得一头栽倒在餐桌上，牛仔迅速撤退，他逃离前浑身颤抖，完全忘了我俩还没点主餐呢。牛仔知错，又跑了回来，我点了两份火焰牛排，没有像以往一样必点牛奶。我起身，准备先去买单。马雨洛也跟着站起来，说："一起去吧。"

"不用，我又不在乎钱。"我说。去年拿了银牌，学校奖给我一万。

回到座位，牛仔托着餐盘来了，他掀起不锈钢盖，倒入白兰地并点燃，又变出一支玫瑰，插进桌面中央的玻璃瓶，马雨洛的脸变得比火苗和玫瑰还红，娇艳欲滴。

她怎么越看越迷人呢，真要命，我也醉了，我好想和马雨洛一起喝一杯酒哦。我搜肠刮肚半天，总算找到一个和她碰杯的好借口，我举起高脚杯，义正辞严："马雨洛，为我们的友谊干杯。"

她笑了："我从普通同学，升级成普通朋友了？"

我大笑，我俩的杯口吻在一起，有清脆的声音，有绵绵的颤动，我的心似乎也在共鸣。

我很害怕，我是不是对马雨洛动心了？我想了想，幡然醒悟，这纯属文人在无病呻吟，心脏每时每刻都会动，什么动心不动心的，实在可笑。

筷子左手用起来麻烦，刀叉左右互换还是一样的简单，马雨洛低着头，十五厘米的手舞来舞去，像翩飞的小蝴蝶。酒足饭饱，不行，这个成语俗了，不合语境，是吃饱喝足之后，我和马雨洛离开牛仔织女，向超市进发。出门前，那名男服务员竟然众目睽睽之下，光天化……月黑风高之下，靠近马雨洛小声嘀咕了几句，马雨洛的脸变得酡红。

走出店门，我问："他说什么了？"

"他说你很傻很有趣。"

"我是大智若愚。"

道路上有街灯投射的光，我只顾低头走路，分析影子的匀速运动，忽然听见马雨洛说："周楚凡，你看那里有西瓜卖。"

我抬头看了一眼，前面十字路口，马路牙子上，一个老人坐在手推车旁，车里满是小西瓜。超市的霓虹灯，就在十字路口对面闪烁。

我说："你要吃吗？我不想背。"

我俩走近些，看得真切。几个人围在卖瓜老人面前询问价钱，老人没有说话，只是两根食指交叉，比出十的手势。他是个哑巴。

一个波浪头的胖女人说："一个十块，这么贵，能不能便宜点？"

老人站起身，呜呜呀呀举起一个西瓜拍拍，又竖起大拇指。

有人道："再好的瓜也不值这个钱。"

女人附和："也不知道真哑还是假哑。老头，这瓜五块我就买了。"

老人一屁股坐回去，直摇头。

人群一哄而散，只剩我和马雨洛站在远处。

马雨洛说："我要买西瓜。"

老人身影落寞，他推车里的瓜叠得别出心裁，整整齐齐，矩阵似的，所以我相信他对他的瓜很有感情。但数学告诉我，西瓜的这种摆法并非最优解，应该顺其自然，交错布置。换言之，在边长为10的正方形里放直径为1的圆，最多可以放106个而非100个。

我说："等我们回来再买好吗？"

马雨洛很忧愁："万一老爷爷马上就走了呢？"

"那也没办法，我不想背着两个西瓜走路。不过……"

"你不想背着西瓜，"马雨洛一边说，一边径直向老人走去，"我拿在手上行了吗？"

　　"笨蛋！"我喊住马雨洛，"你个笨蛋，我还没说完，我肯定会帮老爷爷，而且不是你那种买两个瓜的傻瓜方法。"

　　马雨洛转过身，我怔住了。她的眼角有泪光闪烁，点点滴滴，胜过皎洁的月亮。

　　她说："周楚凡，我相信你，我就是相信你。"

　　我张了张嘴，没出声，其实我想说："你含着泪，也好美。"

　　我心里一颤，回想起来，马雨洛可是为我哭过一次的，她亦步亦趋地跟在我身后，低声哽咽。在那个我流血她流泪的夜，我不敢回头，怕看见一双哭红的眼睛，怕看见一个永远忘不了的身影。

　　超市里人挤人，我推着购物车跟在马雨洛身后，思考如何才能帮助老爷爷。

　　马雨洛比妈妈好，买东西不会四处乱逛，她是直奔高价卫生纸而去的。我远远看到一排白粉墙，说："你去吧，我在这个过道口等你。"她笑我说："你不是什么都懂吗？怎么不好意思过去了呢？"

　　我挖下陷阱，说："那我买东西你能都跟着？"

　　"那当然，你有什么好买的？"

　　她上当了，我说："走呀，跟我去买避孕套。"

　　马雨洛红着脸飞快地跑开了。我笑得靠在推车上。

　　一位衣着文雅的老奶奶从我身边走过，缓缓转头，始终面朝我，脸色冷酷。"世风日下，人心不古。多俊俏的一个女娃啊，"老奶奶推了推老花镜，瞪了我一眼，扭头离去，传来一声悠长的叹息，"被个衣冠禽兽的流氓糟蹋了。真气死个人。"

　　我才气死了呢，我在心里嗤之以鼻，她懂个屁，她们当年就缺避孕套这玩意，一生生一窝。我还流氓，是她眼盲。要是杨风往她跟前一站，她肯定说一表人才。

等等，我的眼睛睁大了，老奶奶竟然走到马雨洛身边跟她搭讪，像是告状。马雨洛还笑眯眯地一直陪她聊，聊到最后老奶奶贼兮兮地看了我一眼，明显不怀好意。

马雨洛回来了，我赶忙问："她说什么？"

"没说什么，"马雨洛面色如常，但我觉得心怀叵测，果然她说，"周楚凡，走，你刚才不是要买那个套套的吗，我陪你去。"

我红了脸，嘟囔道："我说了玩玩的，我买避孕套做什么，还不如买泡泡糖呢。"

她笑了："你知道吗？我跟老奶奶说你其实很可爱，只要我回来这么说，你一定会害怕的。"

她觑了我一眼："小样儿。"

马雨洛把一堆高价卫生纸放进推车，我感觉车筐里只有这个十分尴尬，于是秋风扫落叶般采购了好多东西，说："马雨洛，这些都给你一份吧。"

她说："太多了。"

"没什么，"我说，"跟我去买台灯吧。"

"买台灯？"

"宾馆的灯还不如月亮。"

柜台上一堆台灯，我拿起一个造型挺好看的，亮度足够，可以蓄电，就这个了。

马雨洛问："你不好好选一选吗？"

"没必要，稍微看看就好了。如果能用得长久，自然就会喜欢。"

她笑了，说我这是敝帚自珍。

我推着车说购物完毕，看见马雨洛欲言又止的样子，我忍俊不禁，宣布下面开始卖瓜计划。

我走到扩音喇叭区，把每个喇叭拿起来大声吼着试音量。

"你好！""瓜！""瓜瓜瓜！"

马雨洛在一旁笑："青蛙，你能不能有点文化。"

我说："马蹄声碎，喇叭声咽。雄关漫道真如铁，而今迈步……"

售货员过来制止，说："你唱戏呢？"

我说："不好意思，请问这些喇叭可以录音不？"

售货员说都可以。

我问哪个声音比较大，她指着一个比电视还大的喇叭说那个声音最大。

怪我说得不够准确，我说："音体比哪个最大？"

售货员纳闷："什么一条笔？"

马雨洛说："就是体积小，但是声音大。"

售货员推荐了一款，还不错。我推着车，去结账，以目前的货物总体积来看，我和马雨洛都得大包拎小包，我还得额外背个包。

付款完毕，马雨洛跟在我身边，低着头，片刻后她小声说："周楚凡，我要怎么谢谢你呢？"

我拍拍推车的把手，有些不快："谢？谢个屁啊，我愿意做的事，不需要感谢。"

半晌，她问道："那喇叭里录什么好呢？"

我心里寻思，能不能把推车买了，不然不好拿。

"周楚凡，喇叭里录什么呀？"马雨洛在我面前挥手。

我醒过来，笑了，说先保密。其实买喇叭我早就想到了，只是没想好该说什么，简单地说"西瓜不甜不要钱，一个只要十块钱"不符合我奥数全国银牌的身份。现在终于想好了。我把推车交给门口的大叔，拜托他帮我看管一会儿，大叔老不情愿，马雨洛请他帮忙，大叔欣然同意。

我向楼梯跑去，举起喇叭喊道："马雨洛，跟我来。"

马雨洛笑了，她跑向我，裙袂翩翩，马尾跳跃。路过的行人都驻足，面带微笑，看着我俩。沿着楼梯，我和马雨洛来到商场的天台。我们走到天台的边缘，胳膊搁在栏杆上。夜风吹拂，有淡淡的薰衣草香。地上星星点点，天上星星眨眼，马雨洛的眸子星火燎原。我们离天空很近，我们离地面很远。

我把喇叭举到嘴边，拖长了声音喊："马——雨——洛——"

她说："我在呢，你打算录什么？"

我说："我和你来对句子，一人一句，就写老爷爷和西瓜。"

"好啊，比语文，你输定了。"

我提出要求："要全篇押韵，你敢不敢来？"

马雨洛全然不惧："谁怕谁，记得大声点，别对不上不好意思说话。"

我说："那你先吧。别忙用喇叭，等对完了一起录。"

"好。"

台下立着无数路灯和梧桐，像是我们忠实的观众。

马雨洛柔声道："虽然我是一个哑巴。"

我接道："我把心事说给西瓜。"

马雨洛说接得不错，我笑而不语，装作一个高手。

她凝眸看我，我不甘示弱，也直视着她。

她说：

"虽然西瓜也是哑巴，在我心里冠绝天下。"

我说：

"我的西瓜眉目如画，我的西瓜闭月羞花。"

我俩都笑了，她说：

"在这七月的盛夏，送你西瓜完美无瑕。"

我说：

"只要十块大洋啊，就能让我了无牵挂。"

马雨洛说："有半句不好。"

我说："你不要觉得前半句俗，必须提到十块钱一个的。"

她不说话，我说："而且还没结束呢，我只是先卖个破绽。"

马雨洛说：

"给你我的西瓜，你飞黄腾达，命犯桃花。"

应该是最后一句了，有点难，我安静下来，低头沉思。久思无果，我又抬头，仰望着浩瀚星空，不知不觉浮想联翩。此时此刻，在茫茫无边的宇宙中，有一颗微不足道的蔚蓝星球，有一处微不足道的江南水乡，有一栋微不足道的高楼，有一个微不足道的我，可是，可是，我的身边有一个近在咫尺的女孩子，我们并肩，站在微不足道的高楼上，站在微不足道的江南水乡，站在微不足道的蔚蓝星球，我们并肩，站在微不足道的宇宙中。我这一生短暂如斯，我的声音转瞬即逝，可是有她愿意聆听，陪我写诗。

我扭头看向身旁的马雨洛，她也在看着我，我就哭了，以前我以为马雨洛的眼睛深邃似宇宙，我错了，马雨洛就是宇宙，她大过整片星空。

马雨洛慌了，说："你怎么哭了？"

我哽咽着说："马雨洛，我发现你好大。"

我抬手抹了抹眼花，对着马雨洛傻乎乎地笑了，她懵了一瞬，嚷道："好哇，你耍赖，对不出来就耍赖耍流氓。"

"啊？不是，我没说你胸大。我是说你人很大，是因为透视，近大远小。你学画画肯定知道，这是因为……"

"呆子，谁要听你解释。"马雨洛扭过头，不看我。

马雨洛好可爱啊，我给出了诗的结尾，我说：

"没了我的西瓜，我还是哑巴，泪如雨下。"

马雨洛沉默了，片刻，她说："其实你可以成为一个作家的。"

我说："当作家哪有这么简单，我想做数学家。"

天台上洒满星光，我们在银河里徜徉。

马雨洛和我拎着大包小包，赶到十字路口的灯下，老爷子还在，只是矩阵依然完整。我把喇叭放在推车上，说："不用谢。"他指着喇叭唔了一声。马雨洛笑吟吟地说："老爷爷，卖瓜也是需要宣传的。"老人咧开嘴笑了，脸上挤出一叠叠岁月的刀痕。马雨洛和我退到不远处的树荫里，喇叭传来一个清脆一个低沉的声音：

> 虽然我是一个哑巴，
>
> 我把心事说给西瓜。
>
> 虽然西瓜也是哑巴，在我心里冠绝天下；
>
> 我的西瓜眉目如画，我的西瓜闭月羞花。
>
> 在这七月的盛夏，送你西瓜完美无瑕；
>
> 只要十块大洋啊，就能让我了无牵挂。
>
> 给你我的西瓜，你飞黄腾达，命犯桃花；
>
> 没了我的西瓜，我还是哑巴，泪如雨下。
>
> ……

人群围拢过来，老爷爷的瓜很快卖完。我和马雨洛相视一笑，我说："走吧。"

"嗯嗯。"马雨洛心满意足。

身后忽然传来呜呜呀呀的声音，我转身，看见是老人推着车跑过来，速度真快。

我说："不用谢，我想帮你而已。"

老人站在我俩身前，衣鞋破旧，本就瘦小还弓着腰，竟然给我鞠了一躬，我赶紧回了一个，度数比他还大。老人指着我们的大包与小包，又指指自己的推车。

马雨洛小嘴微张，眸子熠熠生辉，问道："你是要帮我们推回去吗？"

我说："你得推两处呢，一个宾馆，一个学校。我俩不在一起。"

老人先摇头，又一个劲地点头。

我和马雨洛并排慢慢走着，老爷爷推着车跟在后面。

我说："马雨洛，我先送你回学校吧。"月亮没有说话。

我说："不早了，再晚的话宿舍大妈就要关门了。"星星一言不发。

路过宾馆，马雨洛停步，说："我很累，让我先休息好吗？"

我说："学校不远啦，坚持一下。"

她的眸子里雾气弥漫："真的很累。"

我扭头对老人说："爷爷，你回去吧，喇叭送你了。"

老人帮我把东西搬下推车，咿咿呜呜又鞠了一躬，我和马雨洛也一起给他鞠了一躬。我从袋子里拿出两瓶牛奶放在车上，说不用客气。老人又给我鞠了一躬，有完没完啊，我连续给他鞠了三个。

老人离开了，我面无表情，马雨洛问我怎么这么严肃。我叹口气，卖瓜的老人和带老花镜的奶奶，一个哑一个"瞎"，所以都只见一斑，看到的是局部的周楚凡。

我问："马雨洛，你觉得你了解我吗？"

她不假思索地说："我当然懂你。"

我沉默地笑了。

马雨洛催促我别傻站，快点，她腿都酸了。

我说："那得注意时间，别过了十一点，宿舍可就关门了。"

"我知道，就休息一小会儿。"

穿过长长的走廊，我们停在301房门前，她说："我家也是301呢。"

"我知道的。我的竞赛教室也是301。"

我打开房门，走进去，扭头喊她："马雨洛，你进来吧，躺床上歇一会儿，到时候我喊你。"

马雨洛听话地脱去鞋子，坐在床上，倚着靠背，说："我想看会儿电视，遥控器在哪里？"

"在你旁边的床头柜里。"我打开空调，拉上窗帘，取出台灯摆在桌子上。

我背对着马雨洛，插好台灯，听到床头柜抽屉被拉开的声音，于是顺手启动了电视。

"你平时就看新闻联播吗？"

"不看，什么都不看。你看别的呗，早点睡觉吧。睡一会儿我送你回去。"

马雨洛跳下床，说："不看了，我出了好多汗想洗个澡，可以吗？我带衣服了。"

我说不出话，我不能自已地想起她美好的曲线，香软的身体。我的心摇摇欲跌。半晌我说："好吧，我出去跑步。"

"你跑什么？"马雨洛看着我，她明明很累，眼睛依然很美。

我说："我一个星期跑五次，还有很多别的健身项目。"

马雨洛偏着脑袋，若有所思："怪不得你最后跑那么快，对方的人都追不上你。"

我关上门，出去跑步。等我大汗淋漓地回到301，打开门，马雨洛躺在床上睡着了，也没盖被子，穿着纯白的睡衣。我伸手关了灯，拿起遥控器，打开电视，在画面跳出来前，我一直按静音。所以电视上的人全成了哑巴，我看见时间——21：28。

我关了电视，走进卫生间洗澡。我把水流开得很细，洗净身子，换上睡裤，赤裸着上身，坐在桌前的椅子上。我打开台灯，将数学竞赛书翻到昨天的结尾。整个房间里，只有这一处亮光。我扭头看了一眼马雨洛，她迷人的五官在灯光下清晰可辨。所以，我把台灯转了180度，让它面壁思过，我再回头看，她变得若隐若现。我开始看书。

我被手机的铃声吵醒，从书桌上抬起沉重的脑袋，在抽屉里掏了半天，才找出久无消息的小手机。

我迷糊着挪到走廊上："谁啊？我是周楚凡。"

"是我呀。"

我清醒了不少，说："我今天很累，没有时间，早点休息吧。"

"我不要你教我题目，我只是想和你说话。今天晚上睡不着，感觉怪怪的，不知道是什么。"

"嗯。放心，我活着呢。"

"你今天怎么这么早就睡了？"

"出去逛超市了，太累。"

"一个人吗？"

"两个人，我和马雨洛，我带她去的。"

林曦说："她人呢？"

我说："在睡觉，我睡在桌子上。"

"在你房间？"

我说："是的，单人间，我没有地方睡觉了只能睡桌子上。"

"我相信你。"

她挂了电话，我看了一眼时间——23：11。

我回到房间，马雨洛还在沉睡，黑暗中看不清模样。我拉开窗帘，月光渗进房间，点点滴滴将她包围。我抱膝坐在床边的地板上，默默看着马雨洛。她安静地躺着，白皙的皮肤被月色绣上微蓝的水光，像沉在海底的睡美人。她露出一截腰肢，几何上只是简简单单的圆带，却比莫比乌斯环更令我着迷。挽起的睡裤下面，是圆润粉嫩的大腿，仿佛剥开一半的火腿肠。小腿光洁，清辉玉胫寒。还有两只小脚丫，一、二、三、四、五，各有五个趾头，跟我一模一样。

怎么马雨洛露哪儿，我就盯着哪儿看呢？我纠正自己的错误，目光走上"枫桥"，眼睛有些醉了，差点枫桥夜泊。我努力挽回目光，站起身准备把窗帘拉上。

不对，她的脑袋压着马尾辫，这样多难受，胸前的衣扣也没有系好。

我走到马雨洛跟前，坐在床沿，轻轻捧起她的脑袋，她的头发很顺，我不由自主地俯下身子，贴近睡美人的脸。鼻息一明一暗，拂过我的唇，呼气如熏，暗香浮动。

我念她的名字，声音比月光还浅："马雨洛。"

马雨洛依然沉睡，我解开她的头绳，秀发如水，在枕头上蔓延。

她胸前的衣扣，一共少系了两个，就让我动弹不得。有一大片肌肤裸着，洁白而娇嫩，在月光下带了一丝晶莹，隐隐约约露出了乳房的春光，能窥见浑圆的轮廓，我的心在颤抖，那一闪而过的念头此刻春风吹又生，破土而出，如雨后春笋，可是我不能。

两个扣子，就在两座"枫桥"之间，我心猿意马又心无旁骛地捏住一粒扣子，让它与属于它的缝隙重合，我的手指太长，无法避免地会与肌肤有接触。终于好了，我像做了两个大手术，累了，倦了，又笑了。

我拉好窗帘，躺在地板上，对着空空如也的天花板，心里喃喃自语："马雨洛，你和数学一样完美。"

我又做梦，熟悉的悬崖接踵而来，我像超级玛丽一样连蹦带跳，可是跳着跳着，恐惧从我心里升腾，这些悬崖，像一根根梅花桩，矩阵般竖立在天地间，我只是在点阵上变换位置而已。我毫不犹豫地跳下悬崖，坠向云海，这次一朵薰衣草云接住了我，我陷在云里，浑身都软了。

第二天早上，我迷迷糊糊睁开眼，支起上半身看去，马雨洛不见踪影。估计上课去了，我哈欠连天地爬到床上继续睡觉，我闻到熟悉的香味，睡得更香了。

第十三章

独

　　培训结束，回到家。距离省赛还剩一个月，上午老师讲题，下午考试自习。贺空天天和我一起讨论，说是讨论，其实是我教他。我俩总是待到只剩我俩，最后一起离开。马雨洛偶尔拿着我的两个笔记本，跑来实验楼301，问我一些符号什么意思。

　　这天晚上，又是人去楼空，我和贺空走下楼梯，他问："周楚凡，你觉得我水平怎么样？"

　　我说："省一十拿九稳，冲省队的话，你的组合需要加强，你总是想不到点子上。"

　　"是啊，"贺空说，"我想进省队，省一又不能保送。"

　　我俩走到车棚，暮色降临，周围的情侣层出不穷。我俩跨上各自的自行车。

　　贺空的声音小了下来，说："周楚凡，你真喜欢女生吗？"

　　"这是什么问题？我不是同性恋，"我说，"而且别觉得同性恋不正常，要理解包容少数人。"

"那你有喜欢的女生吗？"

我张了张嘴，马雨洛的身影在脑海浮现。开学后，我停了课，而她没有，2路车上几乎是我们唯一的见面，她依然宁静隽美，我却总是睡觉。我说："我不知道，你觉得马雨洛怎么样？"

"她成绩好又漂亮，谁不喜欢，连老师和校长都喜欢。可是她得好好学习，准备高考。谁敢勾搭，校长不得打死他，"贺空笑了，"除了你。"

我说："校长也会打我的，而且我也不会勾搭任何人。"

他摇头："你搞错了，不是最后一句，是第一句。"

我没听懂，我问："那你自己呢？"

"额，我喜欢我们班一个女生。"

我想了想，问："是梁之情吗？"

贺空的眼睛睁得老大："你怎么知道？"

我撇撇嘴："去年你说过，你喜欢漂亮又可爱的。"

贺空说："我靠，你记忆力真恐怖。"

我说："当局者迷，旁观者清。你知道不，去年我在大巴上问梁之情最近怎么样，你可是一脸羞涩，然后又罗里吧嗦，口若悬河。"

贺空被我说得脸红："梁之情每天下课都来问我数学题，我就是好奇她是怎么想的。"

我问："那你是怎么想的？"

贺空说："我想进省队，然后跟她表明一下心意。"

"不对。省队跟表白一点关系都没有，这些东西不值一提，你表达的应该是自己，不过我还是建议你考完再说。"

"我是想等高考之后再说的，又怕太晚了。"

"不晚，"我说，"你现在应该先泡在数学书里，而不是想着泡梁之倩。"

贺空笑了，说："我就怕我考试失误。"

我说："别怕，试卷上的每个字都是我亲手写的，有什么好后悔的？"

贺空说："我觉得不对，我后悔的本就该是我亲手写下的东西。"

"可我觉得正因为是我写的，所以我不后悔。"我说道，走出校门，跟贺空挥手作别。却见猴哥蹿了过来，他如今欣欣向荣，我快要称他齐天大圣了。

猴哥说："队长，你现在有空吗？"

我说："客气什么呢。"

我俩坐进牛仔织女，他用吸管不停地搅拌果汁，我便靠在椅子上，等他开口。

猴哥说："有个高二的学妹跟我表白了。说我踢球的时候很帅。"

我很高兴，问："那你喜欢她吗？"

"没什么感觉。"

有点遗憾，也不是坏事，我说："你就拒绝她，好好准备高考呗。"

"不是的，我纠结的不是这个，我已经拒绝了，"猴哥说，"我只是想在高考前把伞送出去，不管白月同不同意，我都一心高考。"

我笑了笑，觉得没有必要。

"我喜欢她五年，一句话都没说过，"猴哥说，"可是我真的很谢谢你，队长。"

我端起杯子，喝了一口纯牛奶。我不知道他谢我什么，是我让他拒绝爱情动作片还是瞒着他白月和杨风的事。我试探地问："我知道我知道，我也没和她说过话，我决定了，在你和她开口之前，我不跟她说一个字。不用谢我，应该的。"

"不是这个，从来还没有女生喜欢过我呢，所以我谢谢你。"

我在权衡要不要告诉他真相，我问："猴哥，在你心目中白月是个什么样的女孩子？"

他文艺起来："就像天上的白月亮，纯洁而美丽，可是又遥不可及。"

我心里一沉，说："你的语文水平也提高了，高考加油。"

猴哥说："知道，队长，你也加油，你连大华职中都击败了，金牌肯定可以的。"

"拿金牌可比足球夺冠难多了，"我笑了，调侃道，"拿了金牌我会请所有的兄弟朋友，就冲你这句没水平的马屁，到时候单独陪你喝一瓶。"

猴哥说喝一桶也没意思，他要看我抽烟。

我惊讶，问："抽烟有什么好看的？你什么时候看过我抽烟？"

"那次你在KTV里抽烟，酷毙了，你没注意当时那几个女生看你的眼神，啧啧啧，等高考之后有机会我想学学。"

我回想了一番，无言。

猴哥说："你不愿意？那还是喝酒吧。"

我说："你先把果汁喝了吧，都被你搅拌加速蒸发了。"

临走，我问："伞还在你包里吗？"

猴哥说是的，一直像宝贝似的揣着。

我看着他离去的背影，有些恍惚，这把伞，放了足足一年半了吧。

伞的宿命，难道就是等待雨的光临？可是即便伞敞开胸怀，倾尽全力，拥抱的雨滴也寥寥无几。

省赛，扬州。

我坐在靠门的位置，无所事事，只好抽出准考证反复品味，上面的照片惨不忍睹，拍摄于初三的暑假。我本不喜欢拍照，面对摄像头的感觉就和面朝炮筒差不多。当时摄像师要我笑，面对大炮还能怎么笑，当然我自横刀向天笑，笑完我觉得还差一把刀，就算不是干将莫邪，至少也得是青龙偃月。摄像师说："你干啥呢，别仰头，别笑出声。"我胆子壮了些，开始笑谈渴饮匈奴血。摄像师哈哈大笑。我在心里道：醉卧沙场君莫笑。摄像师说："小伙子你笑得太夸张了，含蓄点。"我巧笑倩兮，美目盼兮。摄像师说："你演孙悟空呢？别笑了，随便给个表情吧。"于是我面无表情。

我回想着，直到发下的卷子把我拉回了现实。

走出考场，陈老师问我考得怎么样，我说跟去年差不多。陈老师笑得也跟去年差不多。

归乡的大巴上，我和马雨洛坐到一起，对了所有题的答案。她二试做了两道，一试也可以，应该能有省一了。我挺高兴，笑了笑。

马雨洛问："你怎么有些忧愁呢？"

我肯定能进省队，我也奇怪为什么我会担忧，总感觉少了什么，心里有点空荡荡的，就像有个证明题没做严谨。想了想我说："可能在担心决赛吧。"

马雨洛说："别担心，要自信。"

我笑了，说："我最自信的时候，就是做数学题，还有见到你。"

我不笑了，在心里想道：可是我最不自信的时候，也是做数学题，还有见到你。

我回到家，和爸爸妈妈简单地说了几句，和黑蛋小黑复杂地汪了两声，小黑已经快成大黑了，毕竟它的早饭丰盛，比我都好。

我走进二楼自己的房间，关上房门，站在门旁的角落，打量这个我睡了十七年的小窝。

窗前的书桌上，有奖杯和银牌光彩熠熠。一旁的台式电脑被书堆拦住了，只露出一个落灰的脑袋。窗外有一截电线杆和大树相依为命。我收回目光，躺在床上，床很大，马雨洛和我可以一起睡。我纳闷了，我在想什么？

我闭上眼睛，脑海里浮现出那一夜，月华碧波荡漾，马雨洛静静躺在海底，睡美人。

可我没有吻醒她。

妈妈在楼下喊："儿子，有空不？去帮我买袋糖！"我陷在床里，不肯动，回道："做题呢，没空。"爸爸走上楼梯，推开门笑了："就知道你小子骗我，你要是做题，根本听不见别人喊你。"我说："没钱。"爸爸说："你抽屉里不是有吗？"我从床上起身，打开抽屉，确实有，我笑了，继续回到床上，躺下。爸爸说这是什么意思。我说："解是存在的，是可求的。题目做完了。"爸爸一巴掌打在我大腿上："学傻了你，快去！"我跳下床，心想：这终究是个构造性问题，而非存在性问题。

路上经过我的小草地，居然有八个孩子在踢四人足球。我停步看了一会儿，有个孩子十分单薄，短袖太长像连衣裙似的，跑动很积极，嘴里吭哧吭哧直喘，但我就没见他碰到过球。两队的水平相差太多，改成三打五才行。

我继续走，去往熟悉而陌生的小卖部。老板娘正用手机看着连续剧，我敲敲玻璃柜台，喊了一声大姐。她抬起头，眼睛一挑："这不是周楚凡吗？"

我说："是我，我来买糖。"老板娘笑了，说："长成帅小伙子了，有女朋友没？"

我说："没有，我来买糖。"她一边往里走一边说笑："哟，还不好意思呢，我估计你后面跟了一大群。" 我扭头看去，街道空无一人，风儿卷起地上的落叶。我想：跟个屁，一意孤行。

柜台上的电话机褪了色，没人会打固定电话了。我拿起话筒，按下2键，依然是熟悉的啊一声。

老板娘拿着一袋糖出来，我说："这个电话还是读声的。"

"有些老人眼神不好，读出来心里有数。"

我点头，问："多少钱？"

她把糖拍在柜台上，说："送你了，好小子。"

我笑了，觉得不好，付了钱，说再拿根棒棒糖，从糖罐里抽了一根。

老板娘说："哎，以前和你一起来打电话的那个小男孩呢？"

我一愣，说："他去外地了。"我替肖寒也拿了一根棒棒糖。

回去的路上，又一次经过草地。只剩四个小孩，其中三个正在围殴长衫。

我坐在秋千上，看他们三打一。为首的一个把长衫按在地上，骑着他的胸口，掐他的脖子，嘴里骂着："死垃圾，都怪你。"其余两个在踹长衫，附和着骂骂咧咧。长衫在地上扭来扭去。

我坐在秋千上，含着棒棒糖，一直等到打完，三个小孩走远了，长衫蜷缩着，我起身上前。

他浑身脏兮兮的，倒没有哭，眼神像要吞人。我把肖寒的棒棒糖剥开，蹲下来，说："吃糖不？"张开嘴的力气还是有的，我把糖塞到他嘴里。他嘴里含着糖，呜呜哭了起来。我观察了他的伤势，站起身，说："你休息好了，等下跟我走。"我一直立在他旁边，思绪万千。

我想起那条小巷。当时我压着黄毛捶他的头，他的两条走狗就在旁边踹我。我浑身是伤，感觉很爽。只是马雨洛不能理解，她竟然抽抽嗒嗒的。她不懂，哀莫大于心死。身体千疮百孔，远没有一箭穿心来得疼痛。

长衫走在我身边，他开口说："怎么才能练成你这样？"

我说："你跑得太慢身体又差，得坚持锻炼。"

他说："你怎么不来帮我？"

我说："他们跑得太慢身体又差，得坚持锻炼。"

他破涕为笑，说："总有一天，我得把他们仨按在地上打。"

我说："好，记得喊我，如果他们的哥哥敢插手，我就帮你揍他们三个的哥哥。"

走进包子铺，我让长衫坐下稍等，我翻出医药箱，打了一盆水，坐他旁边，帮他清洗伤口再敷药。就像多年以前，我对肖寒一样，当时他比长衫还惨，被我扁得站不起来，只能由我背着。

长衫的胳膊很细，肘弯破了皮，被我小心握着，涂上药膏。

长衫忽然说："我要是个女的，肯定喜欢你。"

我头也不抬，说："被女生喜欢是很光荣的事吗？得自己喜欢自己。"

走之前，我露出诡异的笑容，和电影里的变态一模一样。我说：

"再提醒你两件事。"

"什么？"

"首先是饮食，你太瘦了，需要多吃。我推荐这里，"我敲敲木桌面，"第二件事，以后陌生人要给你棒棒糖，立刻报警。"

长衫大笑，我目送他离开。

班主任课上强调，已是高三，希望诸位完成最后的冲刺。我相信除了高考，再没有长达9个月的冲刺。班主任号召完毕，开始讲解极坐标，我百无聊赖，通过数学课本来学习英语：极坐标——Polar Coordinates.

"你怎么看起数学课本了呢？"

我继续目不斜视地看书，说："一想到马上就要离开，我还挺舍不得的呢。"

一声轻笑："之前还说得全力准备决赛，现在又恋恋不舍。"

我摇摇头："之前还会回来，这次可能永远回不来了。"

马雨洛沉默了，我扭头看她，她低眉不语。

我意识到我说得太伤感了，好像我要死了似的，于是换成："如果拿到金牌，我就保送，应该就不来学校了，当然会舍不得。"

马雨洛没有说话。

我说："我也舍不得你。你不准再上别的男生的当，要好好高考。"

马雨洛嘴唇微微一张，却立即抿住，是欲言又止了，可眼睛在说话，直直地看着我，悠悠地晃着几缕水汽，好似感动，又像埋怨。我意识到我说得太伤感了，好像马雨洛要嫁人了似的。

她开口说："其实你高考也可以考上的。"

我说："那不一样，我考不过你。竞赛我可是第一。"

"这有什么？""宁做龙头，不做凤尾。"

马雨洛笑了，说："可你只是我的尾巴。"

"哼，"我飞快地说，"这次国庆节前会是我在学校的最后一次大考，你这匹小马准备好下马吧，我要拿个第一，也算首尾呼应。"

班主任在叙述极坐标的作用："对于很多类型的曲线，极坐标方程是最简单的表达形式，甚至对于某些曲线来说，只有极坐标方程能够表示，直角坐标系是无法表示的。"

马雨洛小声问："有什么曲线只能用极坐标？"

我拿起笔在纸上写写画画，说："比如玫瑰线。"

其实极坐标里最出名的曲线是心形线，尽管它可以转换成直角坐标，我还是又画了一幅给她。

我把玫瑰线和心形线递给马雨洛，她低头看着。我收拾抽屉，取出尘封已久的课本，有薰衣草香，我很讶异，问："马雨洛，这草的香味有这么久？"

"很久很久。"

我发现了抽屉里的秘密笔记，翻了翻，忍俊不禁。

"你也看笑了。"马雨洛在嘲笑我呢。

"我以前好幼稚啊，碰人就喷，看人就砍，满满的愤世嫉俗。"我说。

"你依然幼稚。"

我不明白，回道："我成熟得很，自从学习数学，我做事严谨，思维清晰，逻辑缜密。"

她说："你什么都不懂，就是个小孩子，而且还特别笨。"

我生气了，嚷嚷："什么小孩子？那我会做的题目你不会做，你比我还小还笨蛋。"

班主任在讲台上喊道："周楚凡，说谁笨蛋呢？"

"不是说你，"我没好气地回道，猛地发现自己大逆不道，赶紧起立毕恭毕敬地说，"老师，我是在考虑蛋的极坐标。"

同学们哈哈大笑，马雨洛笑得尤为灿烂。

班主任的右眉毛还是个根号，左眉毛的尾峰已经消失，成了否定命题的符号"┑"。他挑起根号与否定，笑了，说："故事编得不错，蛋的极坐标直接用椭圆不就行了，坐下吧。"

马雨洛说："你看，还不幼稚。"

我大惑不解，那些整天无所事事，头发五颜六色，裤子带条狗链，满脑子想着把妹的，才叫幼稚好不。我整天钻研数学，锻炼身体，积极向上，哪里幼稚。

马雨洛说："你生气啦。"我笑了："是的，我很生气。"

"好吧，如果你能拿金牌，我送你个礼物好不？""不要。"

"我知道，你写在笔记里了，用钱可以买的东西，你都不在乎。"马雨洛轻轻地说。

我的眼睛一亮："那你要送我什么？"

"送你一幅画好了，你想要我画什么？"

我想起教师节的黑板画，觉得马雨洛的人物画肯定很棒，于是我说："那你可以画我吗？"

"画什么时候的你？"

我得意地说："就画你觉得我最帅的时候。"

马雨洛安静了一瞬，说："好。"

我百分之一万地肯定，马雨洛所画，会是决赛上我的绝杀。

一骑绝尘，神挡杀神。

等到下课，许莫又来了，拿着一本英语书，习惯性地站在我这边，等我让座。我坐在凳子上没动，不满道："你不是已经去马雨洛家里和她讨论了吗？怎么又来。"

许莫悻悻而去，没有撤退，而是转移，他去了马雨洛的那一侧，弯着腰和她在课桌上交流。我看见许莫和马雨洛的脸蛋靠得很近，生气，扭头看玻璃，眼不见为净。结果玻璃里的许莫和马雨洛还是很近，我离马雨洛变远了。

许莫春风得意，乘兴而归。我问："马雨洛，许莫还去你家吗？"

"嗯，周末的时候。"

这我就不理解了，哪来这么多问题？许莫和马雨洛不是英语数一数二吗？但转念一想也有道理，我和贺空两个数学第一第二不也是整天讨论个没完没了。

马雨洛问："那你还去林曦家里吗？"

我一愣，说："去得少了，她现在数学挺好。"

马雨洛不作声。我看向林曦的座位，她坐在前面，只能看到背影。

国庆节前的大考，我依然是18考场最后一个，贺空坐我前面，因为H在Z之前。只是再也看不见和尚。抽屉里满是各种复习资料，按理说，应该收拾干净防止抄袭的，我一想，明白了，18层地狱的无上大修们，早已生死看淡，根本连抄都不屑。

我戳戳贺空的后背，问他最后一考场的感觉如何。贺空扭头说：

"写考场的时候多一个8。"我笑了，觉得很有意思。贺空说："我二试做了两道，你考得怎么样？""三道。你第三题没做出来吗？"贺空有些落寞，他只猜出了答案。

我认真地结束了考试。其实很多题，我直接看选项都知道答案是什么。

比如英语听力的三个时间——A 7：30　B 7：40　C 8：30。直接选A就好了。

而数学考试，我检查了三遍。

国庆节，我同时获得了两个消息：月考我是年级第二，第一是马雨洛；竞赛我是全省第三，入选省队，马雨洛也在前五十名。她做到了。可惜贺空离省队差了一些，十八名。

我漫无目的地看向窗外，已经入秋，树木开始落叶，行人开始添衣。我收起课本，将其束之高阁，之后的一段时间里，它们不会出现了，我希望它们永远不再出现。

我与猴哥约在桃园碰面。我早早地去了，坐在落地窗边等他。店员认识我，说这不是冠军吗？我说冠军是星屿中学校足球队，我只是队长。猴哥就在这时大喊着队长，跑了进来，走到柜台前买果汁。

我说："给你买好了，在桌上放着呢。"

他扭头笑了笑，说："我再买两杯。"

他一手握着一杯义结金兰，走至我对面就坐。我双管齐下，用两根吸管喝两杯果汁。

我问："猴哥，你这次考多少名？"

"一百三十二名。队长，你喊猴哥我总觉得别扭。还是喊猴子吧。"

"我喊你猴哥可以，你别喊我二师弟就行，"我笑了，顺势抬手，猴哥习惯性地一缩脖子，我笑死了，越过桌面，揉了揉他脑袋，说，"我不打你啦，你的脑袋变灵光了。"

"脑袋最光的还是和尚。"猴哥接道。

我默然了一会儿，问："你知道和尚和柳芸现在怎样吗？"

"和尚去山东了。"猴哥说。

"出家了？"

"不是，转学了。"

我问："那柳芸呢？"

"不清楚，好像换了所高中，"猴哥皱皱眉头，"她去医院，和尚也没去看她。"

我吸了一大口果汁，叹口气。我说："和尚也不说，要是早点知道，我还能管着点。"

猴哥犹豫了一会儿，开口说："其实我们都知道，他跟女朋友上床，有时还跟我们炫耀。"

我说："我怎么不知道？"

"队长，有很多事你都不知道。你也不感兴趣。像什么哪个女生好看，谁和谁谈恋爱，谁喜欢谁，谁的成绩好。"

我说："这些东西跟我有什么关系。但是和尚跟我还是有点关系的。"

"算了吧，你从来不问别人的事，只有别人，不停地说起你。你的目标，是星辰大海。"

我说："我的目标不是跳海，是金牌。你等我凯旋归来。"

猴哥得意道："错啦，旋就有回来的意思，不能说凯旋归来。"

我大笑："看来你的语文也很好了。"

林曦邀我去她家，我回复道："决赛之前，这应该是最后一次了，有什么问题就全问了吧。"

我迈进13单元的门楼，有人喊我，抬起头，是许莫。我问他去哪儿，许莫说："去马雨洛家，讨论英语呢。"我望了一眼相邻的，与13单元一模一样的12单元，心口像压了一块石头，说不出话来。许莫朝我挥手，在门楼入口腰身一转，身影消失无踪。我又站了很久，才上楼，敲门。

门开了，林曦站在我面前。她在家里比在学校里可爱活泼得多，我心中一黯。

"你来啦。"林曦屈膝，帮我找拖鞋。我弯腰说："不用帮忙，我自己知道在哪里。"

林曦笑了，拿来我的专属大号棉拖鞋，说："我也知道。"

我和她并排坐在书桌前，题目有点多，讲到太阳都快落山。

"最后？"我惜字如金。

林曦点点头："是的，讲完了，我去给你倒杯水。"

她转身离开，我有些困惑，好像哪里不对劲。想了片刻我才明白，以往这些事都是林曦奶奶去做的，今天她奶奶不在家。我有的时候好迟钝呐。

我翻阅着过往的试卷，似曾相识的题目在眼前一晃而过。有脚步声，我扭过头，看见林曦双手捧着一杯果汁走进房间，她的舞蹈功底真的很好，走得轻快，果汁的平面却几乎没有波动。

林曦从我身后拂过，把玻璃杯端放在桌上，说："是我自己做的。"

我说："白水足矣。"

她说："渴得都用文言文了，是不是马上要用哑语？你快喝吧。"

我听命，举起果汁一口气饮尽，放下杯子，见林曦在看我，我说："你也想喝吗？我都喝没了。"

林曦说："周楚凡，在我家吃晚饭吧。"

"不了，我回家吃，"窗外天色已黑，我说，"天都黑了，我得走了。"

林曦久久没有说话，明媚的脸庞多了一分静谧，过了一会儿她问："你以后是不是不来了？"

我点点头又摇摇头："一月份决赛之前肯定哪儿都不去。不过我还记得你的生日，如果能拿金牌，我陪你过生日吧。"

"那我等你的好消息，"林曦展颜一笑，问道，"你觉得出国好吗？"

"你要出国？"我放下试卷。

"嗯，打算高考之后去美国进修音乐。"

我说："很好啊，不过不要忘记祖国。"

林曦说："忘不了的。"

"嗯，"我说，"那我走了。"

林曦说："我送你吧。"

我和她一起走到楼下，我说："你回去吧，我不会迷路。"

我自顾自地走着，忽然听见林曦在身后说："周楚凡，我祝愿你，一定可以给我过生日！不然罚你穿裙子跳舞！"

我回过身，林曦正倚着门柱，朝我莞尔一笑。

我也笑了，说："我从来不会输，也不会跳舞。"

我整天沉在实验楼303，一个人舞动青春，一个人高空投篮。除此之外，多了一个活动项目：拍栏杆。我在三楼的走廊上踱步，苦思半天无果，拍栏杆；拨云见日茅塞顿开，拍栏杆；无所事事，拍栏杆；心旷神怡，拍栏杆。我拍遍整个三楼的铁质栏杆，无人会，登临意，一览众山小，举头恨天高。

12月底，前往南京参加省队集训，宾馆比殡仪馆还坑，办理入住时，我瞥见柜台上的玻璃缸里放满了牛肉粒，喜出望外，快步走过去抓了一把，准备和老师分享，结果低头一看，是免费的避孕套。我是第一次见到它的模样，满面通红地扔回去，偏偏还被一个前台的姑娘看见了，她冲我直笑。

我走进预订的房间，站在窗边，楼下是树木环绕的人工湖，已是深冬，高处俯瞰，孤零的树干像湖的睫毛。我想起马雨洛的眼睛。

我做题，直至深夜，想看时间，一顿找，才在一堆书里发现了手机。我没有管它，先收拾桌子。

桌面变得整洁明净，我用掌心轻轻抚摸，我俯下身，脸蛋贴着它，冰凉冰凉的，没有薰衣草的香味。我的视线投向右侧，空无一人。我直起腰，扭头看向床面，没有睡着的美人鱼。

心，有虫蚁轻轻咬噬，千里决堤。

马雨洛，突然好想你。

我拿起手机，打开已经落灰的QQ，马雨洛的头像也是灰蒙蒙的，原先仰望天空的女孩，换成了一对恋人，躺在草地上相拥亲吻。其实，我本来可以亲一口马雨洛的。我好想吻她的嘴唇。我回忆了一番喜欢马雨洛的

236

证明题，大事不妙，选"是"的回答多了一点。

我钻进被窝，被套的边缘摩挲着嘴唇。我思绪万千，我想我大概、应该、基本上、很可能是喜欢马雨洛的。我的心里小鹿乱撞，不，不是小鹿，是狼奔豕突。我在床上翻来覆去，脸红了，像犯罪了，不知道要不要如实地告诉受害人马雨洛。思考之后觉得不妥，首先喜欢马雨洛的人多如牛毛，但很少有人去打扰她，我不能搞特殊；其次别人的情书或者求爱全部石沉大海，我又不是精卫，填不了这海；再考虑许莫，他每周去马雨洛家讨论英语，至今依然在讨论英语；最后马雨洛是个爱学习的好女孩，快高考了，我可不能让她分心，而且我也得先考好CMO。

我决定，CMO之后，也许是高考之后，就向马雨洛"自首"。我不再翻来覆去，腾空自转了几周。转累了，我的心稍稍平静，本该长舒一口气，可不知为何，我落下几滴泪，泅开在枕头上。

回到家乡，清早的2路车里，我依然沉睡，只是稍稍向马雨洛靠近了一点点。她会接过我怀中的盒子，坐在我身边。她靠近，我的心泛起涟漪；她委身坐下，褶皱又被抚平，只是依然有根线轻轻拉扯。我像风筝，又像木偶。

马雨洛的小手上再也没有冻疮，她戴上了我送的手套，露出五根手指——憨态可掬，勾人心魄，亭亭玉立，犹抱琵琶半遮面与小家碧玉。

1月底，飞赴重庆。九个小时，一共六道题。我考得很好，做出来五道。

回到家中，天色已黑，我关上房门，走到桌前，拿出纸笔，回顾第三题。只有这道题，因为讨论繁多，我怕有漏网之鱼，未能斩草除根。

我检查了一遍，没有问题，但不放心，又看了第二遍。

我瞳孔睁大，证明的中间一段，需要分四种情况讨论，我只考虑了三种，遗漏了一种。小黑在我脚下绕着圈，我低下头，木然地提起它放在桌上。它趴着不言不语，温顺地看着我，目光纯净，让我想起马雨洛。

我的心平静下来，先补证第四种情况。

我刚写了几笔，又一次呆住，第四种情况下，结论成立是显然的。我呼了一口气，这样第三题会被扣一个小点。综上，我一共做了五题少一点，金牌有了，一般做四题就是金牌保送。我把草稿纸揉成一团，手一甩，看都不看，只听见纸团落进纸篓的声响。

我抱起小黑，用鼻尖蹭了蹭他的额头，小黑软绵绵地叫了一声。我虚惊一场，正满心欢喜，没有留意，小黑乘机伸出舌头，舔我的下巴，我松开它，心想还好舔的不是嘴唇，不然初吻就没了。

小黑不依不饶，跳扑过来，我仰面倒床，由它趴在肚子上挠我，又笑又痒。

第十四章

伞

正是寒假，我待在家里，等待成绩。等待的日子索然无味，连广播体操都没有。

这天清早格外寒冷，我看向窗外，道路潮湿，昨天有一场大雨。我推开窗，冷风涌入房间；妈妈推开门，叫声冲进房间："儿子，你是金牌！"

我把窗户完全打开，寒气汹涌澎湃。我真的做了五题少一点，第十五名，金牌保送。清华的协议改为专业任选，北大打来电话，说可以给我上光华管理学院，我婉言谢绝。我坐在椅子里，我再也不用上学准备高考了。我很失落，可我不知为何失落，金牌明明是我曾经的梦寐以求。

我百无聊赖地打开电脑，登录学校贴吧，想看看同学们如何评价。周楚凡的保送消息被置顶，目光下移，我看见第二个消息，呆在原地：

我校足球队后卫侯云遭遇车祸，不幸身亡。

"昨日下午，侯云在一家餐厅门口罹遭车祸，经市第一人民医院抢救无效身亡。侯云同学乐观积极，成绩优异，在市足球联赛中是我校夺冠的坚强后盾，不料有此意外，希望同学们节哀。"

"兄弟，一路走好。"

"逝者安息。"

"操你妈的！老子的队友怎么可能挂？哪个脑残发的这个帖子，老子从山东回来砍死你！"

"这货真爽，不要高考了。"

"开车的都是脑残，个个奔丧似的。"

"不怪开车的，是这家伙眼瞎，目击者说了，天上下起大雨，他自己往车上撞，车主倒霉。"

"良心被狗吃了？侯云成绩年级前一百，人又好，你们在这瞎BB，怎么没撞死你们？"

"呵呵，楼上懂个毛，确实是他自己的责任，下面有监控，把狗眼擦亮了看。"

我像一只狗，点开了视频链接。

电线杆下，猴哥挎着他的包，安静地望着马路对面，像一根电线杆。

下雨了，他站在电线杆下，雨淋湿了他的发。

雨越来越大，整个世界里，只有大雨铺天盖地，混着震耳欲聋的轰鸣。街道上的行人四处奔走，猴哥低着头，一动不动。

一道闪电划过，他抬起头，看了一眼天空，双手抓紧他的包，朝马路对面奔跑。

轰隆隆的雨声里，传来一箭刺耳的鸣笛。秩序森然的世界，就此戛然而止。猴哥被抛起，像一片落叶，像他最擅长的大脚传球抛物线，坠落在漆黑的地面。

　　这是他一生中传给我的最后一道抛物线，在划出这弯明月之前，他最后的动作，是向对岸伸出双手，放下他的书包。书包与他告别，像他拼命送出的一记皮球，像一只翩翩的蝴蝶，栖息在大地上。他像一片枯叶，永远陷入沉睡。

　　视频的开始，是白月走进马路对面的店。

　　猴哥死了，大师兄被妖怪打死了。

　　我跑到医院。病房前是一对低头痛哭的夫妻，我走过去。

　　女人抬起头，哽咽道："你是周楚凡？"我点头。

　　"你进去看……"女人抽泣着，说不出话。

　　男人说："云仔以前最喜欢你，老说起你。你见他最后一面吧。"

　　我泪流不止，推开房门，挪到床前。

　　猴哥静静地躺着，他看起来又傻又笨。我抬起手，想拍拍他的脑袋，叫醒他。我又定住了，呆呆的。他再也不会习惯性地一缩脖子，被我打了还对着我笑。他已经死了。

　　他的书包在柜子上，还未打开，像是从未打开。我拉开拉链，包里是一把淡蓝的伞。病房里空无一人，我旁若无人地撑起伞，向头顶看去。淡蓝的伞底画着一弯洁白的弦月，遥不可及的月亮，触手可及的月亮。手指摸到了裂痕，我低头看去，伞柄的下侧有一圈银白色的缝隙，如同一枚精致的戒指。像是一个机关，我轻轻扭开，探出一支细长的录音笔。我按下播放，像扣动了扳机：

　　"白月，你好啊，我叫侯云。我今年十七岁，喜欢你不到六年，也不是很久，还没小学毕业。初一开学典礼，是你弹的钢琴，特别好听，也是我唯一没录到的一次。之后你每次弹琴，我都会把这支笔带上。我成绩不好，坐不到前面，回到家，就算把杂音消除了，还是不太清楚。但我还是特别开心，因为听起来就像你在为我独奏一样。下雨天，我可以把音量调到最大，旁边的人也听不见，你知道吗，你的琴声，创造了一个新世界。今天下雨了，我把这个世界还给你。你可能都快忘记了，由我来做介绍吧，第一曲，是在初一的文艺晚会，咳咳咳，下面有请初一（2）班的白月同学为我们演奏：《梦中的婚礼》。"

"……"

我放回去，走出房门，贴在走廊的墙边，开始抽烟。医院里白晃晃的，刺眼。人们断断续续地来了又走，我断断续续地抽烟。白月来了，我漠然地看着她。

"我知道的，"她低声说，"可是……可是……"

我一言不发，直到她离开。我的好兄弟，我答应过你，我不和她说话。只是连一声早上好你都无法对喜欢的人说了。

纯白的过道里现出一个身影，像是一尘不染的天使。马雨洛。

她走进房间，出来的时候红了眼眶，说："周楚凡，你看着我。别抽烟了。"

我放下烟，夹在指间，看她。

我说："最后一口。"

剩下七根烟，我用手指夹紧，点燃这捆雷管，仰起头，七根烟竖在嘴巴上，我像个香炉。

我说："马雨洛，你走吧。"

薰衣草的香味淡去，我感觉心空掉了，像被抽离了所有力气。

队友们来了，在墙角坐成一排，没人说话，都在抽烟。点点的红光，如同烛火。

我病了一场，学校门口却喜气洋洋，贴着我的大幅喜报。我拒绝了各所学校的演讲邀请，闷在家里。整个二月，出奇的寒冷。我反复回想起那段对话：

"假如她要死了，用你的命换她的命，愿不愿意？"

"愿意。"

什么也没有换到，猴哥就这么死了。我是罪魁祸首，是我自作聪明，让猴哥送了两年的伞，送出了自己的命。他笑眯眯地对我说："女人不能相信，只能相信兄弟。"

猴哥，对不起。

肖寒打来电话，从始至终保持沉默。

我也不发一言，我知道这是他的安慰。

到了三月，草长莺飞。

我走了出来，侯云的死不是失败，而是证明。他是永远的少年，怀着一颗赤子之心。

我依然相信爱情。我相信自己。

三月中旬，我宴请了同学和朋友。他们聊得起劲，我只顾抬头看对面的马雨洛，又低下头，又抬头看她。马雨洛低眉不语，偶尔抬眼，盘子里很空，好像心事重重。我也没有动筷子，因为我的菜坐在对面。马雨洛，我喜欢你。

结束后，我在酒店门口一个个送别同学。付桐故意撞我，我装作站立不稳，他哈哈大笑，得意万分。

许莫对我说爸爸，我愣了一刻，才反应过来，对他说拜拜。可他站

243

在一边赖着不走，我不明白。

马雨洛走出大厅，走向我。我有很多东西想说，憋了半天，我说马雨洛再见。

她的手握着挎包带，声音小极了："周楚凡，你能跟我过来一下吗？"

我屁颠屁颠地跟着她，来到酒店背面的角落。

马雨洛转过身。天色昏暗，没有亮光，看不清脸庞，反正漂亮。她从挎包里取出一幅画，说："给你。"

我这才想起来："啊，差点忘了。"

接过画框，看不清画的什么，马雨洛的手微微颤抖，我说："你很冷吗？"

她摇头，抬眼看我。周围一片漆黑，我们四目相对。

她的眼，清澈而深邃，犹如素潭沉睡幽涧，迷离又明亮，宛若流云掩映皎月。

我不敢看她的眼睛，把画抱在怀里，说："我会收好的。"

我和她一起走回酒店门口，我才知道许莫在那儿等什么。他迫不及待地上前，和马雨洛一起讨论高考英语。

马雨洛扭过头，说："周楚凡，画框有些旧了。"

她说："换一个吧。"

我呆住了，不明白马雨洛什么意思。是不是知道我喜欢她，婉言拒绝我了？她让我换一个人喜欢了？我从来不换的，我的纯钢圆规用了十年。

我的喉咙有些沙哑，喊道："马雨洛。"她立在远处，像是我永远无能为力的证明题。

我说："你高考加油啊！"

许莫大声说："放心，英语交给我！"

他俩走远了。直到有人拍我的肩膀，我才活过来，是林曦，她说："说好的，别忘了，我等你呢。"

我说："嗯，记得。"

回到家里，我取出画，说好了要画最帅的周楚凡，却不是千里走单骑，而是一个抱着盒子的少年，靠在椅背上，闭着眼呼呼大睡。邻座的女孩侧身看着他，像只乖巧的小猫。阳光射进车窗，却不如她的眼睛明亮。

我不用上学，再也见不到马雨洛了，可我其实还想为她带早饭呢。不然她不吃早饭，肚子饿得不舒服，又会脸色发白额头冒汗，像个笨蛋。我也好想她在身旁，当我睡着的时候，到站了唤醒我，老师靠近了提醒我。

画里周楚凡睡得像头猪，我不懂这哪里帅。我坐在椅子上，松开手，垂下两只胳膊，小臂搁在大腿上。这是抱盒子的后遗症，双臂不再悬在两侧，而是习惯性地放在身前。马雨洛不会知道。

我摸着木质画框，背面是一整块薄木板，分布着木头特有的纹路，还有几处裂缝。正面则多了四根细木条，将画儿围在中央。木框的边缘也有些伤痕，可我不换，我才不换，我就喜欢马雨洛。

我把画置于桌面，摆在冠军奖杯、CMO金银牌之前。

我钻进被窝，睡不着，却流出几滴泪。我爬起来，出门。

三月的夜晚依然寒意浸人，我穿得很少，有点冷。眼泪干了，留下泪痕，其实是盐分。这非常讨厌，如果是纯水，哭完就算了，但是有盐，所以我不得不用手背擦了半天。

我像没头苍蝇似的乱逛，漫无目的，任由双脚自行。我走到12单元楼的侧面，看见301的窗户透出亮光，隐隐约约可以看见一个做题的身影。

我站在树下，眼睛一眨不眨。我想告诉马雨洛，我很想她，喜欢她。可我见不到她，我的高中结束了，如果还去上课，不可能静下心学习，肯定会影响马雨洛和其他同学。距离高考只剩三个月了啊。

暖黄的灯光指引着我，我陷入沉思，我决定，等高考之后再向马雨洛"自首"。要是她愿意的话，无论她考到哪里都无所谓，反正我可以上全国的任意一所大学，她逃不出我的手掌心。我笑了。

要是她不愿意的话……我不笑了，我不知道怎么办，心里难过起来。

昏黄的灯光变得模糊，回想一番，我对她不好，我在数学和足球上花了好多时间，难怪她不喜欢我。马雨洛也从来没有说我好，总是说我笨说我蠢，还说我是个小孩子，而小孩子全是傻缺，所以在她眼里，我只是个傻缺。

但我不会放弃，还有三个月，我要好好准备，这是最后的机会。

我注意到身边的大树，万千叶子像竖起的耳朵，我说："保密。"

好多人想来问我数学题，我通通拒绝。可是马雨洛再没有联系过我，她的数学已经足够好。我叹口气，坐到桌前。数学竞赛书消失了，换成了《古今爱情故事大全》《如何追求心中的她》《数学家的爱情公式》《催人泪下的百篇情书与古诗》，我认真学习，看书做笔记，想吸取别人的经验，为自己追求马雨洛做准备。

接下来的一段时间，我白天看书、吃饭、做笔记，晚上跑步、靠大树、看窗户。

先看《古今爱情故事大全》，我与文中的男主角差了十万八千里，里面的女主角往往对他一见钟情，只是后面冒出各种破事，韩剧似的。我花了两三天看完，觉得意义不大，情况不一样，马雨洛又没有对我一见倾心。

接下来的几天，改读《如何追求心中的她》。

按书里所讲，我全部做错了或者说什么都没做。文中提出核心要义：循序渐进。先搭讪，比如说她好看、评价天气、问东问西、抨击美帝等等；接着展示长处，也即求偶炫耀，比如力气大的多打架，有文化的多说话，有钱的多送花，进而寻求肢体接触，这一步相当关键，所以过程复杂而漫长，往往从脱自己衣服给她披上开始，以脱去她的衣服为终极目标。期间需要有如下具体步骤：碰她手，牵她走，亲她嘴，摸她腿，抱她头，揉她胸。切记步步为营，不可操之过急。既会隔靴搔痒，也得擒贼擒王。

由以上所讲，我一事无成，偶尔做的也全错，我的搭讪是说"奶奶你坐"，我要不是为了跑得快，才不会脱下张飞的服装，我数学还行，但都是自己埋头做题，很少展示。至于肢体接触，基本为零。我顿时心灰意冷。但书中又讲，如果女孩子愿意和我看电影，如果女孩子愿意和我睡一个房间，那她大概率喜欢我，我就很有机会无视前面的步步为营，直接一步到位。这么一说，我感觉又充满了希望。再往下看，书中写道：如果我真的是在看电影，如果我真的是在睡大觉，那不好意思，我不配做本书的读者。我大失所望。

那天黄昏的小树林里，其实我很想吻马雨洛的，说不定按书上所言，运用各国吻法，舌头出动，上下其手，她就会瘫软在我怀里，就会喜欢我。但我觉得逻辑不对，只有马雨洛喜欢我，我才能吻她。不是我吻了她，她就喜欢我。此外，我还没有经验，不会用舌头，手也很笨拙。

我记得夜里的睡美人。马雨洛的皮肤润泽而光洁，曲线很优美，尤其是"枫桥"的隆起，可惜给不出解析式，最多求出函数图像的极大值点。我真的好想用手抚摸她，但忍住了，只是用目光临摹，不知道算不算数。看完全书，我的得分应该是负数。

我感到困惑，看了看作者，原来此人结婚六次，同样自称"睡美人"，粉丝无数。我学不来，况且，马雨洛这样的女生比大熊猫还少，市面上只有《如何追求心中的她》，并没有《如何追求全校第一聪明漂亮温柔善良阳光向上的她》。

数学思想告诉我，如果结论难以下手，那么就换个角度，从条件出发。幸亏我这样的条件还是很好找的，我找来条件比我好得多的，阅读《数学家的爱情公式》。

看完后，感觉数学家果然不好惹。拼命的，比如伽罗瓦，直接决斗，正在升起的一颗巨星就此陨落，比普希金之死更令我难过；直白的，比如某位大师，表白时直言，"我爱你，但客观来说，这是出于生理冲动，目的是和你做爱，不知你是否同意"；含蓄的，比如笛卡尔写给公主的信："$r=a(1-\sin\theta)$。"还有一大堆光棍数学家：埃尔德什，和另外一男一女共同研究"幸福结局问题"，结局是该一男一女走到了一起；哈代，他只喜欢纯数学；帕斯卡，既搞数学，又搞物理，还搞哲学，坚信神学，身体又差，39岁便英年早逝；切比雪夫，这位证明"N与2N之间必存在质数"的伟大数学家，没考虑N=1的情形。此外，牛顿和莱布尼兹竟然凭借微积分引起英格兰与欧洲大陆的纷争，依我看，这两位隔海相望的单身贵族本该相见恨晚。

我不如数学家，最好老实点，看看正常人的：《催人泪下的百篇情书与古诗》。

我想，情书应当是情感的总结与升华，具备画龙点睛，一击必杀的能力，需要好好钻研细细揣摩。就我已看过的三篇情书而言，无名氏写给马雨洛的很失败，梁之情写得挺成功，而猴哥的，虽败犹荣。

我默然片刻，没有看书，出门，去看窗户。

301的窗户透着金黄的光。

接下来几天，我通读了全书。最感人的几篇不是男死就是女亡，我和马雨洛活得好好的，写不来。

我趴在桌上，看向右边，没有马雨洛的侧脸。我的脸蛋贴近桌面，没有香味。我看向窗户，没有隐隐约约、透明空灵的玻璃人。

昨天，她还和我一起卖西瓜。今天，我才发现我是个傻瓜。

我擦擦红了的眼睛，还没结束呢，怎么却像一败涂地。

我木木地看着画，周楚凡还在睡觉，马雨洛还在旁边。我端详起画框，对着边缘的裂痕，用手指比划了两下，喜出望外。我可以添几笔，让这些裂痕变成英文。

我继续揣摩，勾勒了几下，其中有"love you"的小局部，但是多了一个"r"形的裂缝。我心里一动，马雨洛会不会想用裂痕表达什么？我激动起来，把画框翻来覆去地看，看来看去得出结论，没有任何意思，即便是这个"love you"的小局部，如果我添其他的几笔，也大可以变为"hate you"。是我想多了，而且马雨洛嘱咐我换画框，肯定不会在这上面留什么。

我才不换。想了想，可以改得完美，虽然不能刻成"I love you"，但是可以刻成"lover you"。马雨洛，我有点贪婪，我不仅喜欢你，还希望你也喜欢我。我想让你成为我的恋人——lover you。

我拿来小刀，一笔一笔地雕刻，"lover you"水落石出。我觉得只有一处还不够，翻过画框，在背面的木板上，就着几处裂痕，又刻了六个。

画里的马雨洛，依然这么漂亮。我目光游离，心绪飘飞。我站起身，拉上窗帘，关好房门。我坐回椅子上，四下看了看，确定房间里没人。我低头凑向画上的马雨洛，轻轻吻了她的脸。

"汪汪汪！"我吓了一跳，小黑正在地上瞪着我。我的脸通红，抬脚把它拨到桌子下。

小黑不肯罢休，跳上桌面盯着我，眼睛和马雨洛一样纯净，我做贼心虚，把它拎下去，说："小孩子不要乱看。"

小黑锲而不舍地又一次爬上来，看着我，绵绵地叫唤了一声。

于是我抱着小黑的头，吻了它的眼睛。

我坐在窗前，回忆那个夜晚，月光如水，我解开马雨洛的头绳，马尾变为散发的妩媚。解铃还须系铃人，我得学习系铃。我得学习扎马尾。

我十分激动，一声大吼："妈妈，教我扎马尾！"

话音刚落，就觉得不对，我怕露馅。

妈妈走上楼，推开门，问我："你刚才喊什么，扎什么？扎马？"

我一本正经地说："妈，怎么扎马步啊，你教我扎马步，行吗？"

妈妈匪夷所思地打量了我一眼，扎了一个标准的马步。

我："噢，懂了，谢谢，谢谢。"

我只好去找奇才。

走进理发店，客人挺多，奇才在店里晃悠，看见我，他快步走过来："队长，来喽！"

我支支吾吾地说："嗯，来了。"

他开起玩笑："你头发不长啊，要剃光头吗？"

我决定还是诚实一点："不，我来学习扎马尾。"

奇才睁大眼睛，像是不敢相信："我的天，你终于有女朋友了？"

我说："没有，少废话，快教我。"

他朝着店内喊："小妍，过来一下。"

那个女孩小步跑过来，问："怎么了？"

"大神要学习扎马尾，你坐好。"

小妍坐在椅子里，奇才站在她身后，双手搭在她的肩头。镜子里他们可以看见彼此，两人就对着镜子笑。奇才解了又系，系了又解，小妍笑个不停。奇才让到一旁，对我说："队长，你要不要练一练？"

我下意识地上前，忽然觉得不对，连忙摆手："不了，谢谢。"

我只想给马雨洛扎马尾。

奇才送我出门，我说："你穿得和别人不一样。"

"我现在是店长。"奇才得意。

我一愣，他更加得意道："小妍是我女朋友呢。"

我一点也没看出来，我笑了，说："很好哇。"

四月一号愚人节，我在家自愚自乐，想象着如果高考后"自首"成功，那我必须得亲马雨洛一万次。

晚上，电话响起，我拿起话筒："喂，我是周楚凡。"

林曦的声音："嗯，你明天别忘了。"

"不会忘，下午六点到，可以吗？"

"好，我等你。"

我问："要我准备礼物吗？"其实准备礼物麻烦得很，我至今也只送过马雨洛一副手套。

还好林曦说："不用，你来就好了。我有些问题要问你。"

我说："好，我肯定到。"

林曦又说："记得把小黑也带过来哦。"

我躺在床上，心想，明天之后，我就不去林曦家里了。

第二天下午，我出门，她说有一些问题，估计问题很多，不过无所谓，高考题都是送分题，我连草稿纸都不需要。路上我又一次邂逅许莫，他高兴地跟我用英语打招呼，我不高兴地用中文回答，小黑不高兴地用狗语回答。我和小黑目送他走进12单元，目光穿云裂石。

我站在林曦家门前，长呼一口气，敲门："是我。我来了。"

门被打开，显出林曦，她穿着短衣热裤，露出白皙的胳膊和长腿，我有些愣神。林曦嘴角勾起微笑："你怎么呆呆的？快进来。"

客厅里飘浮着五颜六色的气球，中央的地毯上堆满了各式各样的礼物。小黑见到它的兄弟，早就滚成一团。我跟着林曦走进房间，才发现就她一个人在家，问道："你的奶奶呢？"

"她和我爷爷一起去部队住几天，"林曦的声音柔和，"虽然爷爷总不回家，但他们关系很好的。"

我唔了一声，我也见过几回林曦的爷爷，小声道："我怎么没看出来。"说完我觉得不对，纠正道："我不是说以为他们关系不好，我是说好得不明显。"

林曦瞥了我一眼，说："你什么都看不出来。"

林曦的房间一如既往，只有桌面多了一个大大的蛋糕盒。

我感觉异样："你就喊了我一个人？"

"只有你一个，"林曦道，"连我爸爸妈妈都不回来的。"

她对我笑了，说："至少还有你。"

我真觉得生日没什么好庆祝的，不过转念一想，爸妈一直对我很好，所以我天天都像过生日。

盒子包装得很别致，还没等我细看，小黑就已经自顾自地爬上桌子，用爪子扒拉着。

我赶紧三步并作两步，上前拎起小黑，坐在桌前，把它按在我的腿间。林曦咯咯笑了，她坐到我身旁的凳子上，说："也分一点给他俩好了。"我点点头，盯着小黑说："我也这么想，但是现在还早，小黑，不要着急。"小黑不扭了。

我抬起头，笑了笑，说："你的问题呢？我帮你全解决了吧。之后我可能没空来了。"

"你以后不来了吗？"

我点点头，没有说话。我正忙于研究爱情经典，林曦又要去美国了，当然不会来了。

林曦说："好吧，我知道了。"

像以前一样，她拿来很多试卷。我的水平今非昔比，从卖油翁进化为庖丁。对于高考题，已经不需动笔，整道题的脉络一看便知。但是给林曦讲解要细致一些，思维不能太跳跃。天色微暗，总算讲完了。我伸个懒腰，才发现腿上的小黑已经睡着，我扑哧笑出声，刚直起的腰又弯了。我双手捧着小黑，站起身来到房间的另一侧，把他轻轻放在瑜伽垫上。

林曦收好试卷，说："我去接果汁。准备吃蛋糕哦。""嗯好。"

她一手一杯果汁，依旧步履轻快，水面四平八稳。我在心里赞叹。她坐下，双手灵巧地解开彩带，打开盒子，蹦出一个水果蛋糕。我闻到香味，扭头看了一眼趴在瑜伽垫角落的小黑，他依然睡成一团，看来狗的鼻子也不是很灵敏嘛。两人分配蛋糕就很容易。我说，我切两块小的，让她先选。我拿起刀叉，摆得挺准，切的时候歪了，分出的两块蛋糕俯视图一模一样，但是剖面向一侧偏移，导致大小不一。

林曦说："我要小的吧。"

"孔融让梨？"我把小的一块递给她。

"不是，女生本该少吃一点，"林曦说，"我才不让，我喜欢的就得是我的。"

她的目光明亮，我莫名意乱心慌。她低下头，细细吞咽。我低下头，慢慢吞。

"你怎么吃得这么慢？"

"因为我一口抵你三口，所以得慢三倍。"

我听见林曦笑了，抬眼看她。她嘴角尚有奶油残留，眼睛弯成弦月，在我哈哈大笑之前，我伸出舌头舔了舔嘴唇，以免五十步笑百步。林曦眸光闪烁，也伸出舌头，舔了舔唇边的奶油。我的心猛地一滞。

"你知道我奶奶怎么说你的吗？"她忽然问道。

我思考片刻，给出标准答案："个子高，数学题讲得好，嗓门挺大。"

林曦哈哈直笑，眼角却似拖着一抹忧愁。

桌上的蛋糕消失了，窗外的月亮升起。

我说："林曦，你忘记点蜡烛了。"

林曦问："那你说点几根好呢？"

我俩面对面坐着，我说："难道不是十八根？"

"当然是十八，"林曦嚷道，莲足在地板轻移，身子在凳上转了一个圈，衣袖翩翩，"我十八岁啦。"

我纳闷："那就点十八根呗，问我做什么？"

"十八岁可不只是十八根蜡烛，"林曦摇摇头，"你觉得十八岁应该做什么？"

我也十八了，生日的那一天，我毫无感觉，如果非要说有什么特殊，那就是猴哥离开了一个月十五天。

"没什么该做的，虽然法律规定十八岁成年，但我觉得很多人八十岁依然目光短浅，"我沉声道，"十八岁可能只是生理成熟的平均值罢了。"

"你总是蠢萌蠢萌的。"她笑了。

我说："本来嘛，分析得很客观，十八岁有什么特殊的。"

林曦站了起来，向我迫近，脸庞离我咫尺，占据了我全部的视野。我呆坐在凳子上，她直视着我，眼神似水，弯腰欺身，伸出舌头，舔了舔我嘴边的奶油。

我火烧尾巴般地跳起来，说："林曦，不早了，我回家了，祝你生日快乐。"

我夺门而出，跑下楼。我的心在狂跳，唇边有火。我看向相邻的12单元，呆在原地。许莫和马雨洛并排走着，留给我两个背影，在茫茫的夜色里，显得朦胧而遥远。马雨洛挥手作别，许莫走了几步，又突然跑回马雨洛跟前，低下头，好像亲了一口她的脸。

我的眼泪夺眶而出。我奔回林曦家，在门口，她泫然欲泣地立着。

我上前，搂住了她的腰肢。林曦一声嘤咛，环住我的脖子，吻我，咬我，有奶油的滑与香。她贪婪地噬，我一点一点被蚕食。紧贴着少女的身躯，我不能自已地有了反应。她的四肢一软，松开嘴巴，笑了。我害怕与她对视，闭上眼睛。她的嘴唇又攀上来，柔软的舌头撬开我的牙关。我的心化了，原来纵是铁石的心肠，也敌不过这一朵丁香。我搂紧她，十指连心，有不可方物的曲线，有难以言表的鲜美，从她的身体汇聚，吞没我的手指，融入我的血液。我醉了，这是林曦的春天，这是林曦的田野。

像是在跳一支舞，我们进了她的小屋，倒在瑜伽垫上。她缠着我，我被点燃，我在沸腾，不敢睁眼，林曦却挺起腰肢，拱蹭着我的热望，我饿了，我不饿，可是我的身体又饿又渴，我是嗷嗷待哺的小兽，我的血液在翻滚，我的皮肤会咬人。她的手在我胸前流连，画着深深浅浅的圈。我认输了，我怕痒啊，痒是以柔克刚。

她在我身下，却将我整个包围，我像溺水，却在水中燃烧，右手伸到自己背后，想解开腰间的枷锁。我握住林曦的脚踝，她的腰肢一扭，又不停地吻我，她每亲我一次，脑海里就升起一枚烟花，她突然久久地堵住我的唇，像是在过圣诞和新年。我不愿清醒，烂醉如泥。

我抚摸她，紧致的小腿，滑腻的大腿，年轻的艺术品。她的身体，像被我的手心烘培，每一寸肌肤，都在升温，都在绽放，像是花瓣与火焰，又如灰烬和月光。她呻吟着，抓住我的头发，低唤我的名字。我含住她的耳垂，右手伸进她的衣摆，滑过小腰，攀上峰顶，轻轻握住。原来，和馒头的感觉完全不一样，还有一个点，挠我的掌心，洞穿了我的防线。我颤抖着，脉脉地揉，圆润和坚挺，像水流经四肢百骸，却又让我五脏俱焚。

她在摩挲我的脸，我的胸，我的腹。我浑身收紧，只有一处在扩张。被封印的另一个我，终于觉醒，像不可一世的龙，昂起首，热血滔天，野心勃勃。我屏住呼吸，贴紧林曦的身体，她顺从地回应。她吻我的喉结，双手伸进来，一上一下握住了我，像剖腹自尽的武士，握住了心爱的长刀。她说："周楚凡，要了我。"

　　她在犯罪，我疯掉了，双臂环住她的腰，把她举起，放倒在床上。我握住她的手腕，扣在床面，身体抵住她的身体，像在行刑，又像赎罪。我被欲望吞没了，我想和林曦做爱，我相信我的身体攻无不克，我要目睹她的失守，她的娇羞。我睁开眼睛。

　　瑜伽垫的一角，小黑静静地坐着，目光清澈。

　　我瞬间冷却。我的天。我脱身站起，看向林曦，她的脸蛋染着红晕，眸子水汪汪的，娇声问我怎么了。我哑口无言。怎么会这样。

　　林曦怔怔地看了我半天，明白过来，说："你不要我了？"

　　我无法回答，我只能说："林曦，对不起，对不起。"

　　床面上玉体横陈，泪水从她的眼角滑落，她说："周楚凡，你不喜欢我吗？我是不是不够好？"

　　我咬着牙齿，几乎是咬牙切齿了，想开口，却发不出声音。

　　林曦挪到我身前，保持着距离，逼视着我，一字一句地说："你是不是喜欢马雨洛？"

　　我说："是。"

　　她的眼泪断了线："可是我爱你，我第一次见你，是在六岁，我一个人在家里练舞，总是见你在楼下一个人踢球。天黑了，你会孤零零地荡秋千，怀里抱着你的足球。我多希望我是那个足球。我本来高二就该出国的，都是因为你。还有很多很多事，你一点也不知道。"

　　我呆住了，说不出话来。

　　她说："我不和马雨洛抢，我不要你的全部，我只要你爱我这一次，可以吗？"

　　我的身体摇摇欲坠，我的心支离破碎，我说："林曦，对不起，我不应该。你很好，你不用喜欢我，不值得的，会有更好的人更爱你。"

我站起来，向门口走去，身后的她在哭泣，她说："周楚凡，你混蛋。"

我倚在门框上，落了泪，说出最后的诀别："林曦，如果有一天我双目失明，也许会忘记很多东西，但是我不会忘记你。"

我回到家中，翻箱倒柜，找出最先的证明题。

证明或否定：周楚凡喜欢马雨洛。这里的喜欢超出一般意义上对美好事物所持的欣赏态度，而带有一定的独占心理。

解：我们来考虑更一般的情形，即周楚凡是否喜欢某女生A。

这里A是任一个与周楚凡同龄的女性，其他条件不限。

因为喜欢是好感的积累，量变引起质变，当好感积累达到一定程度后，可以称为喜欢。我们需要做两件事，一是具体地表达这种好感量，二是恰当地给出参考的临界值。

我们同时着手处理两者。首先注意到二进制的简明在于只需回答是或否，我们提出九个次级的是否问题，来帮助我们判断好感量的积累程度，其次将5作为临界值，如果回答是占到5点，基本可以认定，命题为真。如果在6点及以上，可以确定。

九个次级是否问题及回答如下，这些问题由自身实际结合普世观念而提出。

1.在A面前很快乐　　　　　　是

2.喜欢A笑的模样　　　　　　是

3.被A感动过　　　　　　　　是

4.想念A　　　　　　　　　　是

5.想拥抱A　　　　　　　　　否

6.想和A牵手　　　　　　　　否

7.想和A接吻   否

8.想和A做爱   否

9.想和A结婚   否

综上可知，周楚凡正处于濒危位置。

我再一次做题。12345678，这是林曦。912345678，这是马雨洛。

我明白，我是喜欢林曦的，我的身体长大了，有它自己的想法。但是，我的身体，终将遵循我的内心。我爱马雨洛，我想和她结婚。第九点，具有一票否决权。我也不能在林曦出国前自私地占有她，更不能做对不起马雨洛的事。我已经对不起她了，初吻没了，身子也被摸遍了，还摸了别的女孩子的胸，我好惭愧。

我继续复看证明。看着看着，我呆住了。

我犯了证明上不可容忍的错误。我明明先论述了A的任意性，却没有写"令A=马雨洛"，而是直接开始判断是否。马雨洛，你知道这说明什么吗？我试图跳出你的限制，却依然，下意识地，不由自主地回到你这里，这里的A根本不是"任一个与周楚凡同龄的女性"，只能是你。也许那时我还没有如此地喜欢你，可如果存在我喜欢的人，一定是你。你是唯一有可能的解。

我心里一震，再仔细看，"自身实际结合普世观念"，根本没有结合，1234是自身实际，56789是普世观念。前四点已经足够证明我喜欢你，我不愿承认，以为这是平凡的，所以生拉硬扯加入56789，就像石头剪子布定好的三局两胜，改成了五局三胜，我企图掩饰真相，却欲盖弥彰：

我那时就喜欢你，单纯地喜欢你。

但是现在复杂了，马雨洛，我爱你，我想和你结婚，我想和你接吻，我想和你做爱，我想和你结合成一个人。马雨洛，我想拥有你的一切，我贪得无厌。你是我的，虽然不知道凭什么你是我的，但我固执得像头牛，你就是我的。

一想起许莫亲了你的脸，我就委屈得要掉眼泪。在黄昏的小树林，我得有多喜欢你才不敢下口，那时我不知道自己这么喜欢你，又不知道我在你心里是个什么东西。所以，我连树皮都敢咬，可我不敢吻你。从欠揍的黄毛，到拿你寿司的付桐，再到不知天高地厚的梁成志，我以为在守护你，如今才醒悟，我是想独占，我好贪婪。所以今晚伤心又生气，但我不应该伤害无辜的林曦，我真是个卑鄙小人，是个无耻之徒。

我觉得肯定是许莫不要脸强吻你，我还有机会，才一个而已，我要给你一万个吻。

我陷入回忆，回忆这道题的由来。在秋天的清晨，绿草如茵的山顶，马雨洛张开怀抱，美得不可方物，俘获了大怪兽的心。大怪兽很害怕，害怕自己竟然喜欢奥特曼，回家做了一番自欺欺人的论证。

可我最终爱上马雨洛，从不是因为她好看，尽管她笑起来像打碎了阳光，哭起来又梨花带雨楚楚动人，可外表只能夺我的眼，内里才能倾我的心。她是多么的聪明可人。她能领会我的只言片语，能读完我的秘密笔记，又能读懂我的数学笔记。她帮助同学，她同情卖瓜的老爷爷，她一次次地帮我整理抽屉，不厌其烦地将我唤醒。她告诉我下一节课是什么，告诉我明天是什么，告诉我美好是什么。

美好就是马雨洛。

她把薰衣草藏进我的抽屉，作业都铺满醉人的香味。她在绿茵场上目若秋水，我如有神助，得以千里走单骑，可我踏遍东西南北，只想回到她的身边。

马雨洛不见了，我要找到她，这是最难的捉迷藏。马雨洛小姑娘，你躲得真好，藏在我心房。

我会坦白今天发生的一切，马雨洛肯定会讨厌我，嫌我花心不干净，但我必须诚实。我静静地看着桌面的证明题，心中一动：这就是我的情书。

我认认真真地开始了漫长的记叙，先改正这个错误的证明，再从给你让座写起。马雨洛，我爱你，只要你愿意，我一定吻你一万次，吻你一辈子。

很久很久，才写了开头，窗外一片漆黑，如果站在夜空中俯瞰窗台，橘黄的灯光里，少年在哭泣。

之后的一段时间里，我手工制作信封。看了许多信纸，毫无新意，毫无心意。只好自己寻找，在《新概念作文》前言，有十几张唯美的图片，附有简短的文字。大部分句子都是在无病呻吟，除了这一页。

正反都有图片，一面是月光下的小巷，女孩在青石板上渐行渐远，一面是幽静的庭院，男孩倚靠着朱门，静静地站立。这扇门，其实就在女孩的身旁，她已悄然路过。

在男孩落寞的身边，写着一首小诗：

《等》

当暮色拥抱黄昏

我独自倚着朱门

月光太冷

我闭上眼睛

草木苦涩

我屏住呼吸

像佛前的信徒

洗耳恭听

青石板上的脚步声

滚烫

芬芳

你还是绝尘

我还是树根

唯剩月一轮

我裁下这一页对折，再加工两侧，为了使信笺能在一定范围内开合，而不是目前的0度到360度，需要限制它的两翼，所以在两端折角添加扇形平面，也可防止情书从侧面滑落。对折的信笺打开时，侧面的两把小扇子也徐徐张开，限制最大的开角等于小扇子的弧角：52.1度。合上信笺，还要封口。我用圆规戳一个洞，穿上红线打了个小结。细细看去，正面是深深的庭院，背面少年倚门，而他朝思暮想的女孩，存在于信内，纸的另一面。红线像是鹊桥，举起信笺，系好的活结上下扑腾着，又像翩翩的蝴蝶。世人皆自缚成茧，爱无非为谁化蝶。

我本来不喜欢动手，除了打架。自从认识了马雨洛，我会抱盒子、洗衣服、扎马尾、做信笺，可惜还是不会做饭，只会煮粥。要是马雨洛愿意的话，我可以天天早上熬粥给她喝。

我反复推敲我的情书，觉得不妥，写在纸上的东西，终究不如读出来好听，我便开始练习朗诵，差点被爸爸妈妈听见，但声音小点效果又不好，我为什么要鬼鬼祟祟地说我爱马雨洛？所以在之后每个寂静的夜晚，我都怀揣情书，蹬着自行车，从家骑进校园，走进伸手不见五指的小树林，在那棵最漂亮的最像马雨洛的大树旁沉声讲述我的故事，自我感觉很成功。大树的叶子扑簌簌地落，说明她哭了；树枝摸了我的头，说明她欣赏我；大树一动不动，说明她陶醉在我的叙述中。

讲完了，我拥抱大树，摇着树干，喃喃自语："马雨洛会喜欢我吗？她会不会觉得这么做很幼稚？还觉得我是个小孩子？"大树没有说话，叶子扑簌簌地落。

临走前，我会去1班教室。教室里空无一人，打开日光灯，马雨洛的座位上没有马雨洛。墙上贴着硕大的高考倒计时，黑板记着各科作业。我痴痴地看着语文作业，这是马雨洛的字，她的小手只有十五厘米，写的字却深入我心。我收回目光，坐到自己的座位上。右边空荡荡的，马雨洛消失了。她的抽屉整洁而干净，我小心地取出数学作业，帮她检查。计算证明工整严谨，一点错误也没有，她不需要我了。我又高兴又伤心，灰溜溜地离开，不敢从校门口走，保安认识我，我都是翻墙进出，独自一人，没有漂亮的鞋子和漂亮的鞋带和漂亮的小腿和漂亮的鞋带和漂亮的鞋子。

跳下围墙，我一路骑到12单元楼下，凝视301窗口的光芒。那里似乎坐着一剪低头的身影，是那么的模糊，可是又如此的清晰。灯辉落在眼中，我想挥手，大喊她的名字，却还是放下了胳膊，只是轻轻地说："马雨洛，是我，你的同桌。"

四月下旬，班主任通知我，要去学校拍摄班级毕业照。

我可以见到马雨洛了。

这天下午，我早早地去往星屿中学。保安看见我，很高兴："你来啦，好久不见！"我笑了笑，走到熟悉的绿茵场，有两队人马在踢球。我坐在看台上，踢球的人群认出了我，齐声高呼我的名字，有个人向我跑来，是下一届的队长，他问我觉得他们水平如何。我心不在焉，压根没有看，就建议他们去一趟大华职中，看看对手的表现。新队长说一定会守住荣誉。我拍拍他的肩膀说加油。

快要拍毕业照了，校足球队离开了，摄影师忙碌地摆放铁架和摄像机。我一直望着操场的入口，我看啊看啊，终于看见马雨洛，她在学苑桥上。我站起来，又坐下。马雨洛走进了操场，我站起来，跑下看台。我想偷偷站在马雨洛旁边，还没等我靠近，脑袋被拍了一下，我扭头，心虚道："谁啊。"

班主任笑眯眯地问："要去清华了有没有好好准备，提前学点东西？"我心想准备个屁，清华跟马雨洛比起来一文不值。我说："学了学了。"学了扎马尾、写情书、做信笺。班主任问："专业确定了吗？"我说："还没呢。"我得看马雨洛选哪一个，如果她选中文系，那我也奉陪到底。"没选专业，那你在学什么？"借着和班主任谈话，我走近马雨洛的路上阻碍很少，我说："郝老师，谢谢你。"班主任一头雾水。

我默默跟在马雨洛的身后，她扭过头，说："周楚凡。"

我吓了一跳，赶紧说："嗯嗯嗯。"

她说："林曦飞走了，她都没有告诉我，本来约好我去送她的。"

我又嗯了一声，知道自己伤了她的心，但如果不这样，我觉得伤害更大。

马雨洛满眼都是心事，是不是快高考了很紧张。她不再说话，我就一步一步跟着马尾辫。

拍照时，摄影师乱摆位置，我和她隔了有一光年。拍完照放学，天色昏暗，同学们陆续离开。

我是走着来的，马雨洛也没有骑车。我们一起回家。以往，我总是觉得上学的路太长，恨不得睡在教室，可在这个晚上，我真希望，这条路可以环绕地球，永无尽头。

马雨洛和我很近，我闻到她了。她的手在我手边悠悠摆着，我好想牵她的手，比我小四分之一的手，又不敢乱动。我知道马雨洛的模样，数学公理般不讲道理的漂亮，可还是想看她的脸庞，又不敢扭头细看，只好低头，偷偷盯着她的影子看。

我们走得很慢很慢，马雨洛一句话也不说，我很害怕，她是不是喜欢许莫，不要我了。我要不要把怀里的情书提前放在她手上？不行，还有一个多月高考。但要是不说，我好难受。我的头脑飞速旋转，我必须表达我的爱意，既要含蓄，马雨洛都无法立刻理解，又要很浓，她后来可以体会。

只用一句话，该如何表达，我深沉而热烈地爱她。

真的好难，如果用数学语言，马雨洛可能永远也搞不明白，我只能用纯粹的文字，可她的语文比我厉害得多，我一说就会被看破。

不知不觉，走到12单元前。

我停步，马雨洛就要上楼了。她一步一步地远离，我看着她的背影，心被剧烈地拉扯，又漏去了许多拍。我像浑身是线的木偶，又像断线的风筝。我站成了雕塑，我终于彻悟，那过往的许多个瞬间，在我心头编织的线，不是错觉，而是爱恋。一丝一缕，纠缠辗转，终成恢恢天网，又如余音绕梁。马雨洛，我何止是为你动心，当你离开，我的心跳都停止了。

马雨洛转过身，看着我，说："周楚凡，你没有什么要说的吗？"

夜色中，只有她无瑕的面孔。我不敢直视她的眼睛，我多想张开双臂，紧紧地抱住马雨洛，放肆地、不停地、流着泪吻她。

她的声音好温柔，又有些颤抖："你真的，一个字也不想对我说吗？"

夜色如水，我像一条蠢鱼，只会张着嘴，嗫嚅着，发不出一点声音。

我想大哭，我多想说我爱你爱你爱你爱你，可高考迫在眉睫，我得再忍几十天。我拼命地思考说什么好，绝对不能再说高考加油，或者马雨洛再见。我瞥了一下她的双眼，柔美得像要滴水，我也要落泪。天呐，只用一句话，该如何证明，我深沉而热烈地爱你。

我仰起头，防止泪流。我呆住了，我看见了，我想到了。我说：

"今天晚上，没有月亮啊。"

我落了泪，甚至都像听见马雨洛呜呜哭了，她脚步凌乱地跑上楼，我立在楼下，仰望夜空，眼泪横流。马雨洛，你明白吗？因为没有月亮，所以我无法说"今夜月色真美"，我只能遗憾地说："今天晚上，没有月亮啊。"

第十五章

红

我整天跑步、抱树、看窗户、朗诵情书。我等待高考结束的响铃，只向马雨洛一个人宣布，我爱你。马雨洛，我爱你。周楚凡爱马雨洛。

我学会了揉面团，我其实是想练习扎马尾，但自己头发太短，就用软软的面团来练。爸爸妈妈大吃一惊，说从没见过这样的手法，准备帮我推出一款面，就叫马尾面。

我顽强地爱着马雨洛，我在情书上写道："马雨洛，如果你愿意，可不可以改变你在本文中的称呼，我本来想称你为'周楚凡的马雨洛'，太自私了，爱是平等的，我唤你为'马雨洛的周楚凡的马雨洛'好吗？首尾呼应，无限循环，强调主题呢，真不是为了凑字数。"

五月二号的夜晚，我像往常一样，走到12单元楼下的树旁。可是我等了许久，灯光都没有亮起，窗户里是一片漆黑。

我走上楼梯，第一次按响马雨洛家的门铃。

有铃声作掩护，我可以念出她的名字："马雨洛，是我。"

开门的女人有和马雨洛一样迷人的眼睛，她的瞳仁微微睁大，嘴角弯起弧度："是周楚凡吧，我女儿不在家。"

我点头，可不明白，不是要高考了吗，怎么晚上还出去呢。

她侧开身子："进来坐吧，她很长时间没有见到你了。"

我说："阿姨你好，马雨洛去哪里了？"

她说："五一放假，之前的学生会长从大学回来，和部长们一起去聚会了。"

我说："在哪里？"

马雨洛的妈妈温柔地笑了："我不知道，你要去找她吗，说是介绍大学生活高考经验什么的，这么晚了，其实可能去唱歌了吧。放松放松也好。"

夜风呼啸，我在黑暗的街道上狂奔。

我跑进魔方，看见那个瘦高的服务生，冲到他跟前。

他似乎被我吓到了，唯唯诺诺地说："杨风在的……我带你去。"

走到一处包厢门前，我敲门，没有回应。我推开门。

马雨洛躺在沙发上，头发和裙子乱糟糟的。杨风懒散地提着裤子，带着满足的笑容。他看见我，猛地一怔。我跑过去，踏上茶几，踹翻了他的脸。

杨风倒在地上，他很惊恐，他大笑："马雨洛怎么还是雏儿呢？"

他拉起裤裆的拉链，眼睛眯起，像意犹未尽。

我一拳打去，他歪着脖子："操你妈的，我爱死她了，真的极品。我他妈还以为你早把她给睡了！"

我把杨风拖到角落，按着脑袋，打到他满脸是血。

他伸起头，张开血盆大口："爽。"

我瘫坐在墙脚，过了一会儿，支起半个身子，用膝盖挪到沙发旁。

马雨洛乱七八糟的，还有红色的血，刻在黑色的沙发上。她像死了。

服务生拿起手机拨号，我落了泪，跪在地上，我说："她要高考了。"

我说："她不坏。她特别好。"

"明白，我谁也不说，开个房间让她休息吧。"

马雨洛的头发很乱，我趴在地上找来找去，看见头绳掉在了沙发的底下。

"告诉你，我喜欢抓着头发干。"

我要杀了杨风。

"我拍了视频，你想不想看？要不要给别人看？你打我啊！傻逼东西！"

我咬着嘴，含着泪，捡起头绳，用衣服擦干净，拢起她的头发，扎好马尾。我练了很长时间的扎马尾。

我腿一软，倒在地上。

马雨洛的裙子也东倒西歪的，大腿上有许多红印，我都舍不得用直尺把她的手压出印子的。

我竭力站起，把裙子抚平，遮住红印，只是白白的小腿还露在外面。

我眼前一黑，倒在地上。

胸前的扣子又忘记系了，她总是这么笨笨的，我拼命爬，直起身，可双手直颤，我也不行了。

我闭眼，大口大口地流泪，把扣子缝好。

我睁眼，她看起来完好无损，我却泣不成声。

包厢里光怪陆离，我只想离开。

我伸出双臂，捧起马雨洛的身子。

像捧着一个纸盒，像捧着一个西瓜。

我泪如雨下。身后传来远远的歌声：

But it's time to face the truth， I will never be with you……

我走进房间，把她平放在床上。月光如雪，她结了冰。

我等了好久，她也不说话，她不属于我。可是，我看见她的手。马雨洛马雨洛，至少，我量过你的手。十五厘米，我量得多准啊，不然连手套都买不好。

我吻了她的手，比老树皮好得多，嘴巴不痛，嘴巴不会流血。

我俯身抱了她一下，好冷，我的热量全给了她。

我蹒跚地走出房间，不曾回首，却一步三停留。

我在路上飘着，累了，依附在路牙子上。我茫然地睁着眼睛，什么都看不清。有几个人过来了，也不知道在说什么，我就被打了。我的头被瓶子砸了，又被拳头揍了，又被脚踩了，还被扇了耳光。我是一个沙袋。我的上衣被扒了。我被按在地上打，又被提起来打。我倒在马路上，沙子流出来了，漫山遍野。我被掏来掏去。

我嘴里被拍进一串钥匙。

铁，原来也是咸的。

我被脸朝下摁在地上，我被又踩又踩又踹。我的身下布满瓶子的碎片，我的胸腔裂开无数口子。

我闭着嘴，咬着我的铁。

他们走了，我站起来。

低下头，我是红色的。

路是黑的，我上路。我记得很清楚，只要转过身，就会看见一个女孩，穿着裙子，红着眼睛，哭哭啼啼，一步一步地跟着我，一直问我疼不疼。

我站住，转过身，空无一人。

我哭了，我说：

"疼。"

铁滴在地上，天烫出一个洞。

第十六章
吻

在大学的第一年，流了许多眼泪。

比如军训整队，排长说报数，我的泪水就在脸上的汗水里鱼目混珠。我抱了那么多的树，没能抱过马雨洛。

比如吃早饭的时候，我捧着一碗粥，眼泪掉进碗里，粥就有了咸味。

比如每晚练引体向上。其实我做得很好，只是想纠正站姿——我的胳膊总是弯着，忘记伸直贴着裤缝——给马雨洛抱了两年盒子的后遗症。

我多想忘了马雨洛。

第二年，我终于崩溃，马雨洛，如你所言，我是个大笨蛋，我成了学院的倒数第一。我忘记上课，忘记考试，忘记目的地，忘记南北东西。可我还是忘不了你。我的身心坏得厉害，我需要看病，我需要吃药。每次去校医院精神科，都非常滑稽，我总是夹在一群失眠的退休老教授之间。没人理解，我也不跟任何人解释，我不跟任何人解释任何事。

马雨洛，我开始写作。

不是遗嘱，只是记录，我想把回忆封存进白纸里。

我总是流着泪，看笔下的你巧笑连连。

所以我不能在宿舍写，也不能在图书馆写，怕影响身边好好学习的同学。我只有在晚上，骑车到建筑学院，在顶层的教室里一个人写。

许多个深夜，因为哭得无法提笔，我只得离开，走出学院，躺在主楼前的草地上，给小草浇一会儿水。等到泪竭，再重新拾笔。

偶尔写到天亮，该回去睡觉了，同学们该来上课了。新民路上挤满了由北向南的人和车，我在大道的边缘独自逆流，我看见了一个个年轻时的我，我与他们就此别过。虽无一人，吾往矣。

更多是写到子夜，我停笔，脱去上衣，赤裸着身体，收起手稿，贴紧胸膛，穿回衣服，起身离开。

马雨洛，当我背起从天而降的黑暗，踏入深不见底的夜晚，目睹一切永恒都已沉沦的时候，当我拖着伤痕累累的身体，在万籁俱寂中一意孤行，向高高在上的死神宣战的时候，你是我的战旗，你是我的锦衣，你是我的墓志铭。

我把鲜血和热泪，铸成你的一点一滴，小心翼翼地绣进了文字里。

我本想做个数学家，因为你，我想当个作家。

第四年，故事写完了，我终于不想你了。我总是梦见你，一觉醒来，我直起身，就会落下泪。

马雨洛，四年了。

我忘不了你。

我更加想你。

我曾经描绘过停笔后的情景，幻想有一天我终于放弃你时的样子。

我以为会在某个晴朗的早晨，醒来睁眼的刹那，一切释然，我不爱你了，然后开始新的生活。或者当我习惯于寂寞，潜移默化中，会在一个平凡的时刻，也许是独自坐在图书馆的角落，也许是扭头看向窗外的夕阳，我倏然发现，我竟然忘记你很久了。

可是没有，我的爱来得很慢，去得更慢，像是挥之不去。我无数个黑夜里想保持清醒，还是落入了梦的陷阱，就像我雨天在马路上狂奔，想找到雨界的边缘，却根本无路可退。我害怕想你，是回忆情不自禁。当我醒来，入目朝阳，鸟语花香，我怀念山顶上踮起脚尖的你，当我看向窗户，恍惚中，像有一个若隐若现低头思索的倒影。我那悬崖连绵孤独奔跑的梦，多了你的存在，我们并肩坐在悬崖边上，脚下云海茫茫，天边霞光生长。

马雨洛，我最害怕的事情，不是死去，而是无法忘记你。

我最害怕的事情，不是无法忘记你，而是我自以为忘却，却又在很多个瞬间，感到这一幕如此悲伤地熟悉。

我最害怕的事情，不是触景生情，而是每次提笔，都会看着"马雨洛"这三个字呆在原地。

我最害怕的事情，不是你的名字，而是你。

我最害怕的事情，不是你，而是我忘却了初心，变得不爱你。

所以我无所畏惧，因为我永远爱你。

我永远相信自己，我永远遵循内心。

马雨洛，你依旧纯洁而完美，可爱又可怜。你从来没有错，错的是我，我是不辞而别的胆小鬼，我是临阵脱逃的懦夫，我是一无是处的废物。在那个明月高悬的夜晚，我本该拥你入怀，等你醒来，责怪你不该喝醉，害得我陪你一夜，然后紧紧地抱住你，咬着你的耳朵说："马雨洛，我好爱好爱你。"

马雨洛，你愿意原谅我吗？我用了四年，才想明白这么简单的事情。我一直孤独，因为爱你如初。在遇见你之前，我不知爱为何物，和你分别四年，我才知道，爱是如此铭心刻骨。我还活着，自然更爱你了，只爱你一个，我想娶你呢。

But it's time to face the truth，I will never betray you.

写给你的，还未亲手交予你的信，我可以把结尾念给你听：

马雨洛，诗人们都说，以梦为马，我觉得，以爱为马才对。有些人纵情驰骋，随性所欲；有的马栓了一根绳子，可一旦脱缰，便势不可当；我的马不一样，很凄惨，被我五花大绑。直到你来，他终于脱困了，开窍了，他在长大，春心勃勃，蠢蠢欲动。他是大器晚成的千里马，你是他的伯乐，他好想你，他要去找你。我说，找不到的，不如我俩一起老死，正好马革裹尸。

他嗤之以鼻，一甩尾巴，扬长而去。他去找你了，我拦不住的。我看着他的背影，难以置信，胖起来的马，竟然比骆驼还大，说不准这真是一匹千里马。我想，这傻子若是有幸见到你，一定会低下头，俯下身，或者干脆四膝跪地，趴在地上，对你说三个字——我驮你，要么四个字——我给你坐。他是我的千里马，却是你的小沙发。你若是不慎撞见这匹高头大马，可以说他丑，不要赶他走，他愿意一辈子跟在你身后。我就这么一匹马，他不识路的，他回不来了。我伤心得直喘，这匹呆马却很高兴，欢呼雀跃，一往无前。我看着他渐渐消失不见，恍惚中似乎明白了一个道理，这大概，就是他的宿命：

披荆斩棘，翻山越岭，马不停蹄，戴月披星。

他要见你，他属于你。

我好起来了，我要把马雨洛找回来。

明天放假，我收拾好行李，一切都很干净。

手机响了，是一则喜讯：马雨洛今晚订婚。

熟悉的小城，霓虹灯漫天闪烁。

透过酒店的落地窗，我看见了马雨洛，永远那么美，被众星捧月般地围绕着。

你还记得我吗？我是只会数学的哑巴。

马雨洛忘记我了，她爱上了另一个人。

我想，一切都是我自作多情，马雨洛从来都不喜欢我，她根本就不喜欢我。

回到家，走进房间，桌上是她送我的画，挨着金牌和奖杯。我逝去的光辉岁月，我曾经的所向披靡，我安静的树林，我流血的树。

他的马雨洛。

马雨洛，你一定会幸福快乐。

只不过，你永远也不会知道，小树林的那么多棵树里，哪一棵长得最像你了。

泪眼朦胧中，我看见画框上入木三分的lover you，那个"我"越来越远，lover you被分成了I over you。

马雨洛，我们真的要彼此相忘了。我把画框抛出窗外。

我坐在窗前，天空哭没了一只眼，还睁着一轮月。

手机响了。

"我是周楚凡。"

"我是杨风。"

"有事？"

"本来没事。"

"什么意思？"

"她只是睡了一觉，她什么也不知道。我设计得很完美。"

无数的画面在眼前重演。我说："什么意思？"

"说来话长，但你这么天才，想一想就能明白。"

我凝眉不语。

"当面聊吧。你怎么来了又走了？"

"马雨洛订婚了。"

"没有。她在等你，"杨风说，"我以为你不配，四年了，你赢了。"

"就算马雨洛一直以为是你不要她了，她还是忘不了你，"杨风叹了口气，"记得不，我拍了视频，我拍的是你，刚才给马雨洛看了，她哭死了。"

"…………"

挂断电话，我从窗户一跃而下。

地上的画框已经和画分离，我捡起画儿，对着街灯，周楚凡在沉睡，马雨洛还在他的身边，阳光照进车窗，一切恍如昨日。就着昏黄的灯，画上透出隐隐约约的字迹。我翻过画，终于看见背面，马雨洛温柔的字眼：

周楚凡，

如果有一个女孩，总是趁你睡着的时候偷偷吻你，

那你一定要知道，她有多么多么爱你。